청평조
清平調詞

구름 닮은 옷차림 꽃과 같은 생김새
봄바람 난간을 스쳐 가고 이슬 맺힌 꽃 짙어만 가네
만약 군옥산 머리에서 만나지 않았다면
정녕 요대의 달빛 아래서 만날 수 있으리

雲想衣裳花想容
春風拂檻露華濃
若非群玉山頭見
會向瑤臺月下逢

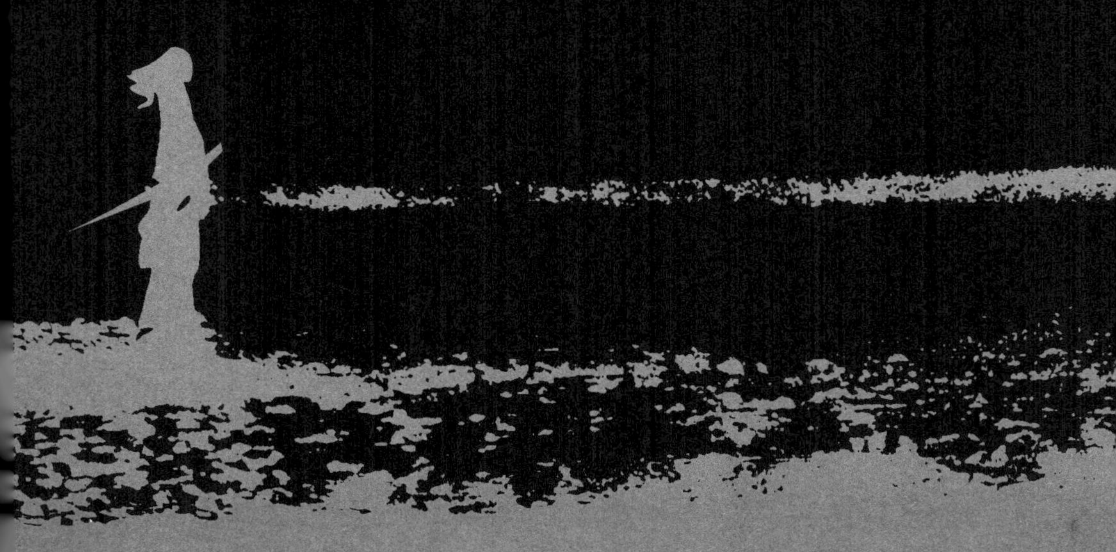

어기충소
御氣衝霄

어기충소 5
태율 新무협 판타지 소설

초판 1쇄 찍은 날 § 2006년 4월 26일
초판 1쇄 펴낸 날 § 2006년 5월 04일

지은이 § 태율
펴낸이 § 서경석

편집장 § 문혜영
편집책임 § 한지윤
편집 § 이재권 · 서지현

펴낸곳 § 도서출판 청어람
등록번호 § 제1081-1-89호
등록일자 § 1999. 5. 31
어람번호 § 제2-0895호

주소 § 경기도 부천시 원미구 심곡1동 350-1 남성B/D 3F (우) 420-011
전화 § 032-656-4452 팩스 § 032-656-4453
http://www.chungeoram.com
E-mail § eoram99@chollian.net

ⓒ 태율, 2005

ISBN 89-251-0093-2 04810
ISBN 89-5831-794-9 (세트)

御氣衝霄

5

완결

창천형산(蒼天衡山)

태을 新무협 판타지 소설

Fantastic Oriental Heroes

도서출판 청어람

목차

第三十四章

풍운당가(風雲唐家)

산이 깊어 유독 봄이 늦는 형산에도 삼월이 찾아왔다.

한결 누그러진 추위와 따스한 햇살에 전각을 뒤덮고 있던 눈은 모습을 감췄고, 겨우내 메말라 있던 나뭇가지에도 새로운 생명의 기운이 움트기 시작했다. 기나긴 겨울을 지나 봄을 맞은 것이다. 그러나 정작 형산파의 분위기는 무겁기만 했다.

여느 때라면 생동하는 기운에 마음이 들뜬 젊은 제자들로 인해 한참 시끌벅적했을 텐데, 연이은 사건들을 겪은 탓인지 형산 문하들의 얼굴에서는 웃음이 사라져 있었다.

장문인이 머무는 현정전(顯正殿) 역시 마찬가지였다.

"하아……."

현정전으로 오르는 계단 아래 웅크리고 있던 소년의 입에서 한숨 소리가 흘러나왔다. 사람들과 마주치는 것이 불편하여 이곳으로 자리를 피한 단리정이었다.

털컹.

문이 열리는 소리에 현정전 앞에 웅크리고 있던 단리정은 급히 몸을 일으켰다.

"계속 여기에 있었던 것이냐?"

막 문을 열고 밖으로 나서던 운검이 단리정을 발견하고 의아한 얼굴로 입을 열었다.

단리정이 말없이 고개를 끄덕이자 운검이 안타까운 얼굴로 혀를 찼다. 한 시진 전에도 운검은 현정전에 들어서면서 단리정과 마주쳤던 것이다.

봄이라곤 하나 산정에서 불어오는 바람은 아직도 차가웠다. 아니나 다를까, 얇은 홑옷만을 걸친 단리정은 어깨를 잔뜩 움츠린 채 입술이 파랗게 질려 있었다.

이때 어색하게 웃으며 단리정이 먼저 입을 열었다.

"태사부님께서는 좀 어떠세요?"

무거운 한숨과 함께 운검이 고개를 저었다.

"그다지 차도가 없으시구나."

"네……."

말끝을 흐리며 소매를 만지작거리는 단리정의 어깨를 운검이 두드렸다.

"걱정 마라. 모든 것이 잘될 것이다."

그 말에 단리정은 말없이 고개를 끄덕였으나 표정은 밝아지지 않았다.

그런 단리정을 바라보며 운검은 내심 씁쓸함을 금할 수 없었다.

평소에도 심하게 낯을 가리는 단리정이었다. 비록 곽범태를 비롯한 사형제들이 나름대로 단리정을 챙기곤 있었으나 제 사부의 빈자리를 메우기엔 무리였던 것이다.

더구나 화산에서 있었던 청성파와의 비무로 인해 유명세를 탄 단리정은 다른 형산 문하들로부터 틈만 나면 갖가지 질문 공세에 시달려야 했다.

본래 유약한 성품인데다 사람들을 대하는 것을 어려워하는 단리정에게 이는 큰 고역이 아닐 수 없었다. 게다가 진영인이 자리를 비운 날이 길어질수록 단리정의 얼굴은 눈에 띄게 어두워지기 시작했다. 그리고 이를 모를 운검이 아니었다.

"아정."

운검이 조용히 단리정을 불렀다.

"영인은 무사할 것이다. 네 사부는 당금에 찾아보기 힘든 무위를 지녔다. 제아무리 당문이라 한들 영인에게 해를 끼칠 수는 없을 것이야. 네 마음을 모르는 것은 아니지만……."

"그게 아니에요."

단리정이 고개를 저으며 자신의 말을 자르자 운검의 얼굴에 의아함이 떠올랐다. 그러고 보니 며칠 전부터 단리정의 모습이 어딘지 모르게 불안해 보였다.

"다른 고민이 있는 것이냐?"

"그게……."

말끝을 흐리던 단리정이 다시금 입을 열려 하던 찰나 현정전으로 이어지는 월동문을 통해 들어서는 인물들이 있었다. 한동안 두문불출하던 곽범태와 하운지, 안자명과 지명 형제가 나란히 모습을 나타낸 것이다.

"사백님을 뵙습니다."

"무슨 일이냐?"

"혹시 우리 사부님이 이곳에 계신가요?"

다짜고짜 질문을 던지는 안자명이다.

운검은 대답 대신 그들 사형제의 표정을 자세히 살폈다.

아나나 다를까, 얼굴에서 묻어나는 조바심이 느껴졌다.

"풍검은 이곳에 없다."

굳어지는 운검의 얼굴에 하운지가 조심스레 입을 열었다.

"그럼 혹시 사부님께서 어디에 계시는지 알고 계세요?"

"며칠 무리를 한 것 같아 내가 억지로 쉬게 했다. 그러니 너희는 쓸데없는 일로 사제의 심기를 어지럽히지 말거라."

"쓸데없는 일이라뇨. 영인 사숙께서 혼자 그 위험천만한 곳으로 향하셨는데 우리는 잠자코 보고만 있으라고요?"

안지명의 항변에 운검이 눈살을 찌푸렸다.

이들이 월동문을 들어서는 순간부터 짐작은 했지만 막상 안지명의 말을 듣고 나니 이처럼 한데 모여 풍검을 찾는 이유를 확실히 알 수 있었던 것이다.

"이미 결정된 사항을 번복할 수 없다."

단호한 운검의 어조에 곽범태를 비롯한 사형제들의 얼굴에 실망의 빛이 떠올랐다.

하지만 그도 잠시. 안자명과 안지명이 앞 다투어 입을 열었다.

"하지만 그 서신은 누가 보낸 건지도 모르잖아요. 어쩌면 우리를 이곳에 묶어두려는 적들의 계책일 수도 있어요."

"맞아요. 솔직히 그 서신의 내용을 곧이곧대로 믿을 수 없어요. 형산에 도착한 지 열흘이 지났지만 아직 아무런 낌새도 찾아볼 수 없잖아요."

"돌아가거라."

"하지만 사백님!"

좀처럼 물러설 기미를 보이지 않는 안자명과 안지명을 향해 운검의 호통이 이어졌다.

"지금 이 자리에서 영인을 걱정하지 않는 사람이 어디 있단 말이냐? 나 역시 지금 당장이라도 당가가 있는 사천으로 달려가고 싶다. 하지만 만약 서신의 내용이 사실이라면 어찌할 테냐? 무주공산(無主空山)이 된 형산은 지금까지와는 비교도 될 수 없는 큰 화를 면치 못할 것이다."

자신의 준엄한 꾸짖음에 기세가 한풀 꺾인 그들을 향해 운검이 한결 누그러진 음성으로 말을 이어갔다.

"어찌 영인만 생각하고 형산의 안위는 생각하지 않는단 말이냐. 우리가 상대해야 할 곳은 흑무련의 삼대세가 중 한 곳인 단리세가다. 영인마저 없는 마당에 너희까지 자리를 비우면 남아 있는 이대제자들만으로 그들을 감당하기가 힘들다는 것은 너희가 더 잘 알지 않느냐?"

운검의 말에 곽범태 일행은 아무런 말도 할 수 없었다.

진영인이 당가로 향한 것이 알려지면서 서둘러 후발대를 꾸리던 형산 일행에게 익명의 서신이 도착한 것은 화산에서의 결전이 있고 난 다음날이었다.

서신에는 흑무련의 삼대세가 중 한 곳인 단리세가가 형산을 치기 위해 움직일 것이라는, 경고를 담은 짧은 글귀가 단아한 필체로 적혀 있었다. 정파와 흑무련의 전면전 양상으로 치닫고 있는 시점에서 이미 기련십마를 필두로 한 단리세가와 한차례 충돌을 겪은 형산에 그 서신이 지닌 의미는 결코 가볍지 않았다.

짧은 상의 끝에 운검과 풍검은 제자들을 이끌고 서둘러 형산으로 귀환했다. 그리고 제자들이 형산파 안에서 한 발자국도 벗어나지 않도록 지시를 내렸다. 단리세가의 공격이 언제 있을지 모르기에 섣불리 움직일 수 없었던 것이다.

입술만 달싹이는 곽범태 일행을 향해 운검이 입을 열었다.

"조만간 장로님들과 이야기하여 방법을 생각해 보겠다. 그러니 일단 돌아가 있거라."

"네……."

시무룩한 표정으로 돌아서는 그들의 처진 어깨를 바라보던 운검은 그들이 사라지자 나직이 한숨을 흘렸다.

여러 가지 근심이 무겁게 가슴을 짓누르고 있었다.

화산에서 돌아온 이후 송현자는 보름이 넘도록 의식을 찾지 못하고 있었다.

등사격의 독장에 가슴과 등을 연이어 얻어맞은 송현자의 부상은 실로 엄중한 상태였다. 가슴 부근의 옥당혈과 척추 부근의 신도혈(神道穴)은 하나같이 치명적인 혈도였다. 특하나 신경이 집중된 신도혈을 통해 극독이 침투한 송현자의 상태는 한 치 앞을 내다볼 수 없을 정도로 기식이 엄엄했다. 그나마 진현자가 자신의 본원진기까지 소진해 가며 독기를 한 곳에 묶어두지 않았다면 이미 송현자는 이 세상 사람이 아니었을 것이다.

진영인이 신선폐의 해약을 구해오는 것만이 송현자를 살릴 수 있는 유일한 희망이었지만 시간이 길어질수록 이마저도 희박해지고 있었다.

　운검은 고개를 돌려 자신의 처소인 자운정(紫雲亭) 쪽을 향해 시선을 던졌다. 아마도 지금쯤 자신의 침대에서는 풍검이 곯아떨어져 있으리라.

　사실상 공석이 되어버린 장문인의 자리를 메우기 위해 풍검은 침식을 잊고 동분서주하고 있었다. 하지만 문파의 대소사를 총괄하는 자리이니만큼 아직은 경험이 부족한 풍검으로서는 적지 않은 어려움을 겪고 있었다.

　오늘 아침만 해도 그랬다. 장문인의 상세를 묻기 위해 찾아온 풍검의 모습을 마주한 운검은 기가 막히지 않을 수 없었다. 며칠 동안을 뜬 눈으로 밤을 지새운 사제의 몰골은 초췌하기 그지없어 이전의 모습을 찾아볼 수 없었던 것이다.

　보다 못한 운검은 억지로 그를 침대 눕혔다. 처음엔 완강히 거부하던 풍검이었으나 끈질긴 자신의 강권에 마지못해 침대에 누웠다. 그리곤 눈을 감기 무섭게 코를 골며 잠이 들었다.

　쓰러져 잠든 사제의 모습을 보며 운검은 미안함과 측은함을 금할 수 없었다. 자신은 송현자의 부상을 살피느라 풍검을 도와줄 여유가 없었고, 온명 산인과 덕명 산인 역시 은거하다시피 요양을 하고 있는 까닭에 마땅히 그를 보필할 만한 인물이 없었던 것이다.

　'두 분께서도 진원진기가 크게 상하셨을 텐데…….'

　자신들의 내공으로 곽범태의 기맥을 씻어주는 일을 반복했던 터라 온명 산인과 덕명 산인 역시 상당히 지쳐 있었을 것이다.

　'명검만이라도 있었다면 상황이 한결 나았을까…….'

　하나 운검은 이내 머릿속에서 그 생각을 지워 버렸다. 자신의 손으

로 내친 사제였다. 아무리 상황이 어렵다 한들 사문의 배신자를 다시
금 산문 안으로 들일 수는 없는 일이다.

"하아……."

문득 옆에서 들려온 나직한 한숨 소리에 운검이 정신을 차렸다.

"미안하다. 잠시 딴생각을 했구나. 어디까지 이야기했었지?"

"아무것도 아니에요."

절레절레 고개를 흔드는 단리정의 모습에 운검은 쓴웃음을 머금었
다. 아마도 제 사부를 향한 그리움 때문이리라.

'영인이 돌아오면 나아지겠지.'

운검은 손을 뻗어 단리정의 머리를 쓰다듬었다.

"조만간 아무 일도 없었다는 듯이 웃으며 돌아오는 네 사부를 만날
수 있을 게다."

그 말을 끝으로 운검이 돌아섰다.

월동문을 넘는 운검의 뒷모습을 바라보는 단리정의 얼굴에는 감출
수 없는 불안감이 역력했다.

설명하기 힘든 모호한 감정들이 정신을 어지럽히고 있었다. 하지만
단리정은 이를 말할 수 없었다. 자신조차 그 의미를 정확히 알지 못하
는 막연한 두려움을 다른 이가 알아줄 리 만무했던 것이다.

'사부님이라면 이해해 주실 텐데…….'

더없이 아쉬운 마음에 그 말만이 입 안에서 맴돌 뿐이었다.

산문 쪽을 바라보는 단리정의 눈빛이 흔들렸다. 다른 이들에겐 보이
지 않았으나 불길한 무언가가 다가오는 것이 느껴졌기 때문이다.

'사부님…… 빨리 돌아오세요.'

그렇게 염원을 담아 단리정은 속으로 몇 번이고 되뇌었다.

　　　　　*　　　　　*　　　　　*

콰아앙!

"크아악!"

가공할 검기 앞에 세 치 두께의 철판을 씌운 두터운 대문도 무용지물이었다. 쇠로 만든 경첩이 폭죽처럼 터져 나가며, 경계를 서고 있던 당가의 인물들 중 한 명이 그 폭발의 여파에 휩쓸려 단말마의 비명을 질렀다.

쿠웅.

현판과 함께 기울어진 대문이 육중한 소리를 내며 쓰러졌다.

이윽고 희뿌연 먼지 사이로 한 자루 검을 비껴든 채 전신을 피로 적신 흐릿한 인영이 모습을 드러냈다.

콰직.

부서진 대문과 함께 나뒹구는 현판을 짓밟으며 당가 안으로 들어서는 인영을 발견한 당가 인물들의 눈에서 한결같이 노여움이 떠올랐다. 하지만 그도 잠시, 그가 뿜어내는 무시무시한 살기 앞에 신형이 굳어졌다.

"쳐랏!"

퓨퓨퓨!

누군가의 명령이 떨어짐과 동시에 날카로운 파공음이 대기를 갈랐다.

전면을 새카맣게 뒤덮은 채 날아드는 수십 줄기의 흑색 선. 기관에 의해 발사되어 하나같이 바위를 꿰뚫고도 남을 위력을 지닌 철시(鐵矢)

들이 흙먼지를 꼬리에 달고 침입자를 향해 쇄도했다.

"됐다!"

당가가 자랑하는 폭우이화정(暴雨梨花釘)이 흐릿한 인영을 관통하는 순간 당가의 인물들 사이에서 환호성이 터져 나왔다. 그러나 그 순간 그들을 질책하는 음성이 있었다.

"방심하지 마라! 제이열과 삼열은 앞으로! 오열까지 연이어 발사한다!"

우두머리의 지시에 처음으로 폭우이화정을 발사했던 선두의 인물들은 의아한 표정으로 전면을 주시했다. 그리곤 이내 얼굴이 핼쑥하게 변해 황급히 뒤로 물러섰다.

비록 먼지에 가려 흐릿한 모습이 보일 뿐이었지만 가슴을 짓누르는 무시무시한 살기가 조금도 줄지 않았음을 뒤늦게 깨달았던 것이다.

아니나 다를까.

저벅.

무거운 발자국 소리와 함께 먼지를 헤치며 나타난 진영인의 모습에서는 생채기조차 찾아볼 수 없었다.

"발사!"

퓨퓨퓨퓨퓨!

날카로운 파공음과 함께 처음의 네 배에 달하는 철시가 차례대로 허공을 찢었다.

그와 동시에 진영인의 손에 들려 있던 자전뇌검이 벼락같이 움직였다.

따다다다다당!

"……!"

차가운 금속성과 함께 연달아 허공으로 튀어 오르는 철시들을 목격한 당가 인물들의 눈에서 한결같이 경악의 감정이 떠올랐다.

"검으로…… 폭우이화정을 걷어내다니……!"

외당(外堂)의 순찰각주(巡察閣主)를 맡고 있는 당영의 입에서 침음성이 흘러나왔다.

세 겹으로 덧씌운 철판도 뚫어버리는 폭우이화정을, 그것도 불과 십장 남짓한 거리에서 전부 쳐내다니!

믿을 수 없다는 얼굴로 전면을 주시하던 당영은 비로소 눈앞의 사내에게 당해일이 패했다는 사실을 납득할 수 있었다. 하지만 재빨리 감정을 수습한 당영은 수하들을 향해 다시금 명령을 내렸다.

"이열부터 오열까지는 다시 폭우정을 장전해! 일열은 앞으로!"

그의 명령이 떨어지자 처음 폭우이화정을 발사했던 사십여 명의 인물이 전면으로 나섰다. 그사이 진영인은 더욱 거리를 좁혀 오 장 앞에 이르러 있었다.

"어디 이 거리에서도 막을 수 있는지 두고 보겠다."

나직이 으르렁거린 당영이 치켜들었던 손을 내렸다.

"……?"

순간 당영의 눈에 의아함이 서렸다. 명령을 내렸음에도 불구하고 수하들이 폭우이화정을 발사하지 않고 있었던 것이다.

"뭐 하고 있어? 어서 발사해!"

당영은 버럭 고함을 질렀다. 하지만 이내 당황한 수하들의 얼굴이 눈에 들어왔다.

수하들의 시선을 따라 고개를 돌린 당영의 얼굴에도 당혹감이 떠올랐다. 그 자리에 의당 있어야 할 목표물이 보이지 않았던 것이다.

"이게 대체……."

진영인을 찾기 위해 주위를 두리번거리던 당영의 얼굴에서 급격히 핏기가 사라졌다. 허깨비처럼 눈앞에서 사라졌던 진영인이 어느새 자신의 곁에 유령처럼 서 있었던 것이다.

"헉!"

헛바람을 들이키며 황급히 물러서는 당영을 향해 진영인이 처음으로 입을 열었다.

"가주는 어디에 있나?"

"미친!"

당영은 재빨리 손에 들린 폭우이화정을 들어 진영인을 겨누었다. 하지만 진영인의 눈과 시선이 마주친 순간 당영은 온몸이 뻣뻣하게 굳는 것을 느꼈다.

'이게…… 사람의 눈이란 말인가?'

일말의 감정도 느껴지지 않는 유리알처럼 투명한 눈. 그 안에서 줄기줄기 흘러내리는 자욱한 살기는 어지간히 강호를 겪어온 당영으로서도 처음 겪는 무시무시한 중압감이 담겨 있었다.

창백하게 질린 당영을 향해 진영인이 다시 한 번 입을 열었다.

"당교원(唐喬原)은 어디에 있나?"

진영인이 내뿜는 살기가 더욱 짙어졌다.

왈칵.

당영은 돌연 한 사발이 넘는 피를 토했다.

사실 당영으로서는 진영인의 살기를 정면에서 감당하는 것조차 버거운 상태였다. 거기에 절정고수만이 지닐 수 있는 무형의 기파가 더해지며 그의 심맥을 사정없이 뒤흔들어 버린 것이다.

“큭!”

흘러내리는 피를 닦을 생각도 하지 않고 당영은 이를 악물었다. 그리고 대답 대신 폭우이화정을 들고 있는 손에 힘을 넣었다.

‘이 거리에서라면……’

진영인과의 거리를 불과 한 자 남짓. 당영은 그가 결코 폭우이화정에서 발출된 철시를 피하지 못하리라 확신했다. 하지만 그 순간 당영은 가슴 어림을 훑고 지나가는 화끈한 통증을 느껴야만 했다.

츄악!

눈앞에서 뿌려지는 혈우(血雨)! 그것이 자신의 가슴에서 숫구친 피라는 것을 당영이 깨닫는 데는 그리 오랜 시간이 걸리지 않았다.

“이런… 개 같은 경우가…….”

자신의 눈에도 보이지 않을 만큼 가공할 쾌검이 강호에 존재한다는 것을 직접 겪었음에도 당영은 믿을 수 없었다.

털썩.

주저앉듯 무릎을 꿇는 당영의 손에서 폭우이화정이 힘없이 굴러 떨어졌다.

스윽.

당영으로부터 시선을 거둔 진영인은 피 묻은 검을 늘어뜨리며 이백여 명에 달하는 당가의 무인을 향해 살기 어린 눈빛을 던졌다.

“……!”

이에 당가의 무인들은 허겁지겁 철시를 장전한 폭우이화정을 들어 올렸다. 하지만 그보다 한발 앞서 진영인이 먼저 신형을 날렸다.

그것이 시작이었다.

츠츠츠츳!

"크아아악!"

"아악!"

난무하는 검기 속에서 비명과 함께 피를 뿌리며 쓰러지는 수하들의 모습이 초점없이 흐릿한 당영의 망막을 가득 채웠다.

양 떼 속을 휘젓는 이리처럼 그의 수하들을 베어 넘기는 진영인의 검은 더없이 잔혹하고 흉포했다. 인간 같지 않은 진영인의 살기 앞에 수하들은 몸이 굳어 반격은커녕 달아나기에 급급했고, 흐려지는 의식 너머로 이 광경을 지켜보던 당영의 입에서는 절망 어린 음성이 흘러나왔다.

"사신(死神)……."

당영은 최후의 힘을 끌어 모아 품속에서 작은 대나무 통을 꺼내 들었다. 그리고 그것을 하늘로 치켜든 다음 끝부분의 줄을 잡아당겼다.

퍼엉!

한줄기 붉은 연기가 허공으로 솟구쳤다.

그것을 끝으로 당영은 힘없이 고개를 떨궜다. 하지만 숨을 거두는 순간까지도 그의 두 눈은 짙은 두려움에 얼어붙어 있었다.

"순찰각이 당한 모양이군요."

외당의 하늘 위로 솟구친 붉은 연기를 눈에 담은 청년이 나직이 중얼거렸다.

"이곳 내당까지 얼마나 걸릴까?"

청의 무복을 걸친 사내의 질문에 처음 입을 열었던 청년이 빙그레 웃음을 머금었다. 가늘게 접힌 눈매와 얇은 턱 선이 매우 잘 어울리는, 더없이 보기 좋은 미소였다.

"아마도 반 시진 정도? 철기각과 암기당이 나선다면 조금 더 걸릴지도 모르겠군요."

"반 시진이라……."

"조추 형님을 제외한 나머지 사람들이 모이기엔 충분한 시간입니다."

청의 무복의 사내가 굵은 눈썹을 꿈틀거렸다.

"즐거운 모양이구나, 영문."

"그리 보였습니까?"

오히려 반문하는 청년을 사내는 곱지 않은 시선으로 바라봤다.

이에 당영문은 여인처럼 갸름한 턱을 매만지며 여유로운 웃음을 머금었다.

"형님들이 강호에 혁혁한 명성을 날리며 수많은 이들의 부러움을 만끽하고 계실 동안 저는 늘 이곳에만 갇혀 있었습니다. 심지어 우리 중 가장 실력이 떨어지는 조추 형님마저 강호에선 자심염라(慈心閻羅)라 불리며 숱한 이들에게 동경의 대상이 된다 하더군요. 당연히 즐거울 수밖에요. 이때가 아니라면 언제 소제가 강호에 명성을 날릴 기회를 얻겠습니까?"

태연한 당영문의 대꾸에 당가운이 혀를 찼다.

"그를 만만히 생각하지 말아라."

"하긴 단신으로 본 가에 쳐들어왔다면 광증(狂症)이 도진 자거나, 아니면 그만큼 자신의 무공에 자신있단 말이겠지요."

"영문!"

"알고 있습니다, 삼투불요 어르신께서도 그의 검에 의해 어깨에 구멍이 났다는 걸요. 조추 형님은 거의 초주검이 되었고."

유들유들한 당영문의 대꾸에 당가운은 눈썹을 찌푸리며 고개를 저었다. 당가십걸 중 가장 뛰어난 무공을 지니고 있으면서도 늘 이처럼 언행이 가벼워 당가 어른들의 눈 밖에 난 당영문이었다. 그로 인해 그는 늘 당가 안에 묶여 있어야만 했기에 다른 이들에 비해 대외적으로 알려질 기회도 얻지 못한 것이다.

"이십 년 만에 떨어진 일급 경계령이다."

"노친네가 어지간히도 놀랐나 보군요."

무례하기 그지없는 당영문의 언사에 당가운이 미간을 찌푸렸다. 하지만 딱히 이를 반박하고 싶은 마음이 없었는지 묵묵히 입을 다물었다. 그 역시 일급 경계령이 떨어진 것에 대해서는 내심 의아함을 금치 못하고 있었던 것이다.

"아, 저기들 오는군요."

당영문의 말에 고개를 돌린 당가운은 멀리서 다가오는 네 명의 사내를 발견할 수 있었다.

그들이 가까이 이르자 당가운이 의아한 얼굴로 입을 열었다.

"셋째와 넷째, 그리고 아홉째는 아직인가?"

"가주께서 찾으셔서 그곳으로 갔습니다. 이번에 그들은 별도로 움직인다 하더군요."

당가운의 질문에 대답한 사람은 선두에 서 있던 당가십걸의 둘째 당호진이었다. 혈족으로 구성된 당가에서는 대부분이 당씨 성을 쓰고 있었고, 이들 대부분에게는 멀고 가깝고를 떠나 당가의 피가 흐르고 있었다. 그래서 비슷한 배분끼리는 서로 호형호제하며 지내곤 했는데, 이는 당가십걸 역시 마찬가지였다.

"흠……."

당가운은 의아함을 금할 수 없었다. 일급 경계령이 떨어진 상황에서 당가십걸의 전력을 분산시키다니… 가주인 당교원의 명령이라곤 하나 그 의도를 알 수 없었던 것이다. 그리고 보니 최근 몇 달 동안 그들의 모습을 볼 수가 없었다. 가끔 당교원의 처소에 드나든다는 이야기를 들었을 뿐이었다.

"오랜만에 뵙습니다, 형님들. 그간 너무 소원하셨습니다?"

웃으며 인사를 건네는 당영문의 모습에 새로 도착한 당가십걸들은 불편한 표정으로 애써 웃음을 머금었다.

이에 상관없이 당영문이 말을 이어갔다.

"이번에 겁없이 본 가의 문을 넘은 미치광이가 아니었다면 언제 이렇게 형님들을 뵐 수 있었을까요? 마치 작정하시고 저만 따돌리는 것 같아 소제는 내심 매우 섭섭해하고 있었습니다."

"하하, 막내 아우는 무슨 농담을 그리하는가. 우리가 언제 자네를 따돌렸다고……."

호탕하게 웃으며 손을 내젓던 당호진이었으나 당영문의 서늘한 눈빛 앞에 급히 말끝을 흐렸다. 이는 나중에 도착한 다른 세 명도 크게 다르지 않았다. 당호진의 나이가 서른넷, 그리고 대부분이 서른 줄을 넘기고 있었다. 하지만 이제 막 약관을 넘긴 당영문의 눈빛을 감당하지 못해 쩔쩔매고 있는 것이다.

"그만!"

쩌렁한 당가운의 일갈에 그제야 당영문은 웃음을 흘리며 그들로부터 시선을 거두었다.

약간의 시간을 두고 당가운이 입을 열었다.

"행여 있을 모를 일에 대비해 너희를 불렀다. 마음의 준비를 하고 이곳에 대기하고 있어라."

"하하, 큰형님, 그새 농이 느셨습니다. 듣자 하니 그는 홀홀단신이라던데 설마 내당까지 발을 디딜 수 있겠습니까?"

"맞습니다. 운 좋게 순찰각을 돌파했다 해도 철기각이나 집법당, 그리고 암기당이 나서면 그는 용담호혈에 뛰어든 대가를 톡톡히 치를 것입니다. 굳이 우리나 본 가의 어르신들이 나설 필요도 없지요."

나란히 입을 여는 당무수와 당정을 향해 당영문이 조소를 머금었다.

"혁혁한 명성을 떨쳐 울리는 혈우신망(血雨迅網)과 창궁섬표(蒼穹閃票), 두 대협께서 공언하셨으니 의당 그리되어야겠지요."

겉으론 칭찬인 듯했으나, 자신들의 성명 암기이자 별호인 혈우신망과 창궁섬표까지 들먹이며 이죽거리는 당영문의 표정에는 비웃는 기색이 역력했다.

당무수와 당정의 얼굴은 벌레를 씹은 듯 일그러졌다. 하지만 어느 누구도 선뜻 나서 화를 내는 이가 없었다.

"쳇, 재미없어."

양손을 탁탁 털며 돌아서는 당영문을 당가운이 붙들었다.

"어딜 가려느냐?"

"답답해서 산책 좀 하려고요."

"방금 내 말을 듣지 못한 것이냐?"

"당가십걸 중 절반이 모여 있는데 저 하나 빠졌다고 설마 큰일이라도 나겠어요? 저는 어디 한적한 곳에서 바람 좀 쐬고 있을 테니 상황이 나빠지면 부르세요."

그 말을 끝으로 당여문은 장내를 떠났고, 당가운은 이를 보며 한숨을 내쉬었다.

이윽고 당영문이 장내에서 모습을 감추자 당호진이 툴툴거리며 쓴 소리를 내뱉었다.

"젠장. 갈수록 오만방자해지는군."

이를 시작으로 당가십걸들이 저마다 한 소리씩 거들기 시작했다.

"누가 아니랍니까?"

"첩의 자식 주제에."

"가주의 적자였던 문기가 죽었으니 이제 모든 게 제놈 손아귀에 있는 것 같겠지."

이때 말없이 눈살을 찌푸리고 있던 당가운이 그들을 향해 짧게 입을 열었다.

"한심한 놈들."

정작 당영문 앞에서는 기도 못 펴다가 뒤에서 험담을 늘어놓는 그들의 한심한 모습이 당가운은 매우 못마땅했다. 하지만 달리 당영문을 두둔하지도 않았다. 가문으로부터 미운털이 단단히 박힌 막내를 변호하는 일도 이젠 진절머리가 났기 때문이다.

그때였다.

콰아앙!

멀지 않은 곳에서 지축을 뒤흔드는 굉음이 들려왔다. 뒤이어 허공으로 솟구치는 희뿌연 연기와 대지를 울리는 희미한 여진을 느낀 당가운의 얼굴이 미미하게 흔들렸다. 굉음이 들려오기 전 희미하게 번쩍인 자색 광채를 떠올렸던 것이다.

"천뢰구(天雷球)."

나직이 읊조린 당가운의 음성에 당가십걸들이 의아한 표정을 지었다.

“설마.”

“벌써 암기당이 나섰단 말인가?”

천뢰구는 당가에서도 좀처럼 사용하지 않는 병기로, 폭약과 암기를 접목시켜 가장 뛰어난 살상력을 지닌 무기였다. 그리고 이를 사용하는 것은 암기와 폭약을 전문적으로 다루는 수련을 거친 암기당에 제한되어 있었다.

따라서 천뢰구가 사용되었다는 의미는 결코 가볍지 않았다.

당가는 외당과 내당으로 구분되어 있었다. 당씨 성을 지니지 않은 호위무사들과 당가의 자질구레한 일들을 담당하는 하인, 그리고 이들에게 딸려 있는 식솔들이 거주하며 대외적으로 운영하는 상단들과 이들을 관리하는 순찰각이 외당에 머물고 있었다.

내당에는 장로전을 비롯해 당가의 대소사를 결정하고 형벌을 집행하는 집법당(執法堂), 독과 해독을 연구하는 집약당(集藥堂), 암기와 기계들을 연구하고 다루는 철기각(鐵機閣)과 이를 실전에 사용할 수 있도록 체계적으로 정리하고 연구하는 암기당이 위치하고 있어, 사실상 내당이야말로 당가가 지닌 모든 힘의 근원이라 할 수 있는 핵심 요충지였다.

천뢰구의 사용은 암기당이 나섰음을 뜻하고, 암기당이 나섰다는 것은 침입자가 벌써 내당에 근접했다는 것을 의미한다.

저들끼리 수군거리는 당가십걸을 향해 당가운이 입을 열었다.

“내당으로 이어지는 문으로 향한다.”

말을 끝마치기 무섭게 당가운은 훌쩍 신형을 날렸고, 나머지 당가십걸이 그 뒤를 따랐다.

‘대체 그자의 무위가 어느 정도이기에?’

당가운은 내심 불안한 감정이 치밀어 오르는 것을 느꼈다.

분명 침입자는 단신이라 했다. 그것도 구대문파에도 이름을 올리지 못하는 형산파의 제자로 나이 또한 어리다 했다. 최근 남악신룡이라는 거창한 별호를 얻었다곤 하나 강호의 소문이 대부분 부풀려지고 과장되기 마련임을 익히 아는 그였기에 크게 관심을 기울이지 않았었다. 하지만…

'이처럼 짧은 시간에 내당까지 이르다니.'

직선으로 따진다 해도 외당에서 내당까지의 거리는 육백여 장에 이른다. 또한 곳곳에 기관과 매복이 설치되어 있어 허락없이 내당에 들어서는 것을 용납지 않았다.

만약 자신의 예상이 틀리지 않았다면 그는 최소 이기생형의 경지를 이룬 절정고수이거나 당가의 내부 사정에 대해 속속들이 꿰고 있는 인물일 것이다. 하지만 비밀을 철저히 유지하는 당가임을 염두할 때 두 번째 가능성은 극히 희박했다.

'고수란 말이지.'

당가운은 슬쩍 웃음을 머금었다. 뻔히 보고를 들었음에도 이를 너무나 늦게 깨달은 자신에게 던진 자조 섞인 웃음이었다.

비록 현역에선 물러선 지 오래되었다곤 하나 한때 강호 십대고수에도 이름을 올렸을 만큼 당해일이 지닌 무위는 호락호락한 것이 아니었다. 그런 당해일이, 그것도 그와 싸우기 전에 이미 당가의 정예들과 맞닥뜨려 체력을 소진했을 터인 상대를 막아내지 못했다는 것은 그만큼 침입자의 무공이 고절하다는 것을 의미했다.

"……!"

이윽고, 내당과 외당을 잇는 유일한 출입구에 도달한 당가운의 얼굴이 딱딱하게 굳어졌다. 당가만의 비법으로 축조되어 견고함을 자랑하는 내당의 담벼락이 낙뢰를 맞은 듯 무너져 있었고 그 잔해 속에서 어지럽게 흩어져 있는 몇 구의 시신이 눈에 들어왔던 까닭이다.

"음······."

한차례 침음성을 흘린 당가운은 허리를 숙여 바닥에 떨어져 있던 비침을 집어 들었다.

당가의 폭약 암기인 천뢰구는 폭발하는 순간 그 속에서 수백 발의 파공 강침이 쏟아져 나온다. 그가 주워 든 비침과 무너진 담벼락의 그슬린 흔적은 천뢰구의 폭발로 인한 것이 분명했다.

"형님! 저기!"

당호진의 외침에 고개를 돌린 당가운은 이내 경악을 금치 못했다. 당호진이 가리킨 곳. 질펀한 핏물 위에 몸을 눕히고 있는 팔십여 구의 시신이 눈에 들어왔던 것이다. 그들의 소매에는 한결같이 암기당 특유의 표식이 새겨져 있었다.

"몰살? 천뢰구를 사용하고도 암기당이 전부 당했단 말인가?"

나직이 중얼거리던 당가운의 표정이 급변했다.

"조심해라!"

당가운의 외침과 함께 당가십걸이 일제히 신형을 솟구쳤다.

간발의 차이로 한줄기 검기가 아슬아슬하게 그들의 발밑을 비껴갔다.

콰콰쾅!

그들을 스치고 간 예리한 검기는 바닥에 깊은 균열을 남기며 그대로 내당의 담벼락을 송두리째 날려 버렸다.

"어떤 개잡종이 감히 암습을······!"

고함을 지르던 당호진은 문득 다른 당가십걸들의 표정에 변화가 있음을 눈치채고 말끝을 흐렸다. 그리고 천천히 시선을 옮겨 십 장쯤 떨어진 곳에 위치한 커다란 바위를 바라봤다.

그곳에는 곳곳이 찢어지고 피가 엉긴 남루한 의복을 걸친 사내가 한 자루 검을 비껴든 채 유령처럼 서 있었다.

악전고투를 거듭한 흔적이 역력한 침입자의 모습에 당호진은 잔인하게 눈빛을 번뜩였다.

"흥!"

한 차례 코웃음을 터뜨린 당호진이 괴인을 향해 신형을 날렸다.

"기다려!"

당가운이 다급히 소리쳐 그를 불렀으나 이미 당호진은 괴인의 지척에 이르러 있었다. 그의 손에는 화려한 무늬의 섭선이 들려 있었는데, 그가 부채를 휘두르자 부챗살을 이루고 있던 철침이 발사되어 무서운 속도로 허공을 찢었다.

순간 괴인의 얼굴에서 이채가 떠올랐다. 당호진의 가슴 어림에 수놓아진 화려한 국화 무늬를 발견한 것이다. 당가의 직계들에게만 허용된다는 국화 문양. 이를 알아본 진영인의 눈빛이 더욱 서늘하게 가라앉았다.

"형님이 나설 것도 없습니다. 이놈은 제가……."

당호진이 채 말을 끝맺기도 전에 진영인이 손을 움직였다.

따다다다다당!

한차례 검을 휘둘러 자신의 암기를 전부 걷어내는 진영인의 모습에 당호진의 얼굴이 핼쑥하게 변했다.

슈칵!

섬뜩한 음향과 함께 팔목 아래가 시원해지는 느낌이 든 것도 거의 동시였다.

"으아아악!"

고개를 숙여 바닥에 떨어져 있는 섭선과 그것을 움켜쥐고 있는 자신의 손을 발견한 당호진의 입에서 처절한 비명이 터져 나왔다.

당호진은 잘려 나간 손목을 움켜쥐었으나 그의 손목에서 솟구친 핏줄기는 비릿한 혈향(血香)과 함께 바닥을 적셔갔다.

쾅!

돌연 당호진의 신형이 벼락 맞은 개구리처럼 허공으로 솟구쳤다. 그리고 허공을 날아 바닥에 팽개쳐졌을 때 그의 턱은 완전히 박살나 있었다. 순식간에 거리를 좁힌 진영인이 무릎으로 그의 턱을 차올린 것이다.

"왁!"

바닥에 쓰러진 채 시커먼 피를 게워내던 당호진은 바닥에 흩뿌려진 자신의 이빨들을 망연한 눈으로 바라봤다.

"으어어……!"

십여 개의 이빨을 잃고 턱이 바스러진 당호진의 입에서 모호한 발음이 새어 나왔다.

하지만 그도 잠시, 진영인은 다시 한 번 검을 휘둘렀다.

당호진의 심장으로 파고든 날카로운 검기는 그대로 등을 관통해 자욱한 피보라와 함께 허공에 뿌려졌다.

"커헉!"

당호진의 눈이 홉떠졌다. 죽음을 목전에 둔 순간에서야 사내의 옷을 적신 피가 그의 것이 아님을 깨달았던 것이다. 하지만 후회란 아무리 빨라도 늦는 법.

힘없이 고개를 꺾으며 당호진은 숨을 거뒀다. 당가십걸의 죽음치곤 너무나 허무한 죽음이었다.

"……!"

당호진의 죽음을 목도한 당가십걸의 얼굴에서 경악의 빛이 떠올랐다.

진영인이 검기를 날려 당호진의 팔목을 자르고, 그의 턱을 걷어찬 다음 재차 검기를 날린 것은 눈 한 번 깜짝하기도 전에 벌어진 일이었다.

비록 방심했다고는 하나 순식간에 당호진을 염왕 앞으로 보내 버린 진영인을 바라보며 당가십걸은 비로소 자신들이 일생에 한 번 보기 힘든 고수와 마주하고 있다는 사실을 깨달았다.

"이, 이놈!"

경각심을 북돋워 소리치던 당무수는 자신도 모르게 떨려 나오는 목소리를 듣고 스스로 부끄러워졌다. 그러나 눈앞에서 가공할 검기를 뿌려낸 진영인은 여전히 차가운 눈으로 자신들을 노려볼 뿐이었다.

당무수는 고개를 돌려 힐끗 당가운을 바라봤다.

"준비해라."

한마디 짧은 말과 함께 당가운은 소매 속에서 여덟 개의 철전(鐵箭)을 꺼내 손가락 사이에 끼웠다.

탈명전(奪命箭). 이십 년 넘게 그와 생사를 함께한 암기였다. 더불어 탈혼귀전(奪魂鬼箭)이라는 자신의 명호 역시 이를 통해 얻었다.

시위를 통해 발사하는 화살과 달리 탈명전은 깃이 없고 길이가 짧은 것이 특징이다. 깃이 없어 정확도가 떨어지고, 다른 암기에 비해 무거위 다루기가 까다로우나 당가의 내공심법과 암기에 대한 연구는 오히려 이를 장점으로 바꿔, 변화가 다양하고 위력적인 무공으로 완성시켰다.

지금까지 단 한 번도 자신의 의지를 벗어난 적이 없는 탈명전을 움켜쥐자 당가운은 한결 마음이 안정되었다. 하지만 그도 잠시, 그의 눈빛이 미미하게 흔들렸다.

'좋지 않군.'

일말의 흔들림도 찾아볼 수 없는 적의 모습에서 당가운은 내심 침음성을 삼켰다. 막상 진영인과 마주하니 살벌하기 그지없는 눈빛과 거대한 존재감이 가슴을 짓눌러 왔던 것이다. 그러나 당호진의 죽음을 이대로 묵과(默過)할 수는 없는 노릇. 당무수와 당정 역시 그의 명령을 기다리고 있었다.

이때 영원히 침묵을 지킬 것만 같던 진영인이 천천히 입을 열었다.

"당교원은 어디에 있나?"

그 한마디 말에 당가운을 비롯한 당가십걸의 얼굴이 붉게 달아올랐다.

"새파란 녀석이 어디서 함부로……!"

비록 그가 지닌 무위가 자신들을 훨씬 상회한다고는 하나 당가 안에서 이처럼 안하무인으로 행동하는 진영인을 더 이상 두고 볼 수 없었다.

서로 눈빛을 교환하던 당가운과 나머지 당가십걸이 천천히 진영인과 거리를 좁히기 시작했다.

휘익.

아무런 신호도 없이 당가운이 먼저 신형을 날렸다.

쐐애애액!

동시에 그의 손가락 사이에 끼워져 있던 여덟 대의 탈명전이 제각기 다른 궤도로 진영인을 노리며 날아들었다.

이를 신호로 나머지 당가십걸도 일제히 신형을 날렸다. 당무수는 붉은 빛이 감도는 이 장 넓이의 그물을 뿌렸고, 당정은 끝이 갈라진 기묘한 모양의 비수를, 당가력은 갈지자 모양으로 휘어진 철척(鐵尺)을 내던져 진영인을 공격하기 시작했다.

이에 진영인도 물러서지 않고 마주 신형을 날려 검을 휘둘렀다.

당문 역사상 유래없는 피해를 남긴 당가혈사. 그 처절한 싸움의 시작이었다.

*   *   *

수백 자루의 칼날을 거꾸로 세워놓은 듯한 험준한 산.

한차례 비라도 몰아치려는지 하늘을 가득 매운 잿빛 구름이 산정(山頂)을 가득 메우고 있었다.

걸음을 멈춰 이를 바라보던 진현자는 나직이 한숨을 흘렸다. 매번 오르는 곳이건만 여전히 그에겐 낯설게 느껴지는 풍광이었다.

'아직 축용봉(祝融峰)엔 눈이 쌓여 있겠지.'

젊은 시절 무수히 오르곤 했던 형산의 최고봉을 떠올린 진현자의 입매에 더없이 씁쓸한 미소가 떠올랐다.

운봉무쇄(雲封霧鎖)라는 말로도 유명할 만큼 형산은 일 년 중 대부분이 안개에 휩싸여 있었고, 특하나 이맘때면 산정에 남아 있는 흰 눈과 희뿌연 안개가 어울려 더욱 신비로운 장관을 연출한다. 이곳 대파산의 을씨년스러운 풍경과는 비교할 수 없는 아름다움을 지닌 곳, 형산.

'한동안 잊고 있었건만…….'

송현자를 만났기 때문일까. 애써 기억에서 지웠던 그리움이 밀려왔다. 그렇게 한참 동안 멍하니 서서 가슴을 아리게 만드는 그리움에 젖어 있던 진현자는 이내 한숨을 흘리며 다시금 걸음을 옮기기 시작했다.

그렇게 얼마나 걸었을까.

깎아지른 듯한 천장단애(千長斷崖) 위에 위태롭게 걸쳐진 다리를 지나자 이처럼 깊은 산엔 어울리지 않는 거대한 전각들이 눈에 들어왔다.

"오랜만의 강호행은 즐거웠나?"

등 뒤에서 들려온 갑작스러운 인기척에 진현자가 신형을 돌렸다.

"자네로군."

"자네에게 이처럼 친하게 말을 건네줄 사람이 나 말고 누가 있겠나?"

언제부터인지 진현자의 뒤에는 유철악이 서 있었다.

자신을 향해 다가서는 유철악을 보며 진현자는 고소를 머금었다. 제아무리 뛰어난 신법을 지녀 신풍마유라 불리는 유철악이라 할지라도 평소의 그였다면 유철악의 존재를 일찍 알아챘을 것이다. 하지만 중독된 송현자를 위해 본원진기를 소모한 탓에 무공이나 감각이 현저히 감소했고, 이를 예전처럼 회복하기엔 주어진 시간이 부족했다.

"그래 갔던 일은 잘되었나?"

유철악의 질문에 진현자는 말없이 고개를 끄덕였다. 이에 유철악은 오히려 뜻밖이라는 듯 놀란 표정으로 다시금 입을 열었다.

"대단하군. 등사격은 그리 호락호락한 인물이 아닐 텐데. 과연 절명마검!"

“그를 죽인 것은 내가 아닐세.”

“응?”

무슨 뜬금없는 소리냐는 듯 의아한 얼굴로 반문하던 유철악은 이어진 진현자의 말에 표정을 달리했다.

“그를 죽인 것은 영인일세.”

“진영인? 그 애송이가? 설마… 소명산혼이 어떤 자인데.”

더욱 자세한 이야기를 기대하며 유철악은 넌지시 진현자를 떠봤으나 그 말을 끝으로 진현자는 입을 다물었다.

“흐음…….”

유철악은 감탄인지 신음인지 모를 모호한 한숨을 흘리며 진현자를 바라봤다. 평소 가볍게 입을 열지 않는 진현자의 성품으로 미루어 보건대 그의 말은 조금의 과장도 섞여 있지 않을 것이다.

‘그사이 조금은 실력이 늘었나 보군.’

약간의 시간이 흘러 유철악이 다시금 얼굴에 웃음을 띠었다.

“그 아이에 관해 함구하는 것은 내가 그를 해칠까 염려되기 때문이겠지?”

순간 진현자의 표정이 굳어졌다.

“형산은 절대 건드리지 않겠다. 그것이 내가 당신들을 위해 일하는 제일 조건이었을 텐데.”

진현자의 전신에서 쏟아지는 섬뜩한 기운에 유철악은 한 걸음 물러서며 손을 저었다.

“걱정 말게. 내가 그 아이에게 손대는 일은 없을 걸세.”

한참 동안 물끄러미 자신을 응시하던 진현자가 이윽고 천천히 살기를 거두자 유철악은 불만스러운 얼굴로 나직이 툴툴거렸다.

"그 정도 농담으로 나에게 살기까지 드러내다니, 이거 상당히 섭섭하군."

일순 대화가 단절되고 그들 사이엔 어색한 침묵이 내려앉았다.

그러기를 잠시, 분위기를 바꾸려는 듯 유철악이 웃으며 질문을 건넸다.

"그건 그렇고, 어째서 빈손인가?"

"무슨 말인가?"

"어째서 등사격의 목을 가져오지 않았냐는 말일세."

"그럴 필요가 없었네."

"어째서?"

"……."

진현자가 입을 다물자 유철악이 답답한 듯 대답을 재촉했다.

"거참 몹쓸 사람일세. 한껏 궁금하게 해놓고……."

"그는 등사격이 아니었으니까."

진현자의 짧은 대꾸에 잠시 할 말을 잊고 있던 유철악은 이내 황당한 표정으로 마른 웃음을 터뜨렸다.

"이거 참 놀라운 일이군. 자네도 농담을 다 할 줄 아나?"

"사실일세."

"확신하나?"

유철악의 반문에 진현자는 천천히 고개를 끄덕였다.

"알려진 것과 달리 그는 단 한 번도 음공을 사용하지 않았네. 독을 사용해 음공인 것처럼 꾸몄던 거야. 목적은 알 수 없지만 화산에서 죽은 등사격은 진짜 사황곡주가 아니었어."

"하지만 그것만으론 증거가 부족하지 않은가? 어쩌면 처음부터 등사격이 음공이 아닌 독을 사용했을 수도 있고."

"그가 진짜 등사격인지 아닌지는 그가 판단할 걸세."

진현자가 말한 그가 누구인지는 유철악 역시 잘 알고 있었다. 당금 흑무련의 절대 권력자. 이곡과 삼방, 삼대세가를 흑무련이라는 이름 아래 굴복시킨 천마성주 공야휘라면 등사격의 진면목에 대해 모를 리 없었다.

"그런가? 그거참 아쉬운 일이로군."

"……!"

영문 모를 유철악의 탄식에 의아한 표정을 짓고 있던 진현자의 눈이 더없이 크게 홉떠졌다. 지척에 있던 유철악이 돌연 갈고리 같은 손을 휘둘러 자신을 공격했던 것이다.

콰직!

미처 방비할 틈도 없이 진현자는 일격을 허용하고 말았다.

"이놈……!"

츄릿!

벼락같이 휘두른 진현자의 검을 따라 한줄기 예리한 검기가 허공을 찢었다. 하지만 유철악은 어느새 이 장 뒤로 훌쩍 물러선 뒤였다.

"신풍마유란 명호는 거저 얻어진 것이 아닐세."

의미 모를 웃음을 머금고 있는 유철악을 향해 진현자는 빠드득 이를 갈아붙였다.

"어째서……."

꾸역꾸역 넘어오는 핏물 때문에 말조차 잇기 어려웠다. 평소의 그였다면 아무리 가까운 거리였어도 이처럼 쉽게 일격을 허용하지 않았을 것이다.

“왁!”

결국 진현자는 검으로 바닥을 짚어 간신히 신형을 유지한 채 그대로 시커먼 피를 토해내기 시작했다.

그런 진현자를 바라보며 유철악은 무거운 한숨을 터뜨렸다.

“기해혈을 파괴했으니 무리하지 않는 게 좋을 걸세. 북망산까지는 먼 길인데 유언이라도 남겨야 하지 않겠나?”

“이노옴… 유철악……!”

“미안하네. 하지만 자네에게 개인적인 원한은 눈곱만큼도 없어. 오히려 자네와는 좋은 관계를 유지하고 싶었지. 아픈 원한으로 삶을 지탱하는 자네의 눈빛이 마음에 들었거든. 마치 나를 보는 것 같아서 말이야. 이런 상황이 된 것은 나나 자네에게 참으로 안타까운 일이야.”

“어째서냐? 어째서 나를…….”

“등사격이 가짜라는 사실은 자네가 아니라도 언젠가는 알려지겠지. 하지만 지금은 아니야. 아직 공야휘에게 알려선 곤란하다네.”

“그렇다면 넌 이미 그 사실을 알고…….”

입을 여는 것조차 힘겨운 듯 거친 숨을 몰아쉬는 진현자를 향해 유철악은 천천히 고개를 끄덕였다.

“어찌 모르겠는가. 그를 사황곡주로 꾸며 사람들 앞에 내세운 사람이 바로 나인걸.”

“그렇다면…….”

“자네 짐작대로일세. 내가 바로 등사격일세.”

“……!”

둔기로 머리를 얻어맞은 듯 진현자는 일순 망연한 표정을 지었다.

그런 진현자를 바라보던 등사격은 등에 메고 있던 칠현금을 풀어 바닥에 세웠다.

"남길 말은 없나?"

진현자가 씹어뱉듯 입을 열었다.

"…개자식!"

"마지막 유언이 욕설이라니 자네도 그리 낭만적인 사람은 아닐세그려."

스르릉.

유철악이 손을 움직이자 칠현금 안에 숨겨져 있던 비수가 차가운 울음과 함께 새파란 날을 드러냈다.

"걱정 말게. 고통은 없을 테니."

한 발 한 발 자신에게 다가서는 유철악의 모습에 진현자의 눈이 급격히 흔들렸다. 분하고 원통해도 달리 방법이 없었다. 이미 화산에서 본원진기를 소진한 데다 내공을 담는 기해혈마저 깨진 이상 그에게 대항할 방법이 없었던 것이다.

그때였다.

'본원진기!'

문득 번개처럼 뇌리를 스치는 생각이 있었다.

생각은 빨랐지만 행동은 더욱 빨랐다.

결연한 표정으로 왼손을 들어올린 진현자는 엄지손가락으로 자신의 혈도들을 차례대로 찍기 시작했다. 기문혈(氣門穴), 장태혈(將台穴), 천극혈(天隙穴), 천주혈(天柱穴), 당문혈(當門穴). 하나같이 점혈(點穴)되면 죽음에 이를 수 있는 치명적인 요혈들을 연속으로 두들기는 진현자의 모습에 유철악은 쓴웃음을 머금었다.

"자결이라……. 마지막까지도 자존심을 지키고 싶은 건가? 뭐 그것도 좋겠지."

비수를 거두며 한 걸음 물러선 등사격은 득달같이 엄습해 오는 고통을 참느라 이마 위로 푸른 힘줄이 솟구친 진현자를 여유로운 모습으로 지켜봤다. 하지만 자신의 생각이 틀렸음을 깨닫는 데는 그리 오랜 시간이 걸리지 않았다.

"쿨럭!"

한차례 피기침을 토한 진현자가 천천히 고개를 들어올렸다.

"……!"

광망이 이글거리는 진현자의 눈빛과 시선을 마주한 등사격의 얼굴이 밀랍처럼 굳어졌다.

"놀랍군! 이런 비기를 감추고 있었을 줄이야!"

겉으로 드러난 표정과는 달리 등사격의 놀라움은 이루 말로 표현할 수 없었다.

'죽어가던 자가 살아나다니! 회광반조(廻光返照)? 아니야, 저 기백…… 저 살기…… 결코 회광반조 따위가 아니다!'

본원진기를 격발시켜 내공을 얻는 초백번천심결(焦魄飜天心訣)을 알지 못하는 등사격으로서는 마치 진현자가 선담(仙譚)에서나 나올 법한 기사회생(起死回生)을 이룬 것처럼 보였다.

'어디…….'

진현자의 상태를 가늠하기 위해 등사격은 팔성의 진력을 실어 비수를 던졌다.

쐐애애액!

카앙!

그러나 그가 던진 비수는 차가운 금속성과 함께 허공으로 튀어 올렸다.

"등사격!"

우르르릉!

"헉!"

은은한 뇌성과 함께 들이닥치는 강맹한 검기에 등사격은 크게 놀라 급히 뒤로 물러섰다.

콰아아앙!

귀청이 떨어질 듯한 굉음과 함께 조금 전까지 등사격이 서 있던 대지가 분화구처럼 움푹 패였다.

놀란 가슴을 쓸어내리며 등사격이 크게 웃음을 터뜨렸다.

"하하하, 좋아, 아주 좋아. 나 역시 진작에 자네와 한 번쯤 겨뤄보고 싶었다네. 사대명왕의 으뜸이 누구인지 이 자리에서 결정짓도록 하지."

하지만 이내 등사격은 의아함을 금치 못했다. 마땅히 자신을 공격해 와야 할 진현자의 기척이 느껴지지 않았기 때문이다.

"설마?"

등사격은 모든 시각을 제외한 모든 감각을 동원해 진현자를 찾기 시작했다. 하지만 그 어디에서도 진현자를 느낄 수 없었다.

비로소 등사격은 자신이 진현자에게 속았다는 사실을 깨달았다.

애초부터 진현자가 날린 검기는 자신을 겨냥한 것이 아니었다. 굉음을 일으켜 순간적으로 청각을 마비시키고, 비산하는 돌조각과 먼지로 자신의 후각과 촉각을 차단한 것이다. 이 모든 것이 자신의 기척을 완벽히 지우고 달아나기 위한 진현자의 계획이었다.

"제길!"

등사격은 손을 들어 눈을 가리고 있던 면포를 붙들었다.

진현자는 부상을 당했고, 아직은 눈으로 찾을 수 없을 만큼 멀리 달아나지 못했을 것이다. 하지만 등사격은 면포를 벗을 수 없었다.

장님이 아니면서도 그가 면포로 눈을 가린 이유는 스스로 제어하기 힘든 마기를 봉인하기 위해서였다. 면포를 벗어 마기를 개방하면 멀지 않은 곳에 위치한 천마성의 인물들이 이를 느끼고 곧바로 달려올 것이 틀림없었다.

등사격은 면포를 붙들었던 손을 풀고는 허탈한 표정을 지었다.

"보기 좋게 당했군."

비수를 다시 칠현금 안에 갈무리하며 등사격은 자조 섞인 한숨을 내쉬었다.

약간의 방심과 순간의 격동이 큰 실수로 이어진 것이다.

'하지만 기해혈이 깨졌으니 그의 생명은 길지 못할 것이다.'

옷에 묻은 먼지를 털어낸 등사격은 마치 아무 일도 없었다는 듯이 태연히 천마성을 향해 걸음을 옮기기 시작했다.

그렇게 한참을 걷던 등사격이 천마성과 불과 십 장을 남겨두고 멈춰 섰다.

'진영인…… 그 애송이가 번번이 일을 방해하는군. 뭐 어차피 당가가 알아서 처리해 주겠지만…….'

신경질적으로 입맛을 다신 등사격이 다시금 걸음을 옮겼다. 하지만 마음 한구석에 남는 찜찜함은 끝내 털어낼 수 없었다.

잠시 생각에 골몰해 있던 등사격이 신형을 돌렸다.

"그래도 이번 일에 변수가 될 놈을 간과해서는 안 되겠지. 어차피 백명귀들이 존재를 드러냈으니 그 친구에게 애송이의 처리를 맡기는 것도 나쁘지 않겠군."

펄럭.

등사격의 옷자락을 흔들던 바람이 그의 살기에 놀라 귀신의 호곡성마냥 을씨년스러운 울음을 토하며 산 아래로 내달렸다.

바람에 휩쓸렸던 먼지가 가라앉고, 다시금 정적이 장내에 내려앉았다. 그리고 등사격이 모습은 이미 그곳에 없었다.

第三十五章

악전고투(惡戰苦鬪)

꽝!

수십 개의 벽력탄이 터지는 듯한 음향이 울려 퍼지며 세찬 경풍이 장내를 휩쓸었다. 동시에 자욱한 흙먼지가 구름처럼 솟구쳤다.

이윽고 먼지가 가라앉으며 장내의 광경이 드러났다.

진영인은 여전히 그 자리에 우뚝 서 있었다. 반면 진영인을 공격했던 당가력은 술에 취한 사람처럼 비틀거리며 물러서고 있었다.

그의 손에 들려 있던 귀왕척(鬼王尺)은 귀신 머리 형산을 하고 있는 손잡이 부분만을 남긴 채 박살이 나 있었고, 쩍 갈라진 가슴에서 연신 더운 피가 솟구치고 있었다.

그러나 정작 큰 부상을 입고 있는 당가력 자신은 고통조차 느끼지 못하고 있었다. 경악과 두려움 가득한 눈을 진영인에게 고정시킨 채 계속해서 뒷걸음질칠 뿐이었다.

‘인간이…… 아니야…….’

당가력은 직접 보았음에도 눈앞의 사내가 지닌 무위를 믿을 수 없었다. 검강이라니. 자신은 꿈도 꾸지 못할 경지였다.

이처럼 가공할 검공 앞에서 그 누가 무사할 수 있겠는가. 자신의 목숨이 붙어 있는 것은 순전히 운이 좋아서였다.

작은 웅덩이를 이룬 핏물과 진흙 찌꺼기처럼 흩어져 있는 수많은 육편들 가운데 어쩌면 자신이 포함되었을지도 모르는 일이다.

핼쑥하게 질린 얼굴로 물러서던 당가력의 신형이 석상이 된 듯 굳어졌다. 천천히 고개를 들어올린 진영인의 얼음 같은 시선과 눈이 마주쳤기 때문이다.

“으으…….”

털썩.

주위를 압도하는 칼날 같은 눈빛 앞에 당가력은 자신도 모르게 오금이 저려와 다리에 힘이 풀리고 말았다.

당가력을 노려보던 진영인은 천천히 고개를 돌려 십 장쯤 떨어진 곳에 위치한 당가운을 향해 시선을 던졌다.

당가운은 당무수와 당정을 대신해 바닥에 널려 있는 육편과 갈가리 찢겨 형체를 알아볼 수 없는 핏빛 그물, 그리고 산산조각 나 부서진 당정의 암기들을 망연한 눈으로 바라보고 있었다.

“당교원은 어디에 있나.”

진영인이 입을 열자 당가운은 비로소 자신이 처한 상황을 깨달았다.

“죽여라.”

표정은 결연했으나 당가운의 입을 비집고 흘러나온 음성은 미미하게 떨리고 있었다.

잠시 동안 말없이 당가운을 노려보던 진영인이 천천히 검을 들어올렸다. 그러자 검극 위로 솟구친 두 자 길에게 달하는 검강이 더욱 짙은 빛을 뿌렸다.

츄악!

허공을 내리그은 진영인의 검을 따라 생성된, 유리처럼 투명한 진공의 칼날이 섬뜩한 음향과 함께 대기를 갈랐다.

'막내를 보내는 것이 아니었어.'

순식간에 목전으로 짓쳐든 검기를 바라보며 당가운은 진저리를 쳤다. 당가를 통틀어 최고수라 인정받는 당영문의 암기술이 더해진다면 모를까, 눈앞의 괴물을 자신들만으로 막는다는 것은 애초부터 역부족이었던 것이다.

이때 당가운과 진영인을 사이를 막아서는 그림자가 있었다. 그리고 그 순간 진영인은 전신을 옭아매는 듯한 음유한 경력을 느낄 수 있었다.

키이이익!

쾅!

이질적인 두 개의 소음이 터져 나왔다. 그리고 진영인은 당가에 들어선 이후 처음으로 고통다운 고통을 맛보았다.

목으로 넘어오는 비릿한 액체를 삼키며 진영인이 뒤로 물러섰다. 그리고 자신의 어깨에 틀어박힌 날카로운 물체를 바라봤다.

"휴우, 대단하군. 이렇게 무겁고 날카로운 검기는 처음이야. 당신이 소문의 남악신룡인가?"

엄살을 떨며 양손을 흔드는 당영문의 모습에 진영인은 그가 지금까지 상대한 자들과는 다른, 위험한 무언가를 지니고 있음을 본능적으로 직감했다.

진영인은 대답 대신 두 번의 검기를 연달아 날렸다.

이를 예상한 듯 당영문은 씨익 웃으며 양손을 교차했다.

찌이이이익!

귀에 거슬리는 소음과 함께 어이없게도 진영인이 뿌린 검기는 당영문의 양손에 의해 가볍게 찢어져 버렸다.

갑자기 주위가 쥐 죽은 듯 고요해졌다.

당가운은 눈을 부릅뜬 채 진영인과 당영문을 번갈아 바라보고 있었다.

협공임에도 불구하고 진영인이 뿌린 검기에 의해 당무수와 당정은 시신조차 남기지 못하고 절명했다. 그리고 당가운 자신과 당가력 역시 지독한 부상을 입었다. 한데 자신들을 이렇게 몰아붙인 장본인인 진영인의 공격을 당영문은 너무도 쉽게 와해해 버린 것이다. 게다가 이처럼 간단히 그와 같은 괴물의 어깨에 암기를 박아 넣다니!

'그의 무위가 이 정도였나……'

당가운의 입에서 자조 섞인 한숨이 흘러나왔다.

이때 당영문이 고개를 돌려 당가운을 향해 웃음을 건넸다.

"상황이 나빠지면 부르라고 했잖아요. 이자는 형님들과는 차원을 달리하는 고수예요. 저를 제외한 당가십걸 전부가 상대한다 해도 그는 눈 하나 깜짝 않고 상대할 수 있을걸요? 그의 검기는 워낙 무서워서 저도 이것이 없었다면 결코 그의 검기를 맨손으로 잡을 수 없었을 거예요."

당영문은 자신의 양손에 착용한 흑색 빛이 감도는 장갑을 장난스레 흔들었다. 교룡피(蛟龍皮)를 특수한 방법으로 제련하여 불에 넣어도 타지 않고, 질기기가 천 장을 겹 댄 쇠가죽보다 질기다고 알려진 당가의 기보, 흑수잠(黑手撍)이었다.

팔십여 명의 암기당 인물의 주검과 당무수, 당정의 죽음을 알고 있었음에도 불구하고 당영문의 얼굴에서는 애석하다거나 분노하는 감정을 찾아볼 수 없었다. 오히려 적을 칭찬하는 그 모습에 당가운과 당가력은 어이없는 표정으로 당영문을 바라봤다.

"방심하지 마라, 영문! 그자는…… 쿨럭!"

내상이 도진 듯 피기침을 토하는 당가운을 향해 당영문은 걱정 말라는 듯 자신의 어깨를 두드렸다. 그리곤 고개를 돌려 다시금 진영인과 시선을 마주했다.

"손님 접대가 엉망이라 실망했겠지? 형님들을 대신해 사과하지."

말을 마친 당영문이 먼지를 털어내듯 소매를 흔들었다.

후두두둑.

동시에 그의 소매 속에서 중지 크기의 나무 못이 우수수 쏟아졌다. 건물을 짓는 목수들이 다룰 법한 평범한 목전(木栓). 하지만 그 숫자는 얼추 보기에도 수백 개는 되는 듯했다.

여유로운 표정으로 당영문이 입을 열었다.

"형님들과 달리 암기가 볼품없어 미안하군. 내 신세가 그래. 암기로 유명한 당가에서 많고 많은 암기들 중 내게 허락된 것은 그게 유일하거든. 하지만……."

말끝을 흐리던 당영문의 눈에서 짙은 살기가 떠올랐다.

"무공만큼은 당신을 실망시키지 않을 거야."

말이 끝나기 무섭게 당영문이 진각을 굴렀다.

쿠웅.

대지를 울리는 진동과 함께 바닥에 흩어져 있던 목전이 허공으로 튀어 올랐다.

진영인의 얼굴에 의외라는 빛이 떠올랐다. 허공에 떠오른 목전들이 바닥에 떨어지긴커녕, 보이지 않는 힘에 붙들려 제자리를 유지하고 있었던 것이다.

한두 개도 아니고, 수백 개에 달하는 암기들을 진기를 이용해 허공에 묶어두는 격공섭물의 기술은 결코 아무나 할 수 있는 것이 아니었다.

웃음을 머금은 당영문이 입을 열었다.

"뜻밖이라는 얼굴이군. 당가엔 오합지졸만 모여 있으리라 생각한 건가?"

진영인은 대답 대신 손을 들어 어깨에 박혀 있는 목전을 움켜쥐더니 비틀어 뽑아 바닥에 던졌다. 어깨에서 솟구친 핏물이 의복을 적시며 빠르게 번져 갔다. 하지만 진영인은 한마디 신음조차 흘리지 않았다. 다만 검을 들어 당영문을 가리켰을 뿐이다.

그런 진영인의 모습에 당영문이 감탄성을 터뜨렸다.

"호오, 꽤나 아플 텐데."

그 말과 함께 당영문이 양손을 앞으로 뻗었다. 그리곤 마치 무거운 물체를 잡아당기듯 천천히 끌어 가슴 앞에 모았다.

"허락없이 당가에 들어선 대가를 뼛속에 깊이 새기도록."

입을 여는 것과 동시에 당영문이 번개처럼 양손을 뿌렸다.

찌지지직!

비단이 찢어지는 듯한 날카로운 소성과 함께 일곱 개의 목전이 허공을 갈랐다.

"하압!"

진영인의 입에서 기합성이 터져 나온 것도 거의 동시였다.

츠츠츠츳!

파도와도 같은 검기가 진영인의 전면을 뒤덮나 싶더니, 빛살처럼 쇄도하는 목전들과 충돌했다.

파팟!

경력과 경력이 부딪쳤음에도 불구하고 예상과 달리 폭음은 터져 나오지 않았다. 하나 그 결과는 결코 무시할 수 없었다. 튕겨나듯 뒤로 물러서는 진영인의 어깨와 허벅지에는 각각 두 개의 목전이 깊숙이 박혀 있었던 것이다.

검을 휘둘러 연이어 짓쳐드는 압력을 걷어내고서야 진영인은 신형을 바로잡을 수 있었다. 그리곤 놀란 얼굴로 당영문을 바라봤다. 평범한 나무로 만들어진 그의 암기가 당중일조차 어찌하지 못한 검기를 이처럼 수월하게 뚫을 줄은 전혀 예상치 못했던 것이다.

순간 진영인의 눈에서 이채가 떠올랐다. 허공에서 희끗하게 나부끼는 나뭇조각들. 그것은 분명 검기에 부딪쳐 가루가 되어버린 목전들의 흔적이었다.

"말했잖아, 실망시키지 않을 거라고."

이죽거리는 당영문의 음성에 진영인은 가슴속에서 간신히 붙들고 있던 무언가가 툭 하고 끊어지는 것을 느꼈다.

이때 뒤늦게 당영문이 사용한 암기 수법을 알아본 당가운이 경악성을 터뜨렸다.

"구환살(九幻殺)!"

당영문이 고개를 끄덕였다.

“용케 알아보셨네요.”

“으음…….”

태연한 당영문의 대답에 당가운은 침음성을 흘렸다. 익히기가 까다로워 오래전에 실전되었다 알려진 당가의 비기가 당영문의 손에서 재현된 것이다.

당가운의 말에 비로소 진영인은 처음 당영문이 발출한 나무 못의 숫자가 아홉 개라는 것을 깨달았다. 비록 일곱 개의 목전을 박살 냈다 하더라도 정작 그 안에 환영처럼 숨어 있던 두 개의 목전을 놓친 것이다.

진영인의 표정을 읽었음인지 당영문이 눈살을 찌푸리며 당가운을 향해 입을 열었다.

“형님 덕에 더 이상 구환살은 쓰지 못하겠군요. 적에게 조언을 하시다니 아주 훌륭하십니다.”

당영문의 쓴소리에 당가운은 속에서 열불이 치밀었으나 틀린 말이 아닌지라 아무런 대꾸도 하지 못했다. 하지만 잠시 못마땅한 표정을 짓고 있던 당영문은 이내 대수롭지 않다는 듯 입을 열었다.

“뭐, 상관없어요. 밑천은 그것뿐이 아니니까.”

진영인을 향해 시선을 옮긴 당영문이 하얀 치아를 드러내며 잔인하게 웃어 보였다.

“당가는 암기보다 독으로 더욱 유명하지만 정작 위기 때마다 당가를 구한 것은 암기술이지. 그리고 지금부터 내가 보여줄 암기술은 강호 전체를 통틀어도 오직 나만이 구사할 수 있어. 이에 비하면 구환살은 애들 장난이지. 아! 그래, 사람들은 이 무공을 가리켜 이렇게 말하더군. 만천화우(滿天花雨)라고.”

키이이잉.

돌연 허공을 가득 메우고 있던 목전들이 소름 끼치는 울음을 터뜨렸다. 동시에 수백 개에 달하는 목전 끝에서 백색의 서기가 아지랑이처럼 일렁이기 시작했다.

"마, 만천화우라니……!"

입을 떡 벌린 채 말을 잇지 못하는 당가운을 향해 당영문이 핀잔을 던졌다.

"한심하군요. 저자는 전혀 놀라지도 않는데 하물며 당가십걸이라는 사람이……."

그러나 당가운은 여전히 믿지 못하겠다는 눈으로 당영문을 바라보고 있었다.

당가의 독문 내공심법인 도반삼양귀원공(導反三陽歸元功)을 극성으로 끌어올린 당영문의 얼굴이 야차와 같이 붉어졌다.

"자, 시작해 볼까?"

이렇다 할 대꾸없이 진영인은 자신의 어깨와 허벅지에 박힌 목전을 쑥 뽑아 당겼다.

"크……!"

불로 지지는 듯한 극심한 격통에 진영인은 또다시 신음을 흘렸다.

고통은 새삼 분노를 일깨웠고, 분노는 이내 가슴을 채우는 살기가 되어 진영을 집어삼켰다. 동시에 말로는 형언할 수 없는 끔찍한 기운이 진영인의 전신에서 뭉클거리며 쏟아지기 시작했다.

순식간에 진영인의 기질이 바뀌자 당영문은 흠칫하며 자신도 모르게 한 걸음 물러서고 말았다. 하지만 이내 입꼬리를 말아 올리며 웃음을 머금었다.

"정파인 형산 문하가 마기를 지녔다니, 참으로 흥미롭군……!"

말을 이어가려 하던 당영문의 표정이 급변했다.

피잉!

공기를 가르는 한줄기 소성.

당영문이 급히 고개를 젖혔다.

투두둑.

바닥에 흩뿌려지는 핏방울을 발견한 당영문이 손을 들어 자신의 뺨을 쓸었다. 검기에 스쳐 길게 갈라진 뺨에서는 손바닥 가득 흥건한 핏물이 묻어났다.

"……!"

시종일관 당영문의 얼굴에서 떠나지 않던 미소가 사라졌다.

빠드득.

피투성이가 된 얼굴로 진영인을 노려보며 한 차례 이를 갈아붙인 당영문이 신형을 솟구쳤다. 동시에 그의 전면을 가득 메우고 있던 수백 개의 목전도 그를 따라 더욱 높이 떠올랐다.

당영문이 손을 휘둘러 허공을 후려쳤다.

퍼엉!

아무것도 없는 공간을 두드렸음에도 불구하고 무시무시한 폭음이 터져 나왔다. 그리고 이를 시작으로 그의 발밑에 있던 목전들이 일제히 진영인을 향해 폭사되었다.

쾌애애액!

피할 곳 없이 쏟아지는 암기의 비! 만천화우란 이름에 전혀 부족함이 없는 초식이었다. 더구나 새하얀 서기를 뿌리는 한 개 한 개의 목전에는 검기를 능가하는 예리함을 담겨 있었다.

그러나 대기를 찢어발기는 소성에도 진영인은 흔들림이 없었다. 섬광처럼 쏟아지는 수백 개의 목전을 노려보며 검을 치켜들었을 뿐이다.

고오오오!

검극에서 시작해 소용돌이치듯 검신을 휘어감은 청색 기류가 한순간 급격히 팽창하며 거대한 빛무리를 뿜어냈다.

순간 당영문은 진영인의 검 주변으로 경물이 일그러지는 것을 발견했다. 검강의 압력으로 인해 대기의 공기가 급속히 빠져나가며 공간이 왜곡된 탓이었다. 그와 동시에 직선으로 쏟아지던 섬광들의 궤도가 격렬하게 휘청이더니 급격한 곡선을 그리며 일순 진공 상태가 되어버린 공간 속으로 빨려들듯 방향을 틀었다. 그리곤 목전끼리 어지럽게 충돌하기 시작했다.

콰지직!

서로가 지닌 위력을 견디지 못해 목전은 부딪치기 무섭게 박살이 났다.

예상치 못한 진영인의 대응에 당영문의 얼굴에서는 잠시 놀라움의 감정이 떠올랐다.

"제법이군! 하지만 이걸로 끝이다!"

호기롭게 외친 당영문이 양손을 교차해 풍차처럼 휘둘렀다.

촤라라라락!

한순간 목표를 벗어났던 목전들이 다시금 방향을 틀었다. 그야말로 천변만화(千變萬化)! 수많은 방위를 점한 목전은 그 어느 것 하나도 같은 궤도를 지닌 것이 없었다.

"죽엇!"

득의만면한 얼굴로 소리친 당영문은 자신의 승리를 믿어 의심치 않았다.

만천화우는 단순히 진기를 실어 암기를 날리는 것이 아니었다. 검공의 최상승 경지라 알려진 이기어검과도 같은 맥락을 지닌 무공으로, 암기 하나하나를 자유자재로 다루지 않고서는 진정한 만천화우라 할 수가 없었다.

이미 당영문은 오래전에 이를 완성했고, 제아무리 진영인이라 할지라도 이처럼 제각기 다른 궤도에서 날아드는 목전의 그물을 벗어나지 못하리라 믿었던 것이다.

하지만 이는 오래가지 않았다.

콰르르릉!

웅혼한 뇌성음과 함께 폭풍과도 같은 가공할 검세가 진영인의 검에서 시작된 것이다.

쩌저저적!

진영인이 서 있던 주변, 십 장에 달하는 공간 안에 위치한 건물과 담벼락에 금이 가기 시작했다. 그리곤 결국 지속되는 압력을 견디지 못하고 우르르 무너져 내렸다.

"……!"

당영문의 눈이 더없이 크게 홉떠졌다. 자신을 향해 짓쳐드는 암기의 비를 도외시한 채 진영인이 자신을 향해 검기를 날려왔던 것이다.

목전보다 늦게 발출되었음에도 불구하고 진영인의 검기는 순식간에 자신의 코앞까지 이르렀고, 그 기경(奇驚)스러운 속도에 당영문은 당혹감을 금치 못했다.

쩌엉!

"큽!"

흑수잠을 끼고 있음에도 검기를 받아낸 손이 부서지는 듯했다. 하지만 이것이 끝이 아니었다. 검기에 실려 있던 무거운 충격이 손목을 타고 오르더니 팔 전체를 마비시켰다. 그리고도 모자라 당영문의 내부를 사정없이 뒤흔들어 버렸다.

왈칵.

당영문이 토한 한 움큼의 피가 허공에 뿌려졌다. 그리곤 이내 그의 신형은 실 끊어진 연처럼 허공에서 뚝 떨어졌다.

콰콰콰콰쾅!

수십 개의 벽력탄이 연이어 폭발하는 듯한 충격음이 당영문의 고막을 두들겼다.

털썩.

사력을 다해 가까스로 바닥에 착지한 당영문은 놀라움을 금치 못했다.

"이게……!"

당영문은 말을 잇지 못했다. 하늘도 집어삼킬 듯한 검기의 폭풍이 가라앉자 장내의 광경이 고스란히 눈에 들어왔기 때문이다.

한 자루 목전이 진영인의 왼손 바닥을 꿰뚫고 있었고, 그 밖에도 두어 대의 목전이 진영인의 옆구리와 어깨에 박혀 덜렁이고 있었다. 하지만 그뿐이었다. 자신에 비해 진영인이 얻은 부상은 치명상은커녕 피륙의 상처에 불과했다. 더구나 자신이 던진 수백 개의 목전은 허공을 가득 메운 먼지로 변해 안개처럼 진영인을 에워싸고 있었던 것이다.

이때 스산하기 그지없는 진영인의 음성이 허공을 울렸다.

"이것이 당가가 자랑하는 만천화우인가?"

꿈틀!

명백한 조소가 담긴 진영인의 말에 당영문의 이마에서 푸른 힘줄이
솟았다.

"감히!"

당영문의 허리가 크게 젖혀졌다가 튕겨지듯 진영인을 향해 신형을
날렸다. 어느새 그의 손에는 바닥에 흩어져 있던 당가운의 암기인 철
전이 들려 있었다. 그러나 진영인이 휘두른 일검에 당영문은 신형을
날렸던 것보다 더욱 빠르게 뒤로 튕겨졌다.

쾅!

그대로 담벼락과 충돌한 당영문은 무너진 담벼락의 잔해에 묻혀 버
렸고, 한동안 손가락 하나 까닥일 수 없었다.

덜그럭.

한참 후, 사력을 다해 담벼락의 잔해를 헤치며 신형을 일으킨 당영
문은 자신의 어깨를 관통하고 있는 한 자루 검을 발견할 수 있었다.

당영문의 입에서 짓눌린 듯한 신음성이 흘러나왔다.

"이기… 어검……!"

진영인이 검을 향해 손을 들어올리자 당영문의 어깨를 꿰고 있던 검
이 격렬히 요동쳤다.

"크아아악!"

처절한 당영문의 비명 소리와 함께 그의 어깨에서 분수처럼 핏물이
솟구쳤다. 그리고 그의 어깨에서 빠져나온 검은 십 장의 거리를 격해
진영인의 손으로 빨려들 듯 날아갔다.

저벅.

검을 움켜쥔 진영인이 자신을 향해 걸음을 옮기자 당영문의 얼굴이
새하얗게 질려갔다.

후들거리는 다리를 억지로 떼며 뒷걸음질치는 당영문의 모습에서는 처음의 당당함과 여유는 찾아볼 수 없었다. 한 발 한 발 자신을 향해 다가서는 진영인을 바라보는 당영문의 얼굴에는 두려움의 감정이 가득 메우고 있었다.

"한심한 놈."

"아, 아버님!"

당영문의 당혹성에 진영인은 걸음을 멈췄다. 그리고 신형을 돌려 수십 명을 대동한 채 내당에서 걸어나오는 선두의 인물을 바라봤다.

당문의 여느 직계들처럼 그의 가슴에는 국화 문양이 놓아져 있었다. 다른 점이라면 그가 오십대의 중년인이라는 점과 그가 지닌 국화 문양이 붉은색이라는 것뿐이었다.

"당신이 당교원인가?"

"……!"

연배를 무시하고 직접 자신의 이름을 입에 담는 진영인의 무례함에 당교원의 날카로운 눈매가 꿈틀거렸다. 하지만 이내 슬쩍 입꼬리를 말아 올리며 태연하게 대꾸했다.

"내가 바로 이곳의 가주일세."

"신선폐의 해약을 내놓으시오."

"해약을 건네는 것은 그리 어렵지 않네만……."

묘하게 말꼬리를 흐리는 당교원의 눈빛이 음험하게 빛나는 것을 진영인은 놓치지 않았다.

아니나 다를까, 당교원의 얼굴에 살의가 떠올랐다.

"그전에 자네가 해친 당가 식솔들의 목숨 값을 먼저 치러야 할 걸세."

“크큭…….”

진영인이 웃음을 흘렸다. 먼지가 풀썩일 듯한 건조한 웃음. 그와 동시에 진영인의 전신에서 말로는 형언키 어려운 끔찍한 기운이 뭉클거리며 쏟아지기 시작했다.

‘이놈이?’

갑자기 들이닥친 마기에 자신도 모르게 흠칫하여 한 걸음 물러섰던 당교원이 뒤늦게 자신의 행동을 깨닫고 얼굴을 찌푸렸다. 한낱 형산의 애송이가 사천의 패주로 군림하는 당가에서, 그것도 가주인 자신에게 이처럼 노골적인 적의를 드러내리라곤 생각지 못했던 것이다.

“이…….”

막 폭갈을 터뜨리려 했던 당교원이 입을 다물었다. 웃음을 거둔 진영인이 살벌한 안광을 흘리며 자신을 노려보고 있었던 것이다.

비로소 당교원은 유리알처럼 투명한 진영인의 눈 속에서 일렁이는 마기를 발견할 수 있었다.

“만약…….”

검을 들어 당교원을 가리킨 진영인이 천천히 말을 이어갔다.

“당신이 끝까지 나와 말장난을 하려 한다면 이 중 그 누구도 내일 떠오르는 해를 볼 수 없을 것이오.”

“……!”

순간 당교원은 숨이 턱 막히는 압도적인 존재감에 얼굴이 굳어졌다. 하지만 진영인의 마기를 직접 감당하는 당교원과 달리 뒤에 시립해 있던 당가의 인물들은 험악한 표정으로 저마다 한마디씩 욕설을 내뱉었다.

“감히!”

"미쳐도 분수가 있지!"

척.

손을 들어 금방이라도 뛰쳐나갈 듯한 수하들을 제지한 당교원이 팔짱을 끼고 있던 양손을 풀며 진영인을 향해 다가섰다.

"배짱만큼은 인정해 줘야겠군. 하긴 그렇지 않았다면 애초부터 함부로 당가를 건드리지 않았겠지."

"내가 당가를 건드린 것이 아니오. 나는 해약을 얻으러 왔을 뿐, 나를 공격한 것은 당신들이 먼저였소."

"이제 와 앞뒤를 따진들 무슨 소용이 있겠나. 그렇다고 자네에게 죽은 사람들이 살아 돌아오는 것도 아닌데."

진영인은 내심 끓어오르는 분노를 금할 길이 없었다. 처음부터 당가가 사황곡 무리에게 신선폐를 제공하지 않았다면 송현자가 생사를 오가는 일은 없었을 것이다. 게다가 오늘처럼 자신의 손에 피를 묻히는 일도 없었을 것이다. 그럼에도 불구하고 당교원은 모든 책임을 자신에게 전가하고 있는 것이다.

하지만 이내 진영인은 분노를 억누르며 냉정을 되찾으려 노력했다. 자신이 당가에 들어선 이유는 오직 하나, 송현자를 살릴 해약을 구하기 위해서였다.

다시 한 번 이를 상기한 진영인은 더욱 가라앉은 음성으로 입을 열었다.

"마지막으로 묻겠소. 신선폐의 해약은 어디 있소?"

진영인의 질문에 당교원이 오히려 의뭉스럽게 반문했다.

"상황이 이리되었는데도 해약에 연연해하다니 나로서는 이해할 수가 없군. 대체 이처럼 해약을 원하는 이유가 뭔가?"

　진영인이 대답을 하기도 전에 당교원이 뭔가 생각이 난 듯 고개를 끄덕였다.

　"아, 형산파의 장문인이 신선폐에 중독되었다는 이야기를 얼핏 들은 것도 같군. 하지만 그게 다 무슨 소용인가. 자네가 해약을 가지고 돌아간다 한들 그는 이미 이 세상 사람이 아닐 텐데."

　뻔한 격장지계임을 알면서도 진영인은 가슴속에서 치밀어 오르는 분노를 금할 길이 없었다. 더구나 시종일관 고압적인 태도를 유지하며 형산파를 얕보는 그의 언행은 진영인의 살심을 더욱 부추기고 있었다.

　"당교원!"

　폭갈과 함께 진영인이 당교원을 향해 성큼 걸음을 내디뎠다. 하지만 금방이라도 당교원을 일검에 베어버릴 듯한 기세로 걸음을 내디뎠던 진영인은 이내 제자리에서 멈춰 섰다.

　그럴 줄 알았다는 듯 당교원이 손에 들린 손바닥만 한 크기의 자기병을 흔들었다.

　"이걸 원하는 거겠지?"

　뚫어져라 신선폐의 해약을 바라보는 진영인을 향해 당교원이 다시 한 번 질문을 던졌다.

　"내가 이걸 자네에게 건넨다면 자네는 무엇을 바칠 텐가?"

　"원하는 걸 말하시오."

　"글쎄……."

　의미심장한 웃음을 머금고 말끝을 흐리던 당교원이 이윽고 천천히 말을 이어갔다.

　"난 다른 것은 바라지 않네. 자네는 자네가 해친 이들의 원한을 풀어줄 용의가 있는가?"

진영인의 미간이 잔뜩 찌푸려졌다. 당교원의 말속에 담겨 있는 명백한 의미를 이해했기 때문이었다.

진영인은 눈을 감은 채 고심을 거듭했다. 당교원이 원하는 것은 오직 자신의 목숨. 하지만 그 시간은 그리 길지 않았고, 이윽고 진영인은 당교원을 향해 고개를 끄덕였다.

"해약을 건네주시오. 그러면 두 달 후에 다시 당가를 방문하겠소. 그때 당신이 보는 앞에서 스스로 자결해 내가 해친 이들의 넋을 달래고 당가에 진 혈채(血債)를 갚겠소."

자신의 제안에 진영인이 너무도 순순히 응하자 오히려 당황한 것은 당교원이었다.

당교원은 유심히 진영인을 바라봤다. 하지만 무표정한 진영인의 얼굴에서는 아무런 감정도 읽어낼 수 없었다.

반면 진영인은 막상 자신의 죽음을 결정하자 마음이 한결 편해지는 것을 느꼈다.

유일한 혈육인 조부가 당금 무림을 뒤흔드는 암류임을 알게 된 순간 진영인은 심한 자괴감에 느껴야만 했다. 게다가 진자겸은 자신마저 내칠 만큼 복수에 미쳐 있었고, 형산파를 멸하기 위해 수단과 방법을 가리지 않고 있었다. 더구나 송현자를 해친 가짜 등사격과 당가를 연결한 이가 진자겸이라는 것을 알게 되면서, 사문과 혈육 사이에서 갈등하던 진영인의 자괴감은 더욱 깊어졌다.

그뿐만이 아니었다.

구속하고 있던 살검을 개방한 이후 진영인은 스스로도 놀랄 만큼 살수를 쓰는 데 주저함이 없었다. 게다가 수많은 이들을 해쳤음에도 불구하고 그 어떤 거리낌도 느끼지 못하고 있었다. 오히려 강렬한 살인의 욕구는 끝없이 피를 갈구하게 만들고 있었으며, 죽어가는 이들의 비명과 자욱하게 뿌려지던 혈향조차 어느 순간부터 달콤하게 느껴지기 시작했다.

진영인은 자신이 심마에 들어서고 있음을 직감하고 있었다. 여느 때처럼 평정심을 유지하고 있었다면 충분히 심마를 극복하고, 진현자가 언급했던 극마의 경지도 바라볼 수 있었겠지만 지금처럼 마음이 어지럽고 고통스러운 상황에서는 도저히 불가능했다. 계속해서 파괴적인 뇌운검결을 남발한다면 결국 심성이 붕괴되고 마인이 되는, 두 번 다시 돌이킬 수 없는 나락으로 치닫는 결과로 이어질 뿐일 것이다.

피에 미친 검귀가 되어 형산에 씻을 수 없는 오명을 남기는 것이 싫었다. 이미 현검으로 인해 치유할 수 없는 마음의 상처를 얻은 송현자와 운검에게 같은 고통을 안기는 것이 죽음보다 두려웠다.

이때 침묵을 지키고 있던 당교원이 입을 열었다.

"그것뿐인가?"

의아한 눈으로 자신을 바라보는 진영인을 향해 당교원이 비릿한 웃음을 머금었다.

"이쪽은 삼백이 넘는 인명을 잃었네. 그들 전부의 목숨을 자네만으로 갚겠다고? 자네는 자네의 목숨을 너무 과대평가하는 것 같군. 거래란 수지타산이 맞아야 하는 법일세. 하지만 이건 너무 불공평하군."

"당신……!"

"한마디로 네 목숨만으론 턱없이 모자라단 뜻이지. 나는 그 잔금을 형산에게 받아내겠다. 그러니 형산파의 장문인에게 이런 해약은 필요 없겠지. 어차피 죽을 사람이니까."

진영인은 그제야 당교원이 자신을 농락했음을 깨달았다. 처음부터 당교원은 신선폐의 해약을 건넬 생각이 없었던 것이다.

진영인을 바라보던 당교원이 비릿한 웃음을 머금었다.

"협상 결렬이로군."

콰작!

신선폐의 해약이 담긴 자기병을 바닥에 던진 당교원은 그대로 발을 들어 자기병을 밟아 박살 내버렸다.

"……!"

진영인은 산산조각이 나버린 자기병과 흙바닥에 적시며 번져 가는 신선폐의 해약을 부릅뜬 눈으로 바라봤다.

하지만 이도 잠시.

진영인의 눈에서 선명한 핏빛 기운이 일렁이기 시작했다.

몇 번의 위태로운 고비를 넘기면서도 진영인은 아직 이성의 끈을 놓치지 않고 있었다. 하지만 당교원의 행동은 불같이 타오르는 진영인의 분노에 기름을 끼얹었고, 진영인의 인내심을 송두리째 날려 버렸다.

"죽여 버리겠다!"

상처 입은 짐승이 울부짖는 듯한 포효성과 함께 진영인이 신형을 날렸다.

츠츠츠츳!

진영인의 검 위로 두 자가 넘는 검강이 형성되며 사방을 뒤덮는 검기의 폭풍이 대기를 난도질하며 당교원을 향해 짓쳐들었다. 그러나 당교원은 여유로운 표정으로 훌쩍 뒤로 물러섰고, 그 자리를 다른 이들이 메웠다.

쩌엉!

귀청이 찢어지는 듯한 굉음에 중인들이 고통스러운 표정으로 귀를 막았다.

"아니?"

이윽고 장내를 뒤덮었던 자욱한 흙먼지가 가라앉자 당가운은 귀에 익은 음성을 들을 수 있었다. 고개를 돌려 목소리가 들려온 곳을 바라보니 두 눈을 부릅뜬 채 한곳을 응시하고 있는 당영문의 모습을 발견할 수 있었다. 당영문의 시선을 따라 고개를 돌린 당가운의 얼굴에서도 놀라움이 떠올랐다.

조금 전 당교원이 서 있던 자리에는 세 사람이 나란히 서 있었다.

"조후, 명이…… 그리고 가진!"

낯익은 얼굴들이었다. 자신과 마찬가지로 당가십걸이라 불리는 사내들. 하지만 방금 그들이 보인 무위는 쉽게 납득하기 어려웠다.

방금 펼친 진영인의 검기는 당영문의 만천화우를 깨뜨릴 때보다 더욱 위력적인 것이었다. 그럼에도 불구하고 당교원 앞을 막아선 세 사람은 병기도 지니지 않은 채 맨몸으로 이를 막아냈던 것이다.

"어떻게……?"

당가운은 이해할 수 없다는 얼굴로 당영문을 바라봤다. 그도 그럴 것이, 같은 당가십걸이라 하더라도 저마다 무위의 차이가 나는 것은 어쩔 수 없었고, 그중에서도 당영문은 단연 다른 이들과는 극명하게 차이 나는 고절한 무공을 지니고 있었다. 하지만 진영인의 검기를 막아낸 삼 인의 무위는 당영문을 훨씬 뛰어넘고 있었다.

'최근 몇 달 동안 저들의 모습을 볼 수 없었던 이유가 이것 때문이었나.'

당가운은 엄청난 무위의 발전을 이룬 그들의 신위에 한참 동안 말을 잇지 못했다.

하지만 그도 잠시, 당가운의 눈에 이채가 떠올랐다. 품 자 형태를 이뤄 진영인에게 다가서는 그들의 얼굴에서 이상한 점을 발견했기 때문이다. 마치 밀랍을 덧씌운 듯 하나같이 무표정한 얼굴에서는 인간의 감정이라곤 찾아볼 수 없었다. 뿐만 아니라 살아 있는 사람이 의당 지녀야 할 생기조차 느껴지지 않았다.

꼬집어 말할 수는 없으나 그런 그들의 모습은 매우 낯설고 생소하여 평소 자신이 알고 있던 이들이 아닌 것 같았다.

'저들에게 무슨 일이 있었기에……?

의아해하던 당가운은 갑작스레 울려 퍼진 당영문의 날카로운 음성에 정신을 차렸다.

"아버님! 대체 그들에게 무슨 짓을 하신 겁니까?"

"닥쳐라!"

눈을 부릅뜬 당교원이 차갑게 당영문의 말을 잘랐다.

"저 아이들이 원한 것이다. 나는 단지 힘을 얻고자 하는 저들에게 방법을 가르쳐 준 것뿐, 모두 자신의 의지로 결정하고 행한 것이다."

당교원의 서슬 퍼런 호통에 당영문은 입술만 달싹일 뿐 더 이상 말을 잇지 못했다.

당교원은 다시금 진영인을 향해 고개를 돌렸다. 그리곤 여유로운 태도로 팔짱을 꼈다.

"만독 위에 군림하는 독왕지체(毒王之體)에 관해 들어봤는지 모르겠군. 극독을 내공에 녹여 흡수한 다음 이로서 적을 상대하는 것이 진정한 독공의 묘리. 하지만 인간의 몸으로는 고작 두어 가지의 독공을 익히는 것이 고작이지. 제아무리 독에 능숙한 사람이라도 인간인 이상 명백한 한계가 존재하기 때문이야. 독에 관한 한 타의추종을 불허하는 본 가에서조차 지금까지 독왕지체는 전설이었을 뿐, 실제로 이룬 이가 전무했으니까. 하지만……."

잠시 말끝을 흐리던 당교원의 얼굴에 득의만면한 웃음이 떠올랐다.

"이들은 다르지. 인간의 한계를 넘어선 진정한 독인이니까. 이들의 몸에는 본 가가 자랑하는 신선폐와 반구혈장(盤鳩血漿), 자오분심(子午焚心)을 비롯한 상린남영(祥鱗藍影)과 칠보단혼산(七步斷魂散)이 모두 녹아 있지. 이 중 어느 것 하나 극독이 아닌 것이 없으며, 이들은 이 모두를 독공으로 펼쳐 낼 수도 있지. 더불어 독을 내공으로 융화시킨 까닭에 이들은 공력 역시 급진전을 이루었다."

"당교원!"

폭갈을 내지른 진영인은 곧장 당교원을 향해 신형을 날렸다. 하지만 진영인의 검기를 와해시켰던 삼 인이 또다시 진영인을 가로막았다.

"비켯!"

콰르르릉!

지축을 울리는 우렛소리와 함께 해일처럼 솟구친 검기가 그들을 집어삼켰다.

콰콰쾅!

폭음과 함께 자욱하게 피어오르는 흙먼지 속으로 뛰어든 진영인은 곧장 당교원을 노렸다. 하지만 얼마 가지 않아 예리하기 이를 데 없는 경력이 옆구리를 파고드는 것을 느꼈다.

"……!"

진영인은 황급히 패뢰파천의 초식을 펼쳐 옆구리를 보호하는 한편, 경력의 진원지를 향해 두 줄기 검기를 뿌렸다.

콰앙!

대기를 울리는 폭음이 터져 나오며 검기에 격중당한 인영이 비틀거리며 뒤로 물러섰다. 하지만 이내 신형을 바로잡고 진영인을 향해 재차 달려들었다. 그와 동시에 다른 두 명도 전혀 타격을 받지 않은 듯 진영인의 등과 오른쪽 허리를 노리며 신형을 날려왔다.

우우우웅!

묵직한 울음을 토하는 자전뇌검 위로 두 자에 달하는 검강이 요동쳤다.

진영인은 수비를 도외시한 채 정면에서 달려드는 인영의 가슴에 검을 박아 넣었다.

스컥!

진영인의 검은 그대로 당조후의 가슴을 틀어박혔다. 제아무리 강철 같은 신체를 지니고 있다 한들 검강 앞에서는 처음부터 무용지물이었던 것이다. 하지만 이내 진영인은 경악을 금치 못했다.

분명히 심장을 관통했음에도 불구하고 고통을 느끼기는커녕 당조후의 얼굴은 여전히 무심하기만 했다.

"……!"

검을 회수하려던 진영인의 얼굴이 딱딱하게 굳어졌다. 당조후가 손을 뻗어 검을 움켜쥐었던 것이다. 더구나 그 힘이 대단해 그의 손에 붙들린 검은 옴짝달싹도 하지 않았다.

순간, 검을 붙들려 무방비 상태가 된 진영인을 노리며 당명과 당가진이 갈고리 같은 손을 휘둘렀다.

진영인의 얼굴 위로 당혹감이 스쳤다.

이대로 검을 놓는다면 당명과 당가진의 공격은 충분히 피할 수 있었다. 하지만 검을 놓고 적수공권으로 싸우기엔 상대가 너무 나빴다.

생각은 짧았으나 행동은 더욱 빨랐다.

콰앙!

콰직!

"왁!"

허리와 어깨에 각각 일격을 허용한 진영인이 왈칵 피를 토했다. 하지만 진영인은 끝까지 검을 놓지 않았고, 오히려 한 걸음 앞으로 전진하며 당조후의 가슴에 더욱 깊이 검을 밀어 넣었다.

푸욱!

피칠갑을 한 진영인의 검이 당조후의 등을 뚫고 튀어나왔다.

다리를 교차시킨 진영인은 그대로 몸을 회전시켰고, 회전하는 그의 신형을 따라 손에 들린 검 역시 크게 휘돌았다.

콰지지직!

섬뜩한 음향과 함께 당조후의 어깨가 송두리째 뜯겨져 나갔다. 그럼에도 불구하고 당조후는 비명은커녕 표정 하나 바뀌지 않았다. 오히려 진영인을 붙들기 위해 하나밖에 남지 않은 팔을 뻗기까지 했다.

진영인은 방향을 바꾼 상태에서 격운전상(激雲纏相)의 초식을 응용하여 검을 휘둘렀다.

콰!

진영인의 검에 옆구리를 얻어맞은 당조후가 허리를 꺾으며 튕겨지듯 허공으로 떠올랐다. 진영인은 그대로 검을 휘둘러 당조후를 후려쳤다.

콰콰콰콱!

검강은 여지없이 당조후의 몸을 난도질하듯 파고들었고, 연달아 여덟 번이나 검을 휘두른 진영인은 재차 이어지는 당명과 당가진의 공격을 피하며 급히 뒤로 물러섰다.

털썩.

넝마처럼 해진 당조후의 신형이 바닥에 처박혔다. 하지만 이내 진영인은 어이없는 얼굴로 당조후를 바라봤다. 격렬히 엉키는 검강의 그림자에 갇혀 흉골과 늑골을 비롯한 전신의 뼈가 박살났음에도 불구하고 당조후는 꿈틀거리며 신형을 일으키고 있었던 것이다.

진영인은 목울대를 타고 넘어오는 핏물을 간신히 삼키며 전면을 노려봤다. 당명과 당가진에게 허용한 일격으로 인한 내상이 생각보다 심각했다. 하지만 내상을 추스를 여유도 없이 진영인은 재차 검을 휘둘러야만 했다. 비틀거리며 다가서던 당조후가 갑자기 신형을 날려왔기 때문이다.

진영인은 검을 휘두르는 한편 다른 두 사람의 움직임을 살폈다. 하지만 뜻밖에도 당명과 당가진은 오히려 뒤로 물러서고 있었다.

그들이 합류한다면 모를까, 이미 초주검 상태에 이른 당조후를 상대하는 것은 그리 어려운 일이 아니었다.

우우우웅!

위아래로 흔드는 진영인의 검을 따라 자욱한 검기가 구름처럼 일어났다. 뒤이어 새하얀 백색 섬광이 허공을 찢었다. 운뢰중첩에 이은 뇌운검결의 최상승 초식, 묵운토뢰가 시전된 것이다.

퍽!

여지없이 당조후의 가슴을 파고든 한줄기 백광은 이내 자욱한 피안개를 머금고 허공에 뿌려졌다.

털썩.

당조후의 신형이 바닥에 거꾸러졌다. 가슴의 검상은 한 치 정도에 불과했으나 묵운토뢰가 헤집고 나온 그의 등은 커다란 구멍이 뚫린 채 넝마처럼 갈기갈기 찢어져 있었다.

당조후는 바닥에 쓰러진 채 한참 동안 꿈틀거렸으나 두 번 다시 일어서지 못했다.

그제야 진영인은 턱을 타고 흘러내리는 한줄기 핏물을 손등으로 훔쳐냈다. 내상을 입은 상태에서 억지로 진기를 끌어올려 무리가 온 것이다.

진영인은 천천히 고개를 돌려 멀리 서 있는 당교원을 노려봤다.

"대단하군. 설마 이 정도일 줄이야……."

태연작약한 당교원의 태도에 당가운과 당영문은 어이없고 기가 막혀 말을 잇지 못했다.

진영인 역시 마찬가지였다. 같은 당시 성을 쓰고 있는 혈족임에도 불구하고 당조후의 죽음에 눈 하나 깜짝 않는 당교원의 모습은 소름 끼칠 만큼 냉혹하게 느껴졌다.

"당교원!"

아무런 사전 동작도 없이 진영인이 검을 휘둘렀다.

츄릿!

"헛!"

날카로운 소성과 함께 십여 장이 넘는 거리를 한순간에 격하고 날아든 검기의 빠르기는 실로 경악스러운 것이어서, 당교원은 크게 놀라 헛바람을 들이켰다.

좌악.

"크윽!"

당교원의 입에서 신음 소리가 흘러나왔다. 황급히 피하긴 했으나 오른쪽 귀가 한 치 정도 찢어진 것이다. 귀를 잡고 있는 그의 손에서는 끊임없이 핏물이 흘러 소매를 붉게 적셨다.

진영인이 차갑게 입을 열었다.

"당신 같은 냉혈한에게도 뜨거운 피가 흐를 줄을 몰랐군."

"이놈이⋯⋯!"

노기 어린 표정으로 자신을 노려보는 당교원의 눈빛을 무시하고 진영인이 걸음을 옮기기 시작했다.

피 묻은 검을 늘어뜨린 채 한 걸음씩 자신을 향해 다가서는 진영인의 모습에 당교원은 잠시 흠칫하는 듯했으나, 이내 비릿한 웃음을 머금었다.

"어리석은 놈."

진영인의 얼굴이 딱딱하게 굳어졌다. 당조후를 지나치려는 찰나 죽은 줄 알았던 그가 돌연 손을 뻗어 발목을 움켜쥔 것이다.

진영인은 재빨리 그를 떨쳐 내려 했으나 당조후의 악력은 상상을 초월했다.

검을 들어 당조후의 손목을 쳐내려 할 때였다.

뿌드득!

뼈가 어긋나는 끔찍한 소리가 터져 나오며 당조후의 온몸이 비틀리기 시작했다. 게다가 온몸이 풍선처럼 부풀어 오르나 싶더니 메마른 논바닥처럼 피부가 균열을 일으켰다.

"⋯⋯!"

뇌리를 사로잡는 불길한 예감에 진영인은 급히 십이성의 진력을 끌어올렸다.

순간 당조후의 신형이 진영인의 눈앞에서 폭발하듯 터져 나갔다.

第三十六章

용맹신위(勇猛神威)

방 안을 에워싼 공기는 고요했다.

의자에 앉아 우두커니 창밖을 응시하던 여인은 어느새 비가 그쳤음을 깨닫고 신형을 일으켰다. 하지만 구름을 적시며 내려앉는 석양이 그녀의 눈을 붙들었다.

한참 동안 석양의 아름다움에 취해 있던 그녀가 문득 한 사람의 이름을 읊조렸다.

"풍람……."

자신의 만류에도 불구하고 진영인을 만나기 위해 화산에 올랐고, 결국 영뢰옥에 스스로를 가둔 사내.

"바보."

그것만으론 부족했던 것일까. 마치 눈앞의 마풍람에게 말하듯 호약란은 석양을 향해 마구 욕설을 퍼부었다.

"얼간이, 망할 자식, 천하의 둘도 없는 멍청이. 대책 안 서는 돌대가리! 거기가 어디라고 기어들어 가?"

한참 동안 씩씩대던 호약란은 쾅 소리나게 창문을 닫아버렸다. 그리곤 탁자 위에 놓인 유등에 불을 붙이고 다기를 끌어당겼다.

또르르.

찻잔을 채우는 영롱한 음색. 그러나 호약란의 얼굴은 어둡기만 했다.

이윽고 그녀는 찻잔을 들어 입으로 가져갔다. 하지만 얼마 마시지도 않고 찻잔을 내려놓았다. 이미 식어 다향을 잃어버린 차는 그녀의 타는 가슴을 식히기엔 부족했던 것이다.

호약란은 두 손으로 턱을 괴었다. 그리곤 처마에서 떨어지는 물방울 소리를 들으며 가끔씩 창틈으로 스며드는 바람에 흔들리는 유등의 불빛과 벽에 비쳐 일렁이는 자신의 그림자를 응시했다.

그렇게 얼마나 시간이 흘렀을까.

벌컥.

갑작스럽게 방문이 열렸다. 그쪽으로 고개를 돌린 호약란의 눈에 흉터 가득한 험상궂은 사내의 얼굴이 들어왔다.

"죽을래? 내가 방해하지 말랬지?"

앙칼지게 소리치며 다짜고짜 찻잔을 집어 드는 호약란의 모습에 사내가 황급히 입을 열었다.

"그, 그게……."

퍽!

쿠당탕!

날아온 찻잔에 그대로 이마를 얻어맞은 사내가 이마를 감싸며 주저앉았다. 하지만 이내 벌떡 일어나 부복했다.

"문제가 생겼습니다."

"문제?"

눈살을 찌푸리던 호약란이 사내를 향해 입을 열었다.

"대파산이야? 아니면 당가야?"

"당가입니다."

호약란이 사내를 노려봤다.

"그러게 내가 감시하는 애들 조심시키라고 했지? 어설픈 애들에게 일을 맡기니 그런 것 아니야?"

"그게 아닙니다."

"그럼?"

"우리보다 먼저 당가에 침입한 이가 있습니다."

"당가에?"

"그렇습니다."

"자세히 설명해 봐."

"반 시진 전쯤에 누군가가 당가에 들어섰다고 합니다. 처음엔 당가에 용무가 있는 방문객이라 생각했는데, 뜻밖에도 당가는 다짜고짜 그를 공격했고, 그 또한 당가의 인물들을 주살하기 시작했다고 합니다. 그리고 벌써 내당까지 이른 듯합니다."

호약란이 피식 웃음을 흘렸다.

"주살? 당가의 인물들을? 그것도 단신으로?"

"그렇습니다."

"지금 장난해?"

"아, 아닙니다."

"당가가 어중이떠중이들이 모여 있는 삼류문파야? 우리 말고 누가 감히……."

점점 야차처럼 일그러지는 호약란의 얼굴에 사내는 사색이 되어 황급히 말을 이었다.

"나이는 대략 이십대 정도! 그리고 형산파의 복장을 하고 있었다 합니다!"

"……!"

찻주전자를 집어 들던 호약란의 신형이 멈칫하며 굳어졌다.

"진영인……."

달리 떠올릴 만한 인물이 없었다.

급히 겉옷을 걸친 호약란은 쌍룡은편(雙龍銀鞭)을 챙겨 들었다.

"호교마장(護轎魔將)들 전부 불러. 당장 당가로 향한다."

"하지만 아직 천마성으로부터 명령이……."

"두 번 말하게 할래?"

"보, 복명!"

호약란의 성미를 익히 아는 그였기에 그녀가 눈을 부릅뜨기 무섭게 대번 허리를 숙였다.

곧장 계단으로 향하던 호약란의 눈에 사내의 이마가 들어왔다. 흘러내리는 피를 닦을 생각도 하지 않고 부복해 있는 그의 모습에 약간은 미안한 생각이 들었다.

"에휴…… 호교마장이란 자가 그거 하나 못 피해?"

'피했으면 이걸로 끝나지 않았겠지.'

마음과 달리 사내는 애써 웃으며 고개를 저었다.

"괜찮습니다. 기껏 흉터 하나 더 늘었을 뿐입니다."

“쯧쯧. 그래도 그렇지. 기껏 찻잔 따위에 이마가 깨지다니, 그렇게 허약해서 어따 쓰겠어? 호교마장이란 이름이 아깝군.”

꿈틀.

호약란에게 보이지 않게 사내의 눈썹이 꿈틀거렸다.

사대명왕 중 당당히 한 자리를 차지한 호약란이다. 그녀가 던진 찻잔이 그냥 평범한 찻잔일 리 없다. 내공을 실어 던진 것이 분명했다. 그렇지 않으면 철보횡련갑(鐵保竑鏈甲)이라는, 흑무련 최고의 외문기공을 익혀 웬만한 도검 따위엔 생채기도 나지 않는 자신의 이마가 이처럼 무참히 깨질 리도 없었다.

생각 같아선 확 엎어버리고 싶었지만 여기서 명을 다하긴 싫었던 사내는 애써 고개를 주억거렸다.

“더욱… 수련을 쌓아 본 련의 위상에 먹칠을 하지 않도록 하겠습니다.”

“알았으니 우선 애들부터 모아. 아무래도 곧장 당가로 쳐들어가야 할 것 같으니까.”

“복명!”

바쁜 걸음으로 계단을 내려서며 호약란은 입술을 잘근거렸다.

“진영인…… 또 너야?”

*　　　*　　　*

뻐엉!

가죽 북이 터지는 듯한 음향과 함께 당조후의 몸이 갈가리 찢겨졌다.

　말로는 설명하지 못할 지독한 압력과 함께 산산조각 난 당조후의 뼛조각과 살점은 무시무시한 암기가 되어 그대로 진영인을 향해 들이닥쳤다.

　본능적으로 위험을 직감한 진영인은 연달아 검을 휘둘렀다.

　파앗!

　폭발하듯 터져 나온 검영이 한순간 진영인의 전면에 푸른 검막을 형성했다.

　쩌저저저정!

　가공할 속도로 날아든 당조후의 시편(屍片)은 검막과 부딪치기 무섭게 자욱한 피보라로 화했다.

　찌익!

　순간 검막을 파고든 한 조각 뼈가 진영인의 옆구리를 훑고 지나갔다.

　"큭!"

　진영인은 더욱 뇌정단공을 끌어올려 검에 실었다.

　우우웅!

　나직한 울음을 토한 그의 검에서 푸른 물줄기가 솟는 듯했다. 하지만 그도 잠시. 진영인이 펼친 검막이 눈에 띄게 옅어졌다.

　'하필이면!'

　암담함이 밀려왔다. 내상을 입은 상태에서 내공을 급하게 끌어올리자 일순간 진기의 흐름에 파탄이 생겼고, 이로 인해 검초가 뒤틀렸다. 이는 곧장 초식의 위력을 내공이 받쳐 주지 못하는 불균형으로 이어졌고, 검의 위력을 현저히 떨어뜨리고 말았던 것이다.

　주르륵.

깊은 족적을 남기며 진영인의 신형이 일 장 정도 밀려났다. 그럼에도 불구하고 연이어 들이닥치는 압력은 조금도 줄어들지 않았다. 오히려 팽팽하게 대치해 있던 힘의 균형이 무너지자 더욱 무서운 기세로 진영인을 찍어 누르고 있었다.

왈칵.

결국 진영인은 입에서 한 사발이 넘는 선홍색 피를 토하고 말았다. 그리곤 눈에 띄게 약해진 검막을 찢으며 시편으로 이루어진 암기의 폭풍이 쇄도했다.

콰자자작!

진영인을 집어삼킨 혈풍(血風)은 그대로 이십여 장에 이르는 공간을 초토화시키고, 이도 모자라 주변에 널려 있던 시신과 건물을 남김없이 박살 내고서야 지독한 혈향을 남기며 사그라졌다.

그 살벌한 광경에 중인들은 새하얗게 질린 얼굴로 벌린 입을 다물지 못했다.

"이런… 지독한……!"

누군가의 입에서 억눌린 듯한 신음 소리가 흘러나왔다.

잠시 후, 어디선가 불어온 바람에 자욱하던 피보라가 걷히고 장내의 광경이 고스란히 모습을 드러냈다.

어느 것 하나 온전한 형체를 유지한 것이 없었다.

경악을 금치 못하며 당영문이 입을 열었다.

"대체 이건……."

폭발에 휩쓸린 시신들은 마치 들끓는 용암이 지나간 것처럼 뼈조차 남기지 못하고 녹아 있었다. 심지어 나무나 정원석 같은 바위마저 심하게 일그러져 본래의 형태를 찾아볼 수 없었다.

"무형지독(無形之毒)이다."

"무형지독!"

"그렇다. 나 당교원이 만들어낸 최고의 역작이지."

당영문을 향해 고개를 끄덕이는 당교원의 음성에는 감출 수 없는 자부심이 묻어나 있었다.

"지금까지 무형지독은 독왕지체와 더불어 전설로만 여겨졌던 독공의 최고 경지. 하지만 이 모든 것을 내가 만들어냈지. 본 가의 오대 극독과 부시독(腐尸毒)을 이용해서 말이야."

"부시독이라면…… 설마?"

의아한 표정으로 되뇌던 당영문의 얼굴이 경악으로 물들었다.

말 그대로 시신이 부패하면서 만들어지는 독을 부시독이라 한다. 해약조차 존재하지 않으며 그 어떤 독과도 견줄 수 없이 잔혹해, 정파는 물론 사파에서조차 암묵적으로 금기시하는 절독이기도 했다. 더구나 시신을 재료로 하는 만큼 제조 과정이 비도덕적이어서 부시독의 사용은 강호인들로부터 지탄을 받기에 충분했다. 하지만 당영문이 놀란 이유는 따로 있었다.

"그렇다면…… 저들은 이미 산 사람이 아니라는……."

"그들이 원한 것이다."

"……!"

당영문은 비로소 처음 그들 삼 인이 나타났을 때 그들로부터 생기가 느껴지지 않는 이유를 깨달았다.

"아버님!"

당영문의 경악성에 당교원은 차가운 웃음을 흘리며 입을 열었다.

"무엇을 말하고 싶은 것이냐? 도덕? 윤리? 다 집어치워라. 나는 가주로서 당가의 창성을 떠맡았고, 그것을 이뤄야 할 의무가 있다. 당가는 이로써 절대적인 무력을 얻게 된 것이다. 향후 당가 역사를 새롭게 쓸 나의 업적을 질타하는 무리들도 있을 것이다. 하지만 곧 사그라지겠지. 본래 강호란 힘이 지배하는 곳이니까."

"아무리 그래도 어찌……."

"시끄럽다. 만약 이들이 아니었다면 미쳐 날뛰는 형산파의 애송이에게 당가는 오늘 큰 치욕을 면치 못했을 것이다. 기껏 지닌 바 무위만 믿고 거들먹거리던 네놈들에 비해 이들은 당가를 위해 스스로 목숨까지 던졌다. 더 이상 세 치 혀를 가볍게 놀려 이들의 숭고함을 모독하지 마라."

덜그럭.

이때 어지럽게 흩어져 있던 건물의 잔해가 들썩이나 싶더니 휘청이며 신형을 일으키는 진영인의 모습이 당교원의 눈에 들어왔다.

"대단한 놈이군. 무형지독을 견디다니!"

당교원이 감탄성을 터뜨렸다. 바위마저 녹여 버리는 무형지독 속에서 진영인이 살아 있으리라곤 예상치 못했던 것이다. 하지만 이내 당교원의 눈매가 차갑게 번뜩였다.

"그것 때문이었군."

녹에 삭아 넝마처럼 나풀거리는 진영인의 의복 사이로 모습을 드러낸 물건. 모든 독을 무위로 돌리는 피독(避毒)의 기보이자, 당가의 절대적인 권위를 상징하는 신패였다. 강호로 나서는 자신의 아들의 안위가 염려되어 장로들 몰래 건넨 물건이기도 했다. 하지만 죽산에서 돌아온 당문기는 이미 싸늘한 시신이 되어 땅속에 묻혔고, 그 이후로 행방이 묘연해진 벽옥패였다.

당문기의 죽음을 떠올린 당교원은 새삼 가슴속에서 치밀어 오르는 분노를 느꼈다.

"저놈의 목숨을 거둬라. 그리고 저것을 나에게 가져오도록."

당교원의 명령이 떨어지자 석상처럼 미동도 하지 않던 당명과 당가진이 움직이기 시작했다.

치익!

양팔을 늘어뜨린 당명과 당가진의 손에서 안개와 같은 기운이 흘러 내렸고, 여기에 닿은 흙바닥은 새하얀 연기를 피워 올리며 녹아내렸다.

'독왕지체와 무형지독이 모든 방패를 꿰뚫는 절대적인 창이라면 벽옥패는 그 창을 막아낼 수 있는 유일한 방패. 저것만 되찾으면 당가의 강호 제패도 꿈이 아니다.'

머지않아 강호에 군림하여 천하를 호령하는 자신의 모습이 눈앞에 그려졌다. 하지만 이내 당교원은 신중한 표정으로 진영인의 상태를 살피기 시작했다.

진영인은 고개를 숙인 채 검에 의지하여 간신히 서 있는 형국이었다. 간헐적으로 피를 토하며 거친 숨을 헐떡이는 진영인의 모습은 숨이 붙어 있는 것만 해도 기적이라 할 만큼 위태로워 보였다.

그럼에도 불구하고 당교원은 마음을 놓을 수 없었다.

무적이라 생각했던 독왕지체를 파괴한 진영인이었다. 비록 지금은 그 힘을 잃었다곤 하나 말도 안 되는 무위를 선보인 괴물을 결코 얕잡아 볼 수가 없었던 것이다.

진영인을 향해 당교원이 입을 열었다.

"나 혼자서는 그들을 결코 완성할 수 없었을 것이다. 그의 조력이 있었기에 이 모든 것이 가능했지."

진영인은 여전히 힘겹게 숨을 몰아쉬고 있을 뿐, 당교원의 말에 이렇다 할 반응을 보이지 않았다. 하지만 이어진 당교원의 말에 한차례 부르르 어깨를 떨었다.

"그의 이름은 진자겸. 너와 같은 성을 쓰는 사람이지. 어딘가 귀에 익은 이름이지 않느냐?"

진영인이 천천히 고개를 들어올려 당교원을 노려봤다.

이에 당교원은 여유로운 표정으로 냉소를 흘렸다.

"흑무련 휘하의 삼방 중 강시방과의 연결을 주선해 준 이가 바로 그였지. 게다가 그는 인간을 뛰어넘는 의술과 수많은 영약들을 나에게 제공해 오늘날의 성공을 이끌었다."

"크으……."

"어지간히 무서운 인물을 조부로 뒀더구나. 자신의 목적을 위해 자신의 유일한 혈육마저 간단히 내치다니…… 그처럼 모진 인물은 세상에 두 번 다시없을 것이다."

예상대로였다.

마음이 크게 격동한 진영인은 주체할 수 없는 떨림을 감추지 못하고 있었다. 더구나 내상을 추스르는 것마저 잊은 듯 더욱 많은 양의 선혈을 토해내고 있었다.

자신의 격장계에 너무도 수월하게 걸려드는 진영인의 모습에 당교원은 내심 득의의 웃음을 흘렸다.

"고통스럽겠지. 나 역시 네놈으로 인해 가슴이 천 갈래 만 갈래 찢겨지는 아픔을 겪어야만 했다. 괴로워해라! 더욱 깊은 나락으로 떨어져 발버둥 쳐라!"

"으아아악!"

푸학!

처절하게 울부짖는 진영인의 오열에 섞여 선홍색 핏물이 뿜어져 나왔다.

휘청.

급격하게 다리가 꺾인 진영인의 신형이 무너지듯 바닥에 주저앉았다.

"흐흐, 고작 여기까지인가?"

잔혹한 미소를 흘리던 당교원이 손을 들어 진영인을 가리켰다.

"죽여라. 저놈의 목을 형산파의 산문에 걸어 당가를 적으로 돌린 대가가 어떤 것인지 강호에 확실히 알리겠다."

당교원의 명령이 떨어지기 무섭게 당명과 당가진의 전신에서 더욱 짙은 독무(毒霧)가 뿜어졌다.

치이이익!

당명과 당가진이 걸음을 옮길 때마다 바닥이 움푹 패며 새하얀 연기가 피어올랐다.

처음엔 양손과 양팔을 휘어감던 독기는 이내 어깨를 타고 올라 전신을 감싸더니, 종국엔 뿌연 안개에 휩싸인 듯 그들의 형체마저 흐릿하게 변해 버렸다. 그 가운데 차갑게 번뜩이는 한 쌍의 눈은 먹이를 눈앞에 둔 맹수처럼 날카로운 안광을 뿌렸다.

하지만 진영인은 전의를 상실한 듯 멍한 눈을 들어 허공을 응시할 뿐이었다.

이윽고 서로의 거리가 좁혀지자 당명과 당가진이 내뿜는 독무에 삼켜져 진영인의 모습 역시 중인들의 시야에서 사라졌다.

우두둑! 뚜둑!

사물을 분간하기 힘들 만큼 짙은 독무 속에서 섬뜩한 소리가 연이어 터져 나왔다.

콰앙!

잠시 후 뿌연 독무 속에서 한 사람이 신형이 튀어 올라 거칠게 바닥과 충돌하며 자욱한 먼지를 피워 올렸다.

"크큭. 끝났군."

당교원이 만족스러운 웃음을 흘렸다. 하지만 먼지가 걷히고 장내의 광경이 모습을 드러내자 그의 표정은 한순간 딱딱하게 굳어졌다.

그도 그럴 것이 내동댕이쳐진 인영은 진영인이 아닌 당가진이었기 때문이다. 더구나 비틀거리며 자세를 바로잡는 당가진의 오른팔은 팔꿈치 아래가 기이한 각도로 꺾여 덜렁거리고 있었다.

"설마……."

당교원은 고개를 돌려 서서히 옅어지는 독무를 응시했다.

"……!"

당교원의 눈빛이 격하게 흔들렸다. 점차 희미해지는 독무 속에서 선연히 피어오르는 핏빛 안광! 그것이 진영인이 뿌리는 눈빛이라는 것을 깨닫는 데는 그리 오랜 시간이 걸리지 않았다.

당교원은 갑자기 원인 모를 불안함에 휩싸였다. 진영인의 눈에서 뚝뚝 흘러내리는 자욱한 살광은 심연의 공포를 자극했고, 귀기마저 감도는 듯한 전체적인 분위기는 말로는 설명하기 힘든 묘한 두려움을 일게 했던 것이다.

이윽고 독무가 완전히 흩어지자 당교원의 눈앞에 믿기 힘든 광경이 펼쳐졌다.

당명과 당가진의 손에 갈가리 찢기리라 예상했던 진영인이 두 발로 굳건히 대지를 딛고 있었다. 허공으로 들어올린 진영인의 검에서는 거의 반 장에 달하는 무지막지한 검강이 맺혀 있었고, 그 끝에는 작살에 꿰뚫린 물고기마냥 당명이 검강에 어깨를 꿰인 채 허공에 들려 있었다.

"어떻게 다 죽어가던 놈이 저런 신위를……!"

당교원은 자신도 모르게 침음성을 흘리고 말았다. 하지만 이어진 일에 비하면 이는 놀라운 것도 아니었다.

후욱!

진영인의 전신에서 뜨거운 열기가 솟구치나 싶더니, 푸르스름한 뇌전이 그의 검을 타고 오르기 시작했다. 그대로 당명의 몸속으로 빨려 들어가듯 사라진 뇌전의 기운은 한순간 폭발하듯 팽창하며 그의 내부를 태우기 시작했다.

"키익!"

시체처럼 무표정하던 당명의 입에서 쇳소리 같은 비명이 터져 나왔다. 검강을 타고 어깨 속으로 파고든 뇌전을 뿌리치기 위해 당명은 마구 발버둥 치며 두 손으로 검강을 움켜쥐었다. 하지만 검강을 뒤덮은 채 꿈틀대던 뇌전의 기운은 푸른색을 지나 점차 눈부신 백색으로 변하기 시작했다.

화르르륵!

돌연 당명의 눈과 입, 코를 비롯한 전신의 칠공에서 시뻘건 화염이 뿜어져 나왔다. 칠공을 뚫고 나와 너울거리던 화염은 순식간에 당명의 전신을 집어삼켰고, 귀에 거슬리는 비명 소리는 진노의 불길 속에서 덧없이 사그라졌다.

"……!"

당교원은 경악을 금치 못했다. 당명을 집어삼킨 화염은 순식간에 그를 시커먼 재로 만들어 버렸던 것이다.

퍼석.

진영인이 검을 휘수하자 당명은 그대로 바닥에 추락했고, 흙바닥과 부딪치기 무섭게 산산이 박살나며 한 줌 먼지로 화해 바람에 흩날렸다.

그리고 나서도 진영인의 검강을 휘어감은 뇌전은 조금도 줄지 않았다.

마치 한줄기 거대한 뇌전이 진영인의 손에 들려 있는 듯한 모습.

순간 당교원의 뇌리를 스치는 것이 있었다.

"뇌공의 검!"

황망히 외친 당교원의 얼굴에 절망이 떠올랐다.

지금까지 단순한 전설이라 생각했다. 어느 문파나 그러하듯 자신들의 개파 조사는 신처럼 추앙하며 수많은 영웅담과 기사를 덧붙여 과장하는 강호의 상례를 알기에 더욱 그러했다.

하지만…….

지금은 믿지 않을 도리가 없었다. 형산파의 개파 조사, 뇌공 하원일이 다뤘다던 파괴의 검이 수백 년의 시공을 뛰어넘어 눈앞에 나타난 것이다.

이는 당교원의 가슴을 서늘하게 만들기 충분했다.

당교원뿐만이 아니었다. 장내를 차지하고 있는 중인들의 얼굴은 한결같이 두려움과 경악에 일그러져 있었다.

"이 무슨 황당한……."

느닷없는 진영인의 변모에 당교원이 당혹성을 뇌까릴 때였다.

신형을 바로잡은 당가진이 진영인을 향해 신형을 날렸다.

그 역시 위기를 느꼈음일까.

치익!

당가진이 내뿜는 무형지독의 독기는 처음과는 상이하게 달랐다. 거의 이 장에 달하는 독무가 그의 전신을 휘어 감았고, 독무에 닿는 모든 것이 엿가락처럼 녹이며 진영인에게 쇄도해 갔다.

"독강(毒罡)?"

누군가의 입에서 경악성이 터져 나왔다. 그도 그럴 것이 뚜렷하게 뭉쳐진 무형지독의 경력은 강기에 버금가는 위력을 선보이고 있었던 것이다.

하지만 순식간에 거리를 좁혀오는 당가진을 바라보는 진영인의 얼굴은 아무런 감정도 담겨 있지 않았다.

서로의 거리가 오 장 정도 남았을 무렵.

꽈르르릉!

돌연 엄청난 뇌성이 중인들의 귀청을 사정없이 두드렸다. 동시에 한 줄기 섬전이 대기를 찢었다.

쾅!

진영인의 손을 떠난 검은 단숨에 당가진의 어깨를 관통해 그대로 건물의 벽에 틀어박혔다.

"이기어검……."

당교원이 침음성을 흘렸다. 진영인의 압도적인 무위 앞에 독왕지체도 소용없음을 다시 한 번 깨달았던 것이다.

"키이익!"

이때 검에 꿰어 벽에 매달려 있던 당가진이 두 손으로 검을 움켜쥐었다.

챙그랑.

검을 뽑아 바닥에 던진 당가진이 재차 진영인을 향해 신형을 날렸다.

순간 진영인의 손이 허공을 그었다.

마치 당가진은 안중에도 없다는 듯이 가볍게 휘두른 일수. 하나 그 위력은 결코 가볍지 않았다.

슈칵!

미약한 파공음과 함께 당가진의 머리가 공중에 떠올랐다.

"의… 의형수검(意形手劍)!"

진영인의 손끝에 맺혀 일렁이는 옥색 서기(瑞氣). 그리고 금강불괴에 버금가는 당가진의 목을 일말의 주저없이 가볍게 날려 버린 날카로운 경력.

당교원은 거의 넋이 나갈 지경이었다.

전 무림을 통틀어 검기를 유형화시킬 수 있는 이기생형(理氣生形)의 경지에 이른 무인은 기껏해야 백을 넘지 않았다. 더구나 이를 뛰어넘어 검강의 경지를 이룬 이는 열 손가락으로 꼽을 정도에 불과했다.

'그런데 난데없이 의형수검이라니!'

의지가 곧 검이 되는 절대검식. 그것도 이제 막 약관을 넘어선 애송이가 펼쳐 냈다는 사실을 당교원은 현실로 받아들일 수 없었다.

그랬다.

죽산에서 생사의 기로를 경험케 했던 공야휘와의 일전 이후 진영인은 뇌운검결의 새로운 가능성에 눈을 떴고, 편린으로 전해진 뇌운검결의 진정한 힘을 얻기 위해 노력해 왔다. 그러나 지나치게 패도적인 뇌운검결의 위력은 불안정한 뇌정단공의 어두운 일면을 부각시켰고, 자칫 마성에 사로잡힐 위험을 내포하고 있었다. 그로 인해 진영인은 지금까지 자신도 모르게 뇌운검결을 속박하고 있었던 것이다.

당가에 들어선 이후 진영인이 겪고 있는 마음의 고통은 말로는 형언할 수 없을 만큼 괴로운 것이다.

당조후로 인해 거의 죽음을 코앞에 두고, 거기에 더해진 당교원의 격장계는 진영인을 절망의 나락으로 밀어 넣기에 충분했다.

절망은 체념을, 체념은 진영인을 얽매고 있던 모든 속박의 제약을 끊어버리는 결과를 낳았고, 끝없이 운명을 물고 늘어지는 번뇌 속에서 결국 진영인이 선택한 것은 지금까지 자신이 꺼려왔던 마인이 되는 것이었다.

이를 통해 진영인은 형산의 개파 조사 하원일 이후 누구도 들어선 적 없던 전인미답의 경지로 나아가 진정한 뇌운검결을 얻은 것이다.

뿌드득!

이때 머리를 잃은 당가진의 몸이 갑자기 끔직한 소리와 함께 부풀어 오르기 시작했다.

"흥!"

진영인의 입에서 차가운 조소가 흘러나왔다.

진영인이 손을 들어 한 곳을 가리키자 당가진에 의해 바닥을 뒹굴고 있던 자전뇌검이 허공에 떠오르기 시작했다.

우우웅.

묵직한 울음을 토하며 서서히 떠오르던 자전뇌검은 어느 순간 하늘로 솟구쳐 올라 중인들의 시야에서 사라졌다.

그 순간 진영인이 들었던 손을 떨어뜨렸다.

꽈르르릉!

귀청이 떨어질 것 같은 우렛소리가 대기를 뒤흔들었다. 그와 동시에 구름 한 점 없는 하늘에서 돌연 한줄기 낙뢰가 떨어져 당가진을 후려쳤다.

콰아아아앙!

천지를 뒤덮을 듯한 굉음과 함께 땅이 뒤집히고 하늘이 놀라 떨었다.

후두두둑!

비산했던 돌 조각이 폭우처럼 쏟아져 내리며 장내는 한 치 앞도 볼 수 없는 낙진이 휩쓸었다.

한참의 시간이 흘러 먼지가 걷히고, 장내의 모습이 고스란히 드러났다.

"……!"

당교원을 비롯한 중인들의 얼굴이 두려움에 물들었다.

낙뢰가 떨어진 자리.

새하얀 연기를 피워 올리며 움푹 패인 구덩이 한가운데는 붉게 달궈진 한 자루 검이 깊숙이 박혀 있었다. 한 켠에 수북이 쌓여 있는 새하얀 재 가루는 잔해조차 남기지 못한 당가진의 것이리라.

저벅.

자신을 향해 다가서는 발자국 소리에 얼빠진 표정을 하고 있던 당교원이 화들짝 놀라 정신을 차렸다.

"크윽!"

무의식적으로 진영인과 시선을 마주한 당교원이 억눌린 듯한 신음을 흘렸다. 진영인의 주위에서 일렁이는 핏빛 안개, 폭발하듯 짙어지며 유형화된 마기가 폐부를 짓눌렀기 때문이다.

그뿐만이 아니었다. 단지 눈빛을 마주했을 뿐인데도 그 안에 담긴 칼날 같은 예기는 마치 난도질하듯 전신의 피부를 찔러오고 있었다.

마침내 진영인은 당교원의 앞에 우뚝 섰다.

몸이 얼어 눈조차 돌리지 못하는 당교원을 향해 진영인이 입을 열었다.

"해약."

당교원은 몇 차례나 표정이 변했다.

똑같은 질문을 불과 일각 전에 들었으나, 그때와 지금은 모든 상황이 완전히 달라져 있었다.

그때 이 질문을 무시하지 않았더라면 하는 짙은 후회가 그의 얼굴 한구석에 떠올라 있었다.

하나 이미 늦은 일이었다.

당교원은 떨리는 음성으로 입을 열었다.

"해, 해약을 건넨다면…… 돌아가겠느냐?"

씨익.

진영인은 대답 하얀 이를 드러내며 웃어 보였다.

순간 당교원은 가슴이 철렁 내려앉았다.

결코 호의를 담은 미소가 아니었다. 오히려 피비린내 묻어나는 잔혹한 살기와 노골적인 적의만이 담겨 있었다.

당교원이 급히 입을 열었다.

"신선폐는 본 가에서도 가주만을 통해 전해지는 비전(秘傳). 결코 다른 곳에선 구할 수 없다. 이대로 형산파의 장문인이 죽길 바라는 건 아니겠지?"

협박성 짙은 당교원의 말에 진영인의 눈에서 싸늘한 한광이 튀어 올랐다.

“당가의 멸문을 바란다면 그것도 좋겠지. 만약 사부님이 돌아가시면 나는 당가의 현판에 당신의 목을 걸고, 그 아래 연못을 만들어 당씨 성을 지닌 모든 이의 피로 가득 채우겠다.”

“그, 그런……!”

당교원은 자신도 모르게 떨려 나오는 목소리를 주체할 수 없었다. 진영인의 신위라면 능히 그러고도 남을 것임을 모를 그가 아니었던 것이다.

이때 문득 당교원의 눈에 들어온 물건이 있었다.

진영인의 소매 쪽을 가리키며 당교원이 입을 열었다.

“좋다. 해약을 건네겠다. 대신 그것을 넘겨다오.”

“이것 말인가?”

진영인이 벽옥패를 들어올리자 당교원이 고개를 끄덕였다.

“해약의 제조법이 상호로 퍼진다면 본 가를 지킬 수단이 줄어드는 것이 사실. 그래서 신선폐의 해약은 여분이 없다. 하지만 벽옥패를 건네주면 반나절 만에 해약을 만들어줄 수 있다.”

표정과 달리 당교원은 나름대로 생각을 굴리기 시작했다.

‘벽옥패만 있다면 새롭게 무형지독의 연구를 시작할 수 있을 것이다. 아니, 지금까지의 연구 성과를 더해 그보다 더욱 위력적인 독을 만들 수도 있을 것이다. 두고 봐라, 이놈. 지금은 한 걸음 물러서지만 훗날 본 가를 농락한 대가를 반드시 치르게 해주겠다.’

진영인은 한쪽에 우뚝 선 채 그런 당교원을 가만히 노려보았다. 일견 무심한 듯하면서도 사람의 속을 훤히 꿰뚫어 보는 듯한 날카로운 시선이었다.

“훗!”

진영인이 벽옥패를 쥐고 있는 손에 힘을 넣었다.

콰직!

눈앞에서 박살나는 벽옥패의 모습에 당교원이 대경실색하여 소리쳤다.

"이놈! 무슨 짓을!"

순식간에 벽옥패를 돌가루로 만들어 버린 진영인이 손에 묻은 먼지를 털어냈다.

"나는 지금 거래를 하고자 하는 것이 아니다. 당가 전체와 당신의 목숨을 손에 쥐고 협박하는 것이지."

얼음보다 차가운 진영인의 표정에 담겨 있는 살기가 진심임을 깨달은 당교원의 안색은 밀랍처럼 창백해졌다.

"아아……!"

탄식을 내뱉는 당교원의 음성 속에는 필설로 형용 못할 자책과 회의, 그리고 짙은 허무가 깃들어 있었다. 그것은 결코 건드려서는 안 될 자를 건드리고 말았다는 후회였다.

진영인 한 사람으로 인해 수백 년 동안 쌓아온 당가의 기반이 뿌리째 흔들렸다.

추영대(追影隊)를 비롯한 순찰각(巡察閣)과 암기당이 전멸했고, 심혈을 기울여 완성했던 세 명의 독왕지체와 그들이 다루는 무형지독 역시 흔적없이 사라져 버렸다.

비록 열 명의 당가십결 중 두 명이 살아남았다곤 하나 당가운은 두 번 다시 무공을 쓸 수 없을 정도로 망가져 사람 구실이나 제대로 하면 다행이었다. 그나마 상황이 좋은 당영문 또한 부상이 적지 않고 패배의 후유증이 심각해 설사 회복한다 해도 예전의 기세를 되찾을 수 있을지 의문이었다.

실제로 당가는 동원할 수 있는 전체 전력의 오 할에 가까운 피해를 입은 것이다. 하지만 그것보다 더욱 당교원을 괴롭히는 것은 당가를 상징하는 벽옥패를 잃었다는 점이었다.

제아무리 위험한 극독이라도 벽옥패가 존재함으로써 당가는 독을 두려워하지 않았는데, 피독의 신물이 없어진 이상 당가 역시 독으로부터 자유로울 수 없었다.

해약이 존재하지 않는 독. 지금까지 그 어떤 무림문파도 당가를 무시할 수 없는 이유가 그것 때문이었는데, 이젠 당가 역시 자신들의 독을 두려워해야만 하는 것이다.

휘릭.

진영인이 손을 뻗자 그의 손으로 빨려들 듯 검이 날아들었다.

검을 움켜쥔 진영인이 그대로 손을 들어 당교원을 가리켰다.

"해약."

"……!"

진영인이 검을 들자 당교원은 충격과 두려움을 느꼈다. 하늘도 놀라고 땅도 꺼질 정도의 엄청난 검공을 이미 경험하지 않았던가.

그때였다.

"우욱!"

돌연 진영인의 안색이 파리하게 변하더니 한 모금의 피를 토해냈다.

진영인은 고개를 숙여 옆구리를 내려다봤다. 시커멓게 죽어가는 옆구리와 그 가운데 자리잡은 작은 구멍을 발견할 수 있었다.

진영인은 재빨리 검을 들어 그 부위를 도려냈다.

촤악!

지독한 악취를 풍기는 독혈(毒血)이 뿜어졌다. 그리고 한 움큼의 살점과 함께 그 안에 박혀 있던 당조후의 뼛조각이 튀어나왔다.

순간 당교원의 눈에서 한줄기 악독한 빛이 스쳤다 사라졌다.

진영인이 무형지독으로부터 무사할 수 있었던 이유는 오로지 만독을 무위로 돌리는 벽옥패의 효능 때문이었다. 하지만 그것이 사라진 이상 진영인은 만독불침의 몸이 아니었고, 뒤늦게 무형지독에 영향을 받기 시작한 것이다.

당교원은 잠시 숨을 죽인 채 진영인을 응시했다.

핏기없이 창백한 얼굴과 보라색이 변해 버린 입술. 이는 진영인이 독에 중독되었음을 증명하고 있었다.

아니나 다를까,

진영인의 신형이 크게 휘청였다.

당교원은 재빨리 바닥을 박차며 뒤로 물러섰다.

"저놈을 포위해라!"

당교원의 명령이 떨어지자 이백에 달하는 당가의 인물들이 진영인을 둘러쌌다. 집법당을 비롯한 집약당, 철기각의 정예들이 모두 나선 것이다.

몇 겹으로 자신을 에워싼 중인들을 바라보며 진영인은 마른 웃음을 터뜨렸다.

"결국 멸문을 자초하는군."

"흥! 이 자리에서 네놈이 죽는다는 사실은 변함없다!"

당교원의 음성은 잔뜩 악에 받쳐 있었다. 조금 전까지만 해도 두려움에 질려 있던 그의 모습은 온데간데없이 사라졌다.

어차피 당가는 최악의 상황에 직면해 있었다. 더구나 이 모든 일의 원흉인 진영인에게 당교원은 독기를 품지 않을 수 없었던 것이다.

'저놈은 너무 많은 것을 알고 있다. 하다못해 저놈을 죽여 입을 봉하지 않는다면 당가는 정파와 사파부터의 공격을 면치 못할 터. 그리되면 남는 것은 멸문뿐이다.'

아직은 희망이 있었다. 눈앞의 괴물만 죽이면 비밀은 지켜질 것이다.

당금의 강호 정세로 미루어보건대, 머지않아 정사대전이 발발할 것이 틀림없었다. 그 틈바구니에서 당가는 조용히 힘을 키우면 되는 것이다.

"죽여라!"

쉬쉬쉬쉬쉭!

당교원의 명령과 동시에 종류와 수를 헤아릴 수도 없을 만큼 엄청난 암기들이 진영인을 향해 쏟아졌다.

비처럼 쏟아지는 암기들을 바라보며 진영인은 자신의 상태를 살폈다.

재빨리 살을 도려냈기에 다행히 몸속에 퍼진 독의 양은 많이 않았다. 하지만 그보다 더욱 위험한 것은 과도한 출혈과 당조후의 공격으로 인해 입은 내상이었다.

진영인 급히 운영미보를 펼쳐 암기를 피하는 한편, 뇌정단공을 극성으로 끌어올렸다.

뇌정단공은 뇌전(雷電)의 기운을 바탕으로 하는 패도적인 심법. 그 요체를 이루는 뇌전은 열양의 성질을 띠고 있었고, 독과는 천적 관계라 할 수 있었다.

뇌정단공을 운기해 체내의 독을 태우는 한편, 진영인은 검을 휘둘러 눈앞으로 짓쳐드는 암기를 걷어내기 시작했다.

따다다다다당!

연이어 차가운 금속성이 터져 나오는 가운데, 진영인의 신형이 돌연 중인들의 시야에서 사라졌다.

"크악!"

처절한 비명과 함께 다섯 명의 당가인이 피를 뿌리며 쓰러졌다.

동쪽에서 진영인을 공격하던 집법당의 인물들은 동료들의 죽음에 대경하여 분분히 뒤로 물러섰다. 그로 인해 끊임없이 이어지던 암기가 멎었고, 짧은 순간 발생한 공백을 진영인은 놓치지 않았다.

츠츠츠츳!

해일과도 같은 검기가 십 장에 달하는 공간을 뒤덮었다.

"으악!"

"컥!"

비명과 아우성이 장내를 메우고 팔방으로 피가 튀었다. 그리고 그때마다 어김없이 집법당의 인물들은 싸늘한 주검이 되어 바닥을 굴렀다.

진영인이 신형을 날리고 검을 휘둘러 이십에 달하는 집법당의 무인들을 베기까지 걸린 시간은 불과 당교원이 눈 한 번 깜짝이기도 전에 일어난 찰나의 순간이었다.

당교원은 당황한 나머지 진영인의 검끝에서 피어오르는 핏빛 검무를 망연자실하여 바라볼 뿐이었다. 그가 뒤늦게 정신을 차렸을 때는 살아남은 집법당 무인들의 수는 절반이 넘게 줄어 있었다.

"진법을! 만독호연십팔진(萬毒浩然十八陣)을 구축해라!"

당교원의 명령과 동시에 대초명적(大哨鳴鏑)을 거머쥔 네 사람을 선두로 나머지 인물들이 빠른 속도로 진영인 주변을 에워쌌다.

피잉!

특유의 날카로운 소리와 함께 네 대의 대초명적이 허공으로 쏘아졌다. 그리고 이를 신호로 수많은 암기들이 일제히 허공을 가득 채웠다.

드디어 당가가 자랑하는 만독호연십팔진이 움직인 것이다.

당교원의 입가에도 만족스러운 웃음이 떠올랐다.

그러나 이도 잠시.

차가운 얼음 구덩이에 빠진 것처럼 전신의 털이 곤두서는 느낌을 받은 당교원이 고개를 돌려 진영인을 바라봤다. 그리고 자신이 살벌하기 그지없는 예기에 노출되어 있음을 깨달았다.

그 예기의 정체는 다름 아닌 진영인의 눈에서 폭사되는 살광이었다. 진에 포위되어서도 진영인은 그에게서 시선을 떼지 않고 있었던 것이다.

당교원은 심정이 복잡했다. 당가의 가주로서 이렇게 무시당하는 것도 처음이었고, 두려움을 느낀 것도 처음이었다.

"암기천심(暗器穿心)! 사도영멸(邪道令滅)! 투마형극(投魔刑棘)!"

소름 끼치는 진영인의 눈빛을 떨쳐 내기 위해 당교원은 만독호연십팔진을 구성하는 요결들을 외치며 자신도 정해진 투로를 따라 움직이기 시작했다.

한 발 한 발, 혼신의 힘을 실어 던지는 암기들의 위력은 능히 바위를 뚫고도 남을 것 같았다. 게다가 수많은 방위를 점하고 일사불란하게 움직이는 암기의 궤도는 만천화우에 비할 수 없을 만큼 현란한 변화를 내포하고 있었다.

'어디 피할 수 있으면 피해봐라!'

당교원은 만독호연십팔진의 위력을 믿어 의심치 않았다.

쐐애애액!

진영인을 향해 짓쳐드는 무수한 암기들. 그러나 진영인은 수비는커녕 오히려 만독호연십팔진 속으로 뛰어들어 진을 지휘하는 당교원에게 달려들었다.

그 순간 당교원은 진영인의 검끝으로 형태를 갖추는 새하얀 뇌전을 발견했다.

"흡!"

경악성을 터뜨리던 당교원이 급히 입을 다물었다. 진영인의 검끝이 독사의 머리처럼 흔들린다 싶더니 별안간 그의 목과 가슴을 향해 두 줄기 검기가 벼락처럼 쏘아졌기 때문이다.

츄릿!

두 줄기 백색 뇌전은 이십여 장의 거리를 찰나에 좁혀 버렸다. 그 속도가 얼마나 빠른지 당교원은 번쩍이는 섬광밖에 보지 못했고, 검기가 지척에 이르러서야 뒤늦게 대기를 찢는 파공음을 들을 수 있었다.

뒤늦게 화들짝 정신을 차린 당교원은 재빨리 뒤로 물러섰다. 동시에 소매 속에서 두 자루 강전을 꺼내 쇄도해 오는 검기를 쳐내려 했다.

가주의 위기를 눈치챈 당가의 무인들 역시 당교원을 보호하기 위해 일제히 암기의 방향을 틀었다. 그러나 그 순간 진영인이 발출한 검기는 한 차례 가볍게 떨리더니 오히려 당교원의 강전을 팅겨냈다. 그리고 더욱 속도를 높였다.

"……!"

당교원이 눈을 부릅떴다. 무시무시한 속도로 달려드는 뇌전. 그것은 이미 자신의 목을 찔러 들어오고 있었다.

"컥!"

가까스로 몸을 비틀어 치명상은 면했으나 당교원의 목 언저리가 길게 찢어지며 한 주먹이 넘는 옆구리 살이 뜯겨져 나갔다.

"가주!"

중인들의 입에서 경악성이 터져 나왔다. 하지만 그들이 넋을 놓고 있는 사이 진영인의 검끝에선 새하얀 벼락의 기운이 꿈틀거리기 시작했다.

츠츠츠츳!

"피해랏!"

누군가의 입에서 터져 나온 다급한 외침과 함께 당가의 인물들이 분분히 물러서며 일제히 암기를 뿌렸다. 무수한 암기들이 빽빽하게 막을 쳐, 사방에는 온통 암기의 그림자와 날카로운 예기만이 난무했다.

그러나.

당교원을 쓰러뜨림으로써 간단히 진법의 한 축을 무너뜨린 진영인에게 막무가내로 펼친 정교하지도, 날카롭지도 않은 초식들은 위협이 되지 않았다. 검기를 날려 심장을 꿰뚫고 경악에 몸이 굳어버린 자들의 목을 날리는 것은 그에게 지극히 간단한 일이었다.

마치 양 떼 가운데 뛰어든 이리처럼 만독호연십팔진을 휘저어 버린 진영인은 당교원이 몇 번 눈을 감았다 뜨기도 전에 그들을 도륙해 버렸다.

수적인 차이에도 불구하고 자행된 일방적인 도살. 살아남은 이의 숫자는 불과 오십을 헤아렸다. 하지만 간신히 진영인의 검기로부터 목숨을 건진 이들도 극심한 부상을 입어, 두 발로 서 있는 자는 한 명도 없었다.

"끄으으……."

참담하기 그지없는 장내의 상황에 당교원의 입에서 억눌린 듯한 신음 소리가 터져 나왔다.

진영인은 신형을 돌려 당교원을 향해 다가섰다.

희대의 살성이 눈앞에서 한 걸음씩 거리를 좁혀오자 당교원은 바람 앞의 사시나무처럼 부들부들 몸을 떨 뿐 아무런 행동도 취하지 못했다.

척.

이윽고 당교원 앞에 멈춰선 진영인은 바닥에 주저앉은 당교원을 내려다보며 입을 열었다.

"오늘로 당가는 강호에서 지워질 것이다."

"……!"

진영인의 말에 내포된 의미를 깨달은 당교원의 얼굴이 파랗게 질렸다.

진영인이 당교원의 눈앞으로 천천히 검을 들어올리는 순간이었다.

"거기까지만 하지?"

갑작스런 여인의 음성에 당교원은 비로소 장내에 모습을 드러낸 다수의 인물들을 발견할 수 있었다.

두 자루 은편을 양손에 나눠 쥔 한 명의 여인과 열다섯 명의 흑포사내. 그중에서도 붉은 경장을 걸친 여인이 단연 눈에 띄었다.

타오르는 듯한 붉은 경장은 그녀의 유혹적인 붉은 입술과 미모를 단연 돋보이게 했고, 그 뒤로 도열해 있는 흑포사내들은 하나같이 엄청난 중압감을 뿜어내고 있어 그들의 신분이 범상치 않음을 암시하고 있었다.

"오랜만이네. 귀여운 제자 분은 잘 계시나?"

웃으며 건넨 인사와 달리 호약란의 두 눈은 싸늘한 한광을 피워 올리고 있었다.

진영인은 여전히 검으로 당교원을 겨눈 채 딱딱하게 입을 열었다.

"방해하지 마시오."

"미안하지만 그렇게는 안 되겠는걸."

그녀의 대답에 진영인이 말없이 호약란을 노려봤다.

순간, 바람도 불지 않는데 진영인의 장포가 미친 듯이 펄럭이기 시작했다. 장포 아래로 신기루처럼 일렁이는 자욱한 핏빛 서기. 그것이 유형화 된 마기임을 호약란이 깨닫는 데는 그리 오랜 시간이 걸리지 않았다.

"누구를 막론하고 나를 막아서는 자에겐 죽음이 있을 뿐!"

"음……."

호약란이 침음성을 터뜨렸다. 그리고 이는 당교원 역시 마찬가지였다. 진영인의 눈에서 쏟아지는 소름 끼치는 살광을 볼 수는 없었으나 전신에서 아지랑이처럼 일렁이는 자욱한 살기는 그 역시 느낄 수 있었던 것이다.

그런 진영인의 모습에 호약란은 한동안 말을 잇지 못했다.

불과 몇 달의 시간이 흘렀을 뿐이었다.

그러나 예전처럼 여유로운 태도로 가지런한 얼굴을 찡그리며 보기 좋게 웃던 진영인의 모습은 그녀 앞에 없었다.

잠시 동안의 침묵 끝에 호약란이 입을 열었다.

"소름 끼치는 물건이 되어버렸군."

침묵으로 일관하는 진영인을 향해 호약란이 말을 이어갔다.

"마치 나락의 밑바닥 같은 눈을 해가지고…… 인간의 모습을 하고서는 그게 무슨 꼴이야? 그 잘난 형산 문하의 자존심은 어디다 팽개쳤지?"

진영인은 대답 대신 검을 옮겨 호약란을 가리켰다.

가슴 깊은 곳에서 솟구치는 살심을 제어할 수 없었다. 참을 수 없는 피의 갈증. 통제할 수 없는 혈향의 유혹을 도저히 떨쳐 낼 수 없었다.

그런 진영인을 향해 호약란이 차갑게 조소를 날렸다.

"흥! 이젠 은원을 따질 이성도 남아 있지 않나 보지? 죽산에서 다 죽어가는 걸 살려준 게 누구였더라?"

진영인의 눈에서 흘러내리는 살기가 줄어들었다.

이를 놓치지 않고 호약란이 재빨리 입을 열었다.

"게다가 대체 네가 왜 여기에 있는 건데? 단리세가의 미친 인간이 전력을 이끌고 형산으로 향하고 있는 마당에 왜 여기서 어정대고 있는 거냐고!"

"……!"

미미하게 흔들리는 진영인의 눈빛을 읽어낸 호약란이 황당한 표정으로 반문했다.

"정말 몰랐어? 그녀가 보낸 서신을 받지 못했단 말이야?"

"그녀?"

"단리설. 천마성주의 손녀 말이야. 그녀가 분명 서신을 띄운 걸로 아는데?"

"……!"

쿵.

진영인은 가슴 한구석이 내려앉는 것 같았다. 현재의 형산이 단리세가를 상대한다는 것은 계란으로 바위치기란 것을 아는 까닭이다.

피잉!

이때 돌연 진영인을 향해 한 자루 소도가 날아들었다.

까앙!

검을 휘둘러 소도를 쳐낸 진영인은 소도가 날아온 방향을 향해 시선을 던졌다.

막 장내로 들어서는 다섯 명의 노인. 그중 눈에 익은 인물이 있었다. 소도를 던진 이는 다름 아닌 당중일이었던 것이다.

애초부터 진영인을 해칠 생각은 없었던 듯, 진영인이 물러서자 당중일은 더 이상 비도를 날리지 않았다. 대신 한쪽으로 비켜서서 앞으로 나서는 초라한 차림의 노인 곁에 시립했다.

금방이라도 무덤에서 튀어나온 것처럼 노인의 모습은 앙상하기 그지없었다. 머리카락 한 올 남지 않은 얼굴에는 주름이 가득했고, 이도 몇 개 남지 않은 데다 허리도 구부정하게 굽어 있어 매우 초라한 모습이었다.

행색도 마찬가지였다. 다른 네 명의 노인과 달리 금방이라도 삭아부서질 듯한 화의를 걸친 노인은 한 자루 지팡이에 의지한 채 앞으로 나서고 있었다.

다만 두 눈만은 여전히 형형한 안광을 뿌리고 있어 진영인은 그가 평범한 노인이 아님을 짐작할 수 있었다.

"백부님!"

노인을 발견한 당교원이 놀라 외쳤다. 이십 년 전 자신에게 가주의 자리를 넘기고 장로전에 은거한 후 한 번도 모습을 보인 적 없던 전대 가주, 당해극이 바로 그였던 것이다.

第三十七章

봉문당가(封門唐家)

주름 가득한 눈을 들어 아수라장이 되어버린 장내를 훑어보던 당해극의 얼굴에 짙은 분노가 자리잡았다.

잠시 후 당해극은 고개를 돌려 진영인을 바라봤다.

"자네가 한 일인가?"

진영인은 당해극의 시선을 마주한 채 침묵을 지켰다.

이때 황망히 일어선 당교원이 당해극 곁에 다가가 무릎을 꿇었다.

"백부님! 그를 없애야 합니다. 저자는……."

"네게 물은 것이 아니다."

"백부님!"

"노옴! 그 입 다물지 못하겠느냐!"

쾅!

일갈을 터뜨린 당해극이 명아주 지팡이를 들어 바닥을 내리찍었다.

"한심한 놈."

겁먹은 얼굴로 고개를 숙이는 당교원을 향해 한 차례 혀를 찬 당해 극은 다시금 진영인을 향해 시선을 던졌다.

"형산 문하인 자네가 본 가에서 이처럼 날뛰는 이유가 뭔가?"

진영인은 여전히 말이 없었다. 그 자리에 우뚝 선 채 오연한 눈빛을 뿌리고 있을 뿐이었다.

기다렸다는 듯이 호약란이 앞으로 나섰다.

"제가 대신 말씀드려도 되는지요?"

당해극이 눈살을 찌푸렸다. 갑자기 대화에 끼어든 호약란이 마음에 들지 않았던 것이다.

하지만 곱지 않은 그의 시선에도 불구하고 호약란은 여유로운 웃음 까지 머금은 채 당해극을 향해 다가섰다.

"추혼암제(墜魂暗帝)를 이처럼 가까이에서 뵙는 영광을 얻다니, 고 양이를 잡으러 왔다가 범과 맞닥뜨린 기분이로군요."

자신을 가리켜 고양이 운운하는 호약란의 말에 당교원의 얼굴이 잔 뜩 일그러졌다.

이는 당해극 뒤에 시립해 있던 네 명의 장로도 마찬가지였다. 상황 이 이리되었다곤 하나 당교원은 여전히 당가의 가주. 타인이 함부로 농지거리로 삼을 만큼 가벼운 존재가 아닌 것이다.

"감히!"

척.

이때 당해극이 지팡이를 들어 발끈하여 뛰쳐나가려는 장로들 앞을 가로막았다.

"자네들도 형산 문하인가?"

당해극의 질문에 호약란이 웃으며 고개를 저었다. 그리곤 예의를 갖춰 당해극을 향해 고개를 숙였다.

"소개가 늦었군요. 저는 천마성주님을 따르는 사람으로 강호에선 사대명왕으로 알려진 이들 중 한 명입니다."

"사대명왕!"

호약란이 자신의 신분을 밝히자 당해극을 제외한 장로들의 입에서 침음성이 흘러나왔다.

그들의 반응을 예상했다는 듯 호약란이 손을 들어 자신의 뒤쪽을 가리켰다.

"그리고 이들은 성주님의 가마꾼들이지요."

이어진 호약란의 설명에 당해극마저 얼굴이 굳어졌다.

호약란 뒤에 시립해 있는 열다섯 명의 흑포인. 비록 호약란은 가마꾼이라 설명했지만 그 안에 담긴 의미를 결코 가볍지 않았다.

호교마장(護轎魔將). 가장 가까운 곳에서 공야휘를 호위하는 자들로, 천마성을 통틀어 가장 뛰어난 무력을 지닌 열다섯 명의 무장. 그들이 강호에 떨치는 위명은 사대명왕 못지않은 무게를 지니고 있었던 것이다.

이윽고 당해극이 호약란을 향해 입을 열었다.

"공야휘가 보냈느냐?"

대답 대신 화사한 미소를 머금는 그녀를 향해 당해극이 재차 질문을 던졌다.

"무엇 때문에 사대명왕이, 그것도 호교마장 전부를 대동하고 본 가를 방문한 것인가?"

"그건……."

말끝을 흐리던 호약란이 당해극 곁에 주저앉아 있는 당교원을 바라
봤다.

"당금 강호 정세가 심상치 않게 돌아가고 있음을 추혼암제께서도 모
르시진 않겠지요?"

"그것이 본 가와 관련이 있단 말인가?"

"물론이지요."

고개를 끄덕인 호약란이 말을 이어갔다.

"이십 년간의 상호불가침의 조약이 깨지고 사파와 정파 사이가 점차
파국으로 치닫는 상황에서 본 련에서도 예상치 못한 사건이 일어났지
요. 흑무련 휘하의 이곡 삼방 중 사황곡과 벽력방, 그리고 강시방이 반
역을 꾀한 것입니다. 이에 대해 석연치 않은 점을 발견하신 성주님은
저희에게 조사를 지시하셨고, 결국 이 일련의 사태 뒤에 암류세력이 존
재하고 있다는 것을 알게 되었습니다. 예상대로 본 련에서 이탈한 일
곡과 이방은 그들에게 귀속되어 있더군요. 그런데 놀라운 것은 그들과
연관된 곳 중에 당가가 포함되어 있었다는 사실입니다. 당가와 같은
명문정파가 사특한 무리와 손을 잡다니, 전혀 예상치 못한 일이었습니
다. 당시엔 참으로 신선한 충격이었지요."

"확실한가?"

"어찌 제가 추혼암제 앞에서 함부로 거짓을 논하겠습니까?"

"음……."

침음성을 흘리던 당해극은 고개를 돌려 당교원을 바라봤다.

"사실이더냐?"

"배, 백부님……."

"사실이냐 물었다!"

추상같은 당해극의 음성에 당교원은 몇 번 입술을 달싹이다 이내 고개를 숙였다.

"하지만 제가 당가를 찾은 이유는 따로 있습니다. 죽산에서 있었던 일에 대해 당가의 가주님께 책임을 묻기 위함이지요."

순간 당교원의 얼굴이 사색이 되었다.

호약란은 그런 당해극의 모습을 고소하다는 표정으로 바라보다 설명을 이어갔다.

"성주님께서는 용무가 있으셔서 죽산을 방문하셨는데, 그때 그분의 손녀 분도 그곳까지 동행하셨습니다. 한데 성주님께서 자리를 비우신 틈을 노려 일단의 무리가 흑무련의 호위무사들을 독살하고, 손녀 분을 납치했지요. 그리고 그것도 모자라 그자들의 우두머리는 그녀를 간살하려고까지 했습니다. 우리 같은 사파인조차 꺼려하는 춘약까지 써서 말이지요. 그는 곳곳에 무당의 무공인 십단금의 흔적을 남겼고, 이를 통해 무당과 본 련의 분쟁을 일으키려 했습니다. 그자의 이름은 당문기, 공교롭게도 이곳 가주님의 자제 분과 이름이 같더군요."

"증거가 있나?"

"그가 지니고 있던 벽옥패. 아, 지금은 없어졌군요. 조금 전까지만 해도 저 사람이 가지고 있었는데, 당가의 가주께서 그의 심기를 긁는 바람에 한 줌 돌가루가 되어버렸네요. 거기 계신 가주님께 물어보시죠. 그는 분명 그 벽옥패의 진위 여부를 알고 있을 테니까요. 게다가 증인도 있습니다. 저기 서 있는 형산파의 진 공자, 당문기의 비열한 음모를 무위로 돌린 사람이 바로 그였으니까요."

당해극은 대경하여 당교원을 바라봤다. 고개조차 들지 못한 채 부들부들 몸을 떨고 있는 당교원의 모습에 당해극은 그녀의 말이 사실임을 짐작할 수 있었다.

이루 말할 수 없는 참괴한 심정에 당해극은 한참 동안 말을 잇지 못했다.

이윽고 무거운 얼굴로 당해극이 입을 열었다.

"그 아이는 어찌 되었는가?"

호약란은 대답 대신 싸늘한 미소를 말아 올렸다.

당해극의 입에서 더없이 무거운 탄식이 흘러나왔다.

'천마성을 건드리다니… 그것도 하필 공야휘의 손녀를. 죽어도 할 말이 없지.'

하지만 그것도 잠시. 당해극은 이내 자신 앞에 엎드려 있는 당교원을 향해 입을 열었다.

"어째서냐."

"백부님…….."

"어째서 이와 같은 일을 벌인 것이냐?"

이때 당해극의 뒤에서 말없이 대화를 듣고 있던 당중일이 앞으로 나섰다.

"가주, 저자가 본 가에 신선폐의 해약을 요구하는 이유가 무엇이오?"

대답을 한 것은 진영인이었다.

"그가 사황곡주에게 여러 가지 독을 제공했고, 그로 인해 수많은 정파의 인물들이 화산에서 죽어갔소. 내 사부님 역시 사황곡주의 독장에 당해 생사의 기로를 오가고 계시오. 사부님을 중독시킨 독이 신선폐임을 알아낸 나는 그 해약을 구하기 위해 당가를 찾은 것이오."

"그렇다면 충분히 대화로 풀 수도 있지 않았겠나?"

당중일의 말에 진영인이 차가운 냉소를 터뜨렸다.

"당가에서는 대화하기 전에 자오분심을 탄 차와 상린남영을 섞은 음식을 대접하나 보군."

그 말에 당중일은 더 이상 말을 할 수 없었다.

이때 당해극이 감았던 눈을 뜨며 호약란과 진영인을 번갈아 바라보았다.

"이 사실을 자네들 외에 알고 있는 사람이 있는가?"

섬뜩한 안광을 뿌리는 당해극의 모습에 호약란 역시 마주 살기를 피워 올렸다.

"매우 의미심장하고 무섭게 느껴지는 질문이군요."

호약란은 소매 속에서 두 자루 은편을 꺼내 양손에 거머쥐었다.

"이십 년 전 약조했던 상호불가침의 협약이 유명무실해진 지금, 원하신다면 당가의 이름을 강호에서 지워 드릴 수도 있겠지요."

도발적인 호약란의 언사에 당중일을 비롯한 장로들은 크게 노하여 그녀를 노려봤다. 하지만 금방이라도 뛰어들 것 같은 네 명과는 달리 당해극은 말없이 자신의 소매 속에 손을 넣어 한 움큼의 철전(鐵錢)을 만지작거릴 뿐이었다.

이름조차 붙이지 않은, 철로 만든 투박한 동전. 오늘날의 그를 만든 암기였다.

짤그락.

오랜만에 느껴보는 적당한 무게감과 차가운 쇠의 감촉. 깊어지는 주름과 함께 사그라진 줄 알았던 호승심이 가슴을 가득 채웠다. 하지만 당해극은 이를 억지로 눌러야만 했다. 아무리 승산을 가늠해도 지금의 전력으로는 호약란과 호교마장들을 감당할 수 없음을 아는 까닭이다.

하물며 단신으로 당가를 쑥대밭으로 만든 괴물이 눈앞에 버티고 있음에야…….

당해극이 천천히 고개를 저었다.

복잡한 심사를 담은 눈을 들어 진영인을 바라본 당해극은 품속에서 얇은 책자를 꺼내 들었다. 그리고 그중 일부를 찢어 진영인을 향해 던졌다.

팍.

경력이 실린 종이는 그대로 진영인의 발 앞에 내리 꽂혔다.

"신선폐의 해약을 만드는 제조법이 그 안에 적혀 있네."

"백부님!"

경악하여 부르짖는 당교원의 말을 무시한 채 당해극이 호약란을 향해 입을 열었다.

"공야휘가 원하는 것은 무엇인가?"

그제야 호약란은 다시금 미소를 베어 물며 은편을 거두었다.

"당가가 접촉했던 암류에 대해 자세히 알려주셨으면 합니다. 그리고 당문기가 사용했던 춘약의 해약도 건네주셨으면 좋겠군요."

"춘약은 본래 해약이 없는 물건. 아무리 본 가라 할지라도 그것만은 불가능하다네."

"그렇다면 대신 가주의 목이라도 가져가야겠군요."

"그렇게 하게."

"……!"

의외로 당해극이 선선히 고개를 끄덕이자 오히려 할 말을 잃은 쪽은 호약란이었다.

"대신 부탁이 있네."

탁.

의지하던 지팡이를 바닥에 던진 당해극이 돌연 그 자리에서 무릎을 꿇었다.

예상치 못한 그의 행동에 호약란이 적지 않게 당황하고 있을 때였다.

비장한 음성으로 당해극이 입을 열었다.

"암류에 당가가 관여했다는 사실을 이대로 묻어주게나. 그리하면 거기에 대한 모든 요구 조건을 수용하겠네."

잠시 얼떨떨한 표정을 짓고 있던 호약란이 이내 웃음을 터뜨렸다.

"어떤 요구도 수용한다 하셨습니까? 만약 제가 당가의 봉문을 요구한다면 어찌하시겠습니까?"

주륵.

질끈 깨문 당해극의 입술 사이로 한줄기 핏물이 배어 나왔다.

"오늘로서 당가는 봉문에 들어가겠네. 그 기한은 자네들의 결정에 따를 걸세."

"……."

호약란은 황당함을 금치 못했다.

봉문 운운했던 말은 당해극을 떠보기 위한 것이었다. 하지만 그 결과는 가볍지 않았다. 당가의 그 높던 자존심을 팽개친 채 당가의 전대 가주가 자신 앞에 무릎을 꿇고 있었던 것이다.

아무리 호약란이 담이 크다 하나 한 문파의 봉문은 그녀가 결정할 수 있는 것이 아니었다.

그때였다.

"십 년."

“……!”

호약란이 크게 놀라 진영인을 바라봤다.

“너……!”

호약란은 거들떠보지도 않은 채 진영인이 다시금 말을 이었다.

“당가의 봉문 기간은 십 년이오.”

“……고맙네.”

고개를 끄덕인 당해극이 진영인을 향해 읍을 했다.

십 년의 봉문.

짧다면 짧고 길다면 길다고 할 수 있는 세월이었다. 하지만 기울어진 당가를 바로잡는 데 충분한 시간이기도 했다.

당해극은 천천히 허리를 굽혀 당교원의 어깨에 양손을 올렸다.

“원아…….”

순간 당교원의 눈빛이 흔들렸다. 당해극이 이처럼 따스하게 자신을 부른 것은 어린 시절 이후 처음이었던 것이다.

당교원은 눈을 들어 당해극을 바라봤다.

“백부님…….”

복잡한 심사가 고스란히 담겨 있는 당해극의 눈빛을 마주하자 당교원은 가슴 깊이 솟구치는 괴로움을 억누를 수 없었다.

얼굴조차 모르는 아버지. 일찍 세상을 떠난 부친의 빈자리를 채워준 당해극이었다. 늘 엄한 꾸짖음과 훈계로 자신을 가르쳤지만 늘 그 가운데 깊은 애정이 자리하고 있음을 당교원 역시 모르지 않았다.

당해극은 당교원에게 있어 가장 어려운 사람이자 한없는 존경의 대상이었다.

그런데, 자신의 앞에서는 한 번도 흔들리는 모습을 보인 적 없던 그가 슬픔에 얼굴을 일그러뜨린 채 자신을 바라보고 있었다.

당해극과 당교원, 두 사람은 한참 동안 말없이 서로를 바라보았다.

결국 먼저 입을 연 것은 당해극이었다.

"너로 인해 오백 년 당가의 긍지가 무너졌구나."

당교원은 아무런 대답도 하지 않았다.

당해극이 다시 입을 열었다.

"왜 그랬느냐?"

잘못을 추궁하는 질책이 아니었다. 오히려 안타까움이 묻어나는, 진솔한 물음이었다.

이에 당교원은 쓴웃음을 머금었다.

"사심은 없었습니다. 본 가의 강호군림은 백부님께서도 바라셨던 오랜 숙원이지 않습니까? 전 그와 같은 당가를 일구고 싶었을 뿐입니다."

"하지만 방법이 틀렸다."

말없이 고개를 숙이는 당교원을 향해 당해극이 입을 열었다.

"이번 일로 인해 당가는 당가를 지탱하는 무력의 칠 할을 잃었다. 아느냐? 지금의 당가는 구대문파는커녕, 강호의 이류 방파조차 감당할 수 없게 되었다는 사실을? 게다가 지금까지 지켜온 정파로서의 자부심을 송두리째 날려 버리고 말았다."

"제가 어떻게 책임을 지면 되겠습니까?"

"죽어다오."

당교원은 말없이 당해극의 눈을 응시했다.

애써 태연한 척하고 있었지만 당해극의 눈에는 지울 수 없는 고통의 빛이 역력했다. 어찌 그라 해서 자식처럼 키워온 자신에게 죽음을 권고하고 싶겠는가?

당교원의 어깨에서 떨림이 사라졌다. 그의 얼굴에서는 처음의 당당함과 의연함이 자리잡았고, 그런 그의 모습에 당해극은 오히려 가슴이 찢어지는 괴로움을 느껴야만 했다.

당해극이 다시금 입을 열었다.

"네가 죽어야 본 가가 살 수 있다. 십 년이라 했다. 십 년이면 당가를 재건하기에 충분한 시간이다. 그러니 네 목숨으로 본 가가 일어설 수 있는 시간을 벌어다오."

"십 년……."

나직이 중얼거리던 당교원이 마른 웃음을 머금었다.

"죄송합니다. 제가 백부님께 무거운 짐을 떠넘기는군요."

당해극이 고개를 저었다.

"영문이 있질 않느냐? 십 년 후 당가는 충분히 본래의 모습을 찾을 수 있을 것이다. 그러니……."

결국 마지막에 말끝을 흐리고 마는 당해극의 음성은 물기에 젖어 있었다.

눈물을 보이기 싫은 듯 등을 돌린 당해극의 뒷모습을 향해 공손히 읍을 한 당교원은 이윽고 진영인과 호약란이 서 있는 곳을 향해 걸음을 옮겼다.

서로의 거리를 삼 장쯤 남겨놓았을 때 문득 그를 붙드는 음성이 있었다.

"아버님……."

당해극은 고개를 돌려 당영문을 바라봤다.

곳곳이 찢겨 엉망이 된 의복과 내상으로 인해 입에선 아직도 핏물을 게워내는 자신의 둘째 아들.

지금까지 당문기만을 편애해 왔던 자신에게 맺혀 있을 응어리도 많으련만, 눈물을 흘리며 자신을 바라보는 당영문의 모습에서는 그 어떤 원망도 느껴지지가 않았다.

당교원은 회한이 밀려왔다. 어째서 좀 더 일찍 이 아이에게 따스한 말 한마디라도 건네주지 않았을까. 결국 당가의 미래를 그에게 맡겨야만 하는 당교원의 심정은 몹시 착잡해 이루 헤아릴 수가 없었다.

"미안하구나."

"아버님!"

자신에게 처음으로 건넨 온기 어린 한마디에 결국 당영문은 오열을 터뜨리고 말았다. 하지만 이내 소매로 눈물을 훔치고는 당해극을 향해 억지로 웃음을 지어 보였다.

"십 년 후 오늘, 반드시 강호에 우뚝 선 본 가를 아버님께 보여 드리겠습니다."

"고맙다."

그 말을 끝으로 당교원은 고개를 돌려 호약란과 진영인을 응시했다.

"암류는……."

점차 작아지던 당교원의 음성은 이내 모깃소리만큼 줄어들었다. 행여 복수를 위해 당영문이 그들과 접촉하는 것을 막기 위해 전음으로 암류에 대해 설명하고 있는 것이다.

당교원의 설명을 듣던 호약란의 얼굴이 급격히 굳어졌다. 암류의 중심에 자신이 예상치 못한 인물이 포함되어 있었던 것이다.

반면 진영인은 무심한 표정으로 당교원의 말을 듣고 있었다. 하지만 이미 시커멓게 타 들어간 그의 속내는 다시 한 번 깊은 생채기가 새겨지고 있었다.

"······내가 아는 것은 거기까지일세."

말을 마친 당교원의 손에는 어느새 묵빛이 감도는 한 자루 강전이 쥐어져 있었다. 그의 성명암기인 흑룡아(黑龍牙)였다.

손에 들린 흑룡아를 바라보는 당교원의 얼굴에 결연함이 묻어났다.

때가 된 것이다.

당교원은 일말의 주저 없이 자신의 목에 강전을 박아 넣었다.

"큭!"

당교원의 입에서 억눌린 듯한 신음 소리가 터져 나왔다.

푸학!

당교원이 강전을 뽑자 구멍이 난 그의 목에서 선홍색 핏줄기가 뿜어졌다.

급격히 얼굴에서 핏기가 빠져나간 당교원의 얼굴은 창백하여 마치 백지장을 보는 것만 같았다. 그 상태에서 당교원이 입을 열었다.

"그대들에게······ 함구를······ 부탁······."

바람이 새는 듯해 알아듣기도 힘든 음성.

진영인은 말없이 고개를 끄덕였다.

이에 잠시 동안 희미한 미소를 머금던 당교원은 이내 천천히 고개를 떨구었다.

"아버님!"

당영문의 오열과 함께 끝내 뒤돌아보지 않던 당해극의 눈에서도 한 줄기 눈물이 흘러내렸다. 하지만 신형을 돌려 진영인을 바라보았을 때 어느새 그의 눈물은 지워지고 없었다.

"약조는 지키리라 믿네."

더없이 무겁고 침통한 그의 눈빛 속에서 일렁이는 한줄기 광망을 발견한 호약란은 내심 혀를 내둘렀다.

'독심(毒心)의 당가라더니 과연 틀린 말이 아니었군. 그들이 그리 불리는 데는 이유가 있었어.'

그러면서도 한편으로는 감탄을 금치 못했다.

그들로서도 방법이 없었을 것이다. 이대로 암류와 손잡은 것이 알려진다면 당가는 다른 구대문파로부터 크게 곤욕을 치러야 할 것이 틀림없었고, 지금의 당가로서는 구대문파 중 단 한 곳이 공격해도 막아낼 힘이 없었다. 그러나 멸문지화를 피하기 위해 당교원은 기꺼이 스스로 목숨을 끊었다.

그것으로 충분했다. 이미 약조한 이상 자신들은 입을 봉할 수밖에 없었다.

그것보다 호약란이 직면한 고민은 다른 데 있었다.

'사부님이 당가와 암류 세력을 연결시켰다니…….'

죽기 전에 한 말이었으니 거짓은 아닐 것이다.

비로소 호약란은 지금까지 알 수 없었던 여러 의문이 풀리며 앞뒤가 맞아떨어지는 것을 알 수 있었다.

공야휘와 단리설의 행보는 흑무련 내부에서도 상급에 속하는 기밀이었다. 한데 당문기는 마치 기다렸다는 듯이 단리설을 납치했고, 이는 유철악이 정보를 흘리지 않고서는 불가능한 일이었던 것이다. 하지만 이내 의문이 들었다.

'무엇 때문에?'

사대명왕. 공야휘를 제외하고는 흑무련의 누구라도 아래에 둘 수 있는 신분이었다. 그것도 마풍람과 자신의 사부인 유철악의 존재는 흑무련 안에서도 독보적이었다. 그래서 더욱 이유를 짐작할 수 없었다.

이때 생각을 정리하던 호약란의 신형이 흠칫하며 굳어졌다.

만약 이 모든 것을 알고 있는 상황에서 공야휘가 자신의 반응을 살피기 위해 이번 조사를 맡긴 것이라면?

호약란은 돌연 찬물을 뒤집어쓴 것처럼 모골이 송연해졌다.

패황이라는 이름으로 사파의 문파들을 규합하고 흑무련이라는 거대한 단체 위에 군림할 수 있는 이유. 그것은 단지 절대적인 무력만을 지녔다고 해서 가능한 것이 아니었다.

끝을 짐작할 수 없는 심계와 상황을 꿰뚫는 직관력. 거기에 철골빙심(鐵骨氷心)이라 불리는 그의 냉혹함이 더해져 가능한 일이었다.

호약란이 혼란스러워하고 있을 때 호교마장 중 한 명이 조심스레 입을 열었다.

"저자는 그냥 가게 놔두는 겁니까?"

"그럴 때가 아니야."

"예?"

반문하는 호교마장을 향해 한 차례 눈을 흘긴 호약란은 장내를 벗어나는 진영인의 뒷모습을 잠시 바라보다 입을 열었다.

"우리도 돌아간다."

그 말과 함께 호약란은 곧장 신형을 날려 담을 넘었고, 그 뒤를 이어 호교마장들이 뒤따랐다.

휘잉.

한줄기 바람이 불어와 장내를 휩쓸었다.

거칠게 머리카락을 헝크는 바람에도 당영문은 미동도 하지 않았다. 죽은 당교원의 시신을 끌어안은 채 진영인과 호약란 일행이 사라진 방향을 노려볼 뿐이었다.

그런 당영문에게 당해극이 다가가 어깨에 손을 올렸다.

"이제 네가 당가의 가주다."

당영문은 말없이 고개를 끄덕였다.

즐비하게 널린 시신들과 폐허로 변해 버린 장내의 광경을 잊지 않으려는 듯이 하나하나 새기는 그의 눈은 붉게 충혈되어 있었다.

당가 역사상 유례없는 봉문.

사천에서 시작된 소문에 강호가 술렁인 것은 그로부터 한참이 지난 후의 일이었다.

*   *   *

"하······."

금방이라도 쏟아질 것 같은 시린 별빛을 벗 삼아 인적없이 한산한 밤길을 거닐던 노인의 입에서 더없이 무거운 한숨 소리가 터져 나왔다.

산책이라도 하면 답답한 마음이 조금이라도 가실까 나선 길이었다. 하지만 가슴에 남아 좀처럼 지워지지 않는 음성이 자꾸만 발걸음을 무겁게 만들었다.

"제 이름은 진영인입니다."

진자겸은 미간을 찌푸렸다. 당시엔 어이없고 기가 막혀 그냥 돌려보냈지만 내내 그 말이 머릿속에서 떠나지 않았다.

"어리석은 놈."

나직이 중얼거린 진자겸은 눈을 들어 밤하늘을 바라봤다.

'내 선택이 잘못되었던 것일까? 아니다. 그땐 달리 방법이 없었다. 하지만 유하 그 아이가 형산에 그토록 깊은 마음을 지니고 있을 줄이야……'

푸르게 흘러내리는 고아한 달빛마저 진자겸의 가슴을 무겁게 짓눌러 왔다.

'이십 년이다. 내 모든 것을 버리고 걸어온 이 길을, 이십 년의 한(恨)이 지닌 무게를 그 아이에게 어찌 설명할까.'

핏덩이에 불과했던 젖먹이가 헌앙한 청년이 된 모습은 진자겸에게 있어 실로 감개무량한 것이었다. 하지만 자신을 이해하기는커녕 오히려 원수를 감싸는 진영인의 모습은 그로 하여금 한 번도 의심한 적 없이 걸어온 이십 년 동안의 행보에 처음으로 회의를 안겨줬다.

걸음을 멈춘 진자겸은 흔들리는 눈빛을 들어 아무것도 보이지 않는 어둠 속을 응시했다.

간혹 잠을 잊은 야조(夜鳥) 소리에 적막이 흩어지고 있을 뿐, 사위는 죽음보다 짙은 어둠에 잠겨 있었다.

진자겸은 주먹을 움켜쥐었다.

부모는 자식이 죽으면 가슴에 묻는다 했던가. 하나뿐인 아들 내외를 묻은 가슴의 웅덩이가 너무 깊어 이제는 그것을 메울 길이 없어져 버렸다. 그래서 원수의 피로 이를 채우려 하는 것이다.

'이미 돌아갈 수 없는 강을 건넜다.'

한줄기 자책 어린 감정이 그의 얼굴에 스쳤다. 그러나 그토록 원하던 복수를 눈앞에 두고 모든 것을 무위로 돌릴 수가 없었다.

진자겸은 다시 한 번 상황을 정리했다.

'당가에 며칠 붙들어 놓으라 이야기했으니 유하가 형산에 돌아왔을 때는 모든 상황이 끝나고 난 뒤가 될 것이다. 대외적으로 형산은 단리세가에 의해 멸문당한 것이 될 테고, 그 아이는 흑무련을 향해 검을 들겠지. 그 아이를 도와 흑무련에 숨어 있는 현검이라는 자를 죽이고, 그를 숨겨준 흑무련을 뒤흔들어 와해시키면 내 모든 복수는 끝날 것이다. 그리고 의지할 곳을 잃은 그 아이 역시 결국 나에게 돌아올 테지.'

진자겸은 진영인에 의해 당가가 봉문한 사실을 모르고 있었다. 그리고 자신의 뜻과는 달리 당가에서 진영인을 죽이려 했다는 것 또한 알지 못하고 있었다.

그때였다.

"무슨 일이냐?"

허공을 향해 입을 여는 진자겸은 어느새 평소의 차갑고 날카로운 모습으로 돌아와 있었다.

"단리종으로부터 서신이 도착했습니다."

어느새 진자겸 앞에는 흑색 야행의를 걸친 복면인이 부복해 있었다.

진자겸이 말없이 고개를 끄덕이자 복면인은 서신의 내용을 차례대로 보고하기 시작했다.

"단리세가의 전력은 총 사백칠십이 명. 노사님의 지시대로 이들은 스무 개 조로 나뉘어 일부는 물길을 타고 상담(湘潭)과 장사(長沙) 등을 지나고 있으며, 나머지는 육로를 통해 형산 쪽으로 향하고 있다 합니다."

"집결 일시는?"

"약 보름 후 정도로 예상하고 있습니다."

"흠."

못마땅한 표정으로 살짝 미간을 찌푸리는 진자겸의 모습에 복면인이 급히 말을 이었다.

"화산에서의 일로 인해 강호 문파들이 신경을 곤두세우고 있습니다. 당장 호북만 하더라도 곳곳에 무당의 눈과 귀가 미치고 있어 신속한 움직임이 어렵습니다. 하물며……."

"신경 쓸 것 없다."

수하의 말을 자른 진자겸이 다시금 입을 열었다.

"단리종의 상태는 어떠하다더냐?"

"최근 들어 광증이 더욱 심해져 하루가 멀다 하고 주위의 수하들을 때려죽이고 있습니다. 처음 대파산을 출발했던 단리세가의 인원은 총 사백팔십 명이었는데, 다른 곳과 충돌이 없었음에도 불구하고 벌써 여덟 명이 그의 손에 죽었습니다."

"알겠다."

대수롭지 않다는 듯이 대꾸하는 진자겸의 음성에 복면인이 조심스레 자신의 의견을 밝혔다.

"단리종이 환락산(歡樂散)을 복용하는 양이 한 달 전에 비해 배로 늘었습니다. 이미 열흘 전에 그에게 건넸던 환락산도 벌써 바닥이 났습니다."

"환락산을 더 보내라."

"하지만 지금 그가 복용하는 양도 일반인이었다면 치사량에 가까운……."

"되었다. 어차피 이번 일이 끝나면 쓸모없어질 인간이다."

진자겸이 의아한 눈으로 복면인을 바라봤다. 그도 그럴 것이 아직도 떠나지 않고 제자리를 지키고 있는 수하의 모습이 어딘가 불안해 보였던 것이다.

“아직 할 말이 남았느냐?”

“그것이······.”

난처한 눈으로 진자겸의 표정을 살피던 복면인이 서신 말미에 적힌 내용을 읽어가기 시작했다.

“스무 개로 나뉜 조 중에 최근 네 개 조로부터 연락이 두절되었다고 합니다.”

“두절?”

진자겸의 반문에 복면인이 고개를 끄덕였다.

“구대문파 쪽의 움직임은 어떠하더냐?”

“그들은 피해를 수습하기도 바빠 주변의 경계에만 심력을 기울이고 있을 뿐, 아직은 흑무련과의 정면충돌이 두려워 섣불리 나서지 않고 있습니다.”

진자겸은 손을 들어 수염을 매만졌다. 깊은 생각에 빠질 때면 의례 취하는 그의 오랜 습관이었다.

그렇게 한참 동안 생각을 정리하던 진자겸이 이윽고 눈을 떠 수하를 바라봤다.

“본 장에 남아 있는 백명귀가 몇 명이나 되느냐?”

“그가 아직 복귀하지 않아 아홉 명이 남아 있습니다.”

“그들을 준비시켜라. 곧장 형산으로 향한다.”

“직접 말씀이십니까?”

놀란 눈으로 되묻는 수하를 향해 진자겸이 고개를 끄덕였다.

“어차피 형산의 멸문은 내 눈으로 보아야 한다. 그때가 조금 앞당겨졌을 뿐이야. 게다가 흩어져 있는 단리세가의 전력으로 대력금황기를 상대하는 건 몹시 까다로울 테니까.”

"복명!"

대답과 함께 복면인은 다시금 어둠 속으로 모습을 감췄다.

그가 사라진 어둠 속을 바라보며 진자겸이 나직이 입을 열었다.

"어리석구나, 명검. 그토록 일렀건만 스스로 죽음을 자초하다니."

단리세가의 행로는 진자겸 자신의 머리에서 직접 나온 것이었다. 구대문파를 비롯한 다른 곳의 움직임이 없는 상태에서 이와 같은 일이 벌어졌다는 것은 필시 내부에서 정보가 샜다는 말이었다. 그리고 이처럼 조용하게 일을 처리했다는 것은 단체가 아닌 개인의 소행일 가능성이 컸다.

내부의 정보에 정통하고, 단신으로 수십 명의 무인을 주살할 수 있는 인물.

지금으로선 명검 이외에 달리 짐작할 수 있는 인물이 없었다.

*   *   *

"죽엇!"

우삼광은 눈앞에서 미친 듯이 날뛰는 악귀를 향해 일장을 내갈겼다.

콰앙!

"크윽!"

그러나 터져 나온 폭음과 함께 비틀거리며 물러선 쪽은 우삼광이었다. 부러진 손목이 기이한 각도로 꺾여 있었고, 내상으로 인한 핏물이 목을 타고 넘어왔다.

한 차례 피를 토한 우삼광이 부러진 손목을 감싸 쥐며 소리쳤다.

"너 이놈…… 감히 우리가 누군 줄 알고……."

"단리세가의 사람들 아니었던가?"

"……!"

우삼광의 얼굴이 석상처럼 굳어졌다. 이처럼 은밀히 행동했음에도 자신들의 정체를 꿰고 있는 사내.

순간 우삼광의 두 눈이 격하게 흔들렸다.

"서, 설마 비표(秘標)를 남긴 사람이?"

말없이 고개를 끄덕이는 명검의 모습에 우삼광은 허탈한 표정으로 주위를 훑어봤다. 이십을 헤아리던 그의 수하들은 한결같이 싸늘한 주검이 되어 바닥에 나뒹굴고 있었다. 장내에 살아남은 이라곤 자신과 눈앞의 사내만이 유일했던 것이다.

우삼광은 이와 같은 사태가 벌어진 것을 이해할 수가 없었다. 도대체 그가 누구이기에 단리세가의 독문 표시를 알고 있으며, 자신들을 죽이려 하는 것일까?

형산으로 향하던 중 다른 일행의 위급 상황을 알리는 비표를 발견한 것이 화근이었다. 우삼광은 곧바로 방향을 틀어 비표가 가리킨 이곳으로 향했고, 이곳에 도착하여 눈앞의 사내와 맞닥뜨린 것이다.

자신들을 발견한 사내는 느닷없이 공격을 펼치기 시작했고, 우삼광의 수하들은 그가 내뻗은 주먹과 이를 은은하게 감싸고 있는 황금색 빛무리에 격중될 때마다 피를 뿌리며 죽어나갔던 것이다.

"넌 대체 누구냐?"

우삼광의 물음에 명검은 주먹을 들어올리는 것으로 대답을 대신했다.

우삼광은 자신이 살아서 이곳을 벗어날 수 없음을 직감했다. 겁에 질려 있던 그의 눈에서 원한 가득한 광망이 내비친 것도 그때였다.

펄럭.

우삼광이 내공을 끌어올리자 그의 장포가 미친 듯이 펄럭였다.

동귀어진. 비록 그에게 죽는다 하더라도 우삼광은 최소한 그를 자신의 길동무로 삼을 생각이었던 것이다.

이때 돌연 명검이 신형을 날렸다. 우삼광 역시 마주 신형을 날리며 가슴 앞에 모으고 있던 양손을 펼쳐 쌍장을 휘둘렀다.

쩌엉!

주먹과 쌍장이 충돌하며 귀청이 떨어질 듯한 소음이 장내에 울려 퍼졌다.

우우웅!

순간 명검의 주먹을 감싸고 있던 금빛 광채가 더욱 짙어지나 싶더니,

치이이익!

달군 쇠를 물속에 집어넣는 듯한 소성이 터져 나왔다.

"……!"

우삼광은 벌린 입을 다물지 못했다. 불시의 일격에 당황하여 제대로 대처하지 못했던 처음과 달리 지금의 공격은 십이성의 전력이 실려 있어 화강암조차 박살 낼 수 있는 위력이 담겨 있었다. 하지만 자신의 장력은 명검의 금빛 강기에 닿는 순간 너무도 맥없이 흩어져 버렸고, 이것이 너무나 어이없었던 것이다.

우드득!

뼈가 부서지는 끔직한 소리에 우삼광이 눈을 부릅떴다.

자신의 장력을 흩어버린 금빛 강기는 그의 손과 팔을 순식간에 으깨 버렸고, 그러고도 여력이 줄지 않아 가슴 어림을 향해 밀고 들어오더니 비명을 지를 틈도 주지 않고 허리 언저리까지 한꺼번에 후려쳐 버린

것이다.

뻐엉!

사람의 몸에서 들려온 소리라고는 믿어지지 않는 폭음이 대기를 뒤흔들었다.

후두두둑.

허공 가득 피보라와 살점들이 흩어졌다. 그리고 뒤이어 자욱한 피비가 쏟아졌다.

가슴에서 허리까지 송두리째 뜯겨져 나간 우삼광의 시신은 참혹하기 그지없었다. 하나 이를 바라보는 명검의 표정은 여전히 무심하기만 했다.

잠시 장내를 쓸어보던 명검이 신형을 돌려 걸음을 옮기기 시작했다.

그렇게 한참을 걷던 명검은 문득 피를 뒤집어쓴 자신의 의복을 내려다보며 쓴웃음을 머금었다. 갈아입은 지 불과 반나절 만에 또다시 의복을 바꿔 입어야만 했던 것이다. 그리고 앞으로도 몇 번이나 더 옷을 갈아입어야 할지 알 수 없었다.

사실 이처럼 사람의 목숨을 해치는 일이 명검에게 달가울 리 없었다. 더구나 적을 기만하여 함정으로 끌어들이는 일 역시 내키지 않았다. 하지만 그는 상황에 따라서는 기꺼이 그런 일을 할 수 있었다.

비록 사문에서는 내쳐졌다 하나 자신의 사문은 오로지 형산뿐이었다. 문파를 위해서라면 서슴없이 지옥으로 떨어질 각오가 되어 있는 사람. 그가 바로 명검이었던 것이다.

'하지만 너무 늦게 깨달았지.'

명검의 입에서 나직한 한숨이 흘러나왔다. 형산에서 버림받고 나서야 형산의 소중함을 깨달았고, 자신에게 있어 형산이 얼마나 큰 비중을 차지하는지 알아버렸던 것이다.

그러나 후회는 아무리 빨라도 늦는 법.

명검은 다시 걸음을 옮기기 시작했다.

'이것으로 다섯. 남은 것은 열다섯인가.'

그에게 주어진 시간은 그리 많지 않았다. 어떡해서라도 단리세가가 형산에 도착할 때까지 최대한 그들의 머릿수를 줄여야만 했다. 게다가 언제까지 자신이 움직이는 것을 모르고 있을 진자겸이 아니었다.

'그가 나서면 사태는 걷잡을 수 없을 터.'

무거운 마음을 털어내듯 명검은 차분히 피에 전 의복을 벗어 던졌다.

*　　　*　　　*

가마에 앉아 수하의 보고를 듣던 단리종의 얼굴에 짜증이 가득 묻어났다.

"칠조가 행방불명?"

단리종의 반문에 그 앞에 부복해 있던 수하는 난처한 모습으로 고개를 조아렸다.

"예, 그것이…… 두 시진 간격으로 취하던 연락을 끝으로 행방이 묘연합니다. 전서구를 날려보았지만 반응이 없는 것으로 미루어……."

"미루어?"

"아마도 누군가에 의해 암습을 당했을 가능성이… 컥!"

단리종의 손에 목줄기를 틀어 잡힌 사내의 입에서 답답한 신음성이 터져 나왔다.

수하를 자신의 코앞으로 바짝 끌어당긴 단리종이 눈을 부라렸다.

"다섯 개 조가 연달아 실종되었다. 그런데 고작 한다는 소리가 암습을 당했을 가능성? 감히 그따위를 보고라고 해?"

단리종이 손아귀에 힘을 넣자 고통스러워하는 사내의 얼굴에서 급격히 핏기가 사라졌다.

가마 뒤에 도열해 있던 이십여 명의 단리세가의 인물은 저마다 복잡한 심경으로 단리종과 그의 손에 붙들려 있는 동료를 바라봤다. 그러나 차마 함부로 나설 수가 없었다. 폭급한 단리종의 성정을 건드려 목숨을 부지한 이가 없었음을 경험으로 익히 아는 그들이었던 것이다.

이때 온통 새카만 야행의를 입고 눈만 드러낸 채 복면으로 얼굴을 감춘 사내가 유령처럼 장내에 모습을 드러냈다.

그를 발견한 단리종은 자신의 손에 들린 수하를 바닥에 내동댕이쳤다.

쿵.

"반 시진의 시간을 주겠다. 그 배후가 누구인지 어떻게, 무슨 목적으로 본 가에 손을 쓰는지 낱낱이 알아내도록. 이번에도 흡족한 보고를 올리지 못하면 이번엔 반드시 네놈의 목을 꺾어주겠다."

"보, 복명."

벌벌 떨며 사라지는 수하의 뒷모습을 못마땅한 눈으로 바라보던 단리종이 흑의인을 향해 고개를 돌렸다.

이에 흑의인은 자신의 소매 속에서 서찰을 꺼내 단리종에게 내밀었다.

"노사께서 보내신 전언입니다."

흑의인이 건넨 서찰을 받아 든 단리종은 이에 신경도 쓰지 않고 채

근하듯 입을 열었다.

"약은?"

"그렇지 않아도 노사께서 이를 전하라 하셨습니다."

단리종의 얼굴에 일순 화색이 감돌더니 흑의인이 품속에서 꺼내 목갑을 황급히 두 손으로 받아 들었다. 그리곤 목갑을 열어 그 안에 담겨 있는 하얀 가루를 확인하고는 흐뭇한 표정으로 고개를 끄덕였다.

큰아들 단리호가 죽고 난 이후 괴로움에 식음은커녕 잠조차 이루지 못하던 단리종이었다. 그런 그에게 이를 처음 건넸던 사람은 다름 아닌 진자겸이었다.

시름을 덜고 고통을 잊게 하는 약이라는 진자겸의 말에 처음엔 반신반의했던 단리종이었으나, 진자겸이 이르러 있는 높은 의학의 경지를 익히 알기에 시험 삼아 몇 번 복용해 보았다.

과연 그 효과는 놀라웠다.

육신과 마음을 괴롭히던 고통과 번민이 사라지고 마치 극락에 온 듯한 황홀경에 사로잡힌 단리종은 그날 이후 환락산이라 불리는 이 약에 완전히 심취해 버렸다.

가급적 과용하지 말라는 진자겸의 당부에도 불구하고 단리종은 매일같이 환락산을 복용했다. 처음엔 고통을 잊기 위해서였으나 점차 그 빈도가 잦아져 지금은 환락산이 주는 쾌락에 완전히 취해, 결국 환락산 없이는 하루도 견디지 못할 만큼 깊이 빠지고 말았다.

"노사께서는……."

"잠시만."

흑의인의 말을 자른 단리종은 이내 신형을 돌려 곰처럼 웅크렸다.

이윽고 약간의 시간이 흘러 다시금 고개를 돌린 단리종의 코 언저리에는 새하얀 가루가 잔뜩 묻어 있었다.

"말하게."

나른한 표정으로 입을 여는 단리종의 두 눈은 흐릿하게 풀려 있었다.

그런 단리종의 모습에 흑의인은 내심 조소를 금치 못했다.

환락산은 본래 앵속의 열매에서 얻은 유액을 가공한 것으로, 부상이 심한 환자를 치료할 때 쓰는 마취약의 일종이었다. 하지만 중독성이 강한지라 함부로 처방하지 않을뿐더러 남용했을 경우 폐인에 이를 수도 있는 위험한 물건이었다.

분명 진자겸이 이를 경고했음에도 불구하고, 그리고 공석인 단리세 가주의 자리를 대신해 단리세가 전체를 이끄는 수장임에도 불구하고 환락산이 주는 쾌락에서 벗어나지 못하는 단리종의 모습은 실로 한심하기 그지없었다.

하지만 내심과 달리 겉으로는 냉정함을 유지한 채 흑의인이 입을 열었다.

"노사께서는 예정대로 형산에서 집결하길 원하십니다. 귀가의 인물들이 실종되는 사건은 노사께서 직접 나서 이를 해결하겠다고 하셨습니다. 아울러 노사 휘하, 아홉 명의 백명귀로 하여금 귀하의 숙원을 푸는 데 도움을 주시겠다 하셨습니다."

서신은 거들떠보지도 않는 단리종의 모습에 흑의인은 그 안에 적혀 있는 내용을 요약해 설명했다.

이에 단리종은 몽롱한 얼굴로 고개를 끄덕이며 어눌하게 입을 열었다.

"좋아, 좋아. 진 노사께서 친히 나서시면… 전혀…… 문제 될 게 없지."

　만사가 귀찮다는 듯이 단리종은 휘휘 손을 저었고, 흑의인은 간단한 목례를 끝으로 처음 나타났던 때와 마찬가지로 홀연히 사라졌다.

　흑의인이 장내에서 모습을 감추자 단리종 뒤에 시립해 있던 단리세가의 인물들은 한결같이 낮은 한숨을 토했다. 환락산에서 깨어날 즈음의 단리종은 어느 때보다 흉포함이 극에 달할 것이고, 그의 손에 오늘은 어떤 이가 죽임을 당할지 모르는 일이었기 때문이다.

第三十八章

협중사투(峽中死鬪)

아직은 짧은 해가 서녘 하늘을 물들이는 늦은 오후, 사천과 중경의 경계 지역인 광안(廣安)으로 이어지는 관도를 달리는 인영이 있었다. 이틀 전 당가를 떠난 진영인이었다.

찢어진 의복 곳곳에는 말라붙은 핏자국이 선명했고, 미처 추스르지 못한 내상으로 인해 안색은 창백하기 그지없었다. 하나 진영인은 숨을 돌릴 여유도 없이 스스로를 재촉해 발을 쉬지 않았다.

아직은 매서운 바람 때문인지 관도를 지나는 이들은 한 명도 찾아볼 수 없었다. 오직 웅웅대며 울어대는 바람 소리만이 진영인과 함께할 뿐이었다.

그렇게 얼마나 달렸을까.

매서운 삭풍이 몰아치는 삭막한 관도 끝에 깎아지른 듯한 협곡이 모습을 드러냈다. 예로부터 험하기로 소문난 마애협(馬哀峽)이었다. 그

험하기가 말조차 쉽게 지나지 못해 중도에 지쳐 죽고 만다는, 그래서 주인이 말의 죽음을 애도한다는 고사가 서린 곳이었다.

하지만 이곳 마애협만 지나면 길이 잘 닦여 있는 중경에서 형산이 있는 호남까지의 여정은 수월하기 그지없어 진영인은 오늘밤 안으로 중경의 성도인 남녕(南寧)에 닿을 수 있으리라 생각했다.

더구나 험로라고는 하지만 마애협을 둘러싼 산세 자체가 높지 않고, 관도인만큼 곳곳이 넓게 뚫려 있어 신법을 전개하는 데 있어 생각보다 어렵지는 않았다.

마애협이 보이지 시작한 지 채 몇 번의 호흡을 하기도 전에 진영인은 협로(峽路)로 오르는 비탈길에 이르렀다.

진영인은 서둘러 마애협 안으로 진입했다.

세 사람이 겨우 나란히 지나갈 수 있을 것 같은 좁은 통로의 양옆으로는 이십 장 높이의 절벽이 우뚝 서 있었고, 메마른 황무지에는 풀 한 포기 자라고 있지 않았다. 차가운 바람 소리 때문인지 몰라도 더없이 황량하고 음산하게 느껴지는 곳.

문득 진영인은 협로 끝에서 등은 진 채 서 있는 노인을 발견했다.

노인은 흑의를 입고 있었는데, 족히 칠십은 되어 보이는 꾸부정한 모습으로 누군가를 기다리듯 뒷짐을 진 채 허공을 응시하고 있었다.

이때 노인이 갑자기 신형을 돌려 진영인을 바라봤다.

뒷모습으로 미루어 나이가 많을 것이라 짐작했던 대로 얼굴 여기저기에 검버섯이 피어올라 있고, 제법 많은 주름살이 그의 나이를 말해주고 있었다. 하지만 두 눈에는 노인답지 않은 은은한 정광이 감돌고 있었다.

게다가 꽤 오랜 시간 찬바람을 맞고 있었을 텐데도 흐트러진 모습은 전혀 찾아볼 수 없었다.

노인은 진영인을 향해 친근한 미소를 지어 보였다.

"예까지 오느라 수고했네."

나이와는 다르게 기력이 충만한 목소리였다.

마치 자신을 기다리고 있었다는 듯한 노인의 말에 진영인은 인상을 찌푸렸다.

"날씨가 많이 차지? 머잖아 피는 꽃을 시샘하는 동장군의 위세가 결코 녹록치 않으이."

"노인장은 누구십니까?"

"자네가 형산파의 진영인이라는 친구가 맞지?"

진영인이 고개를 끄덕이자 노인은 흡족한 표정으로 자신의 수염을 쓰다듬었다.

"자네의 소문은 익히 들었네. 이처럼 어린 나이에 그와 같은 기도를 지녔다니, 기다린 보람이 있구먼."

그 말을 끝으로 마애협의 출구 양쪽에서 이십여 명의 흑의인이 모습을 드러냈다. 그리고 노인의 양쪽으로 시립하더니 물샐틈없이 출구를 막아버렸다.

하나같이 삼엄한 기파를 뿜어내는 그들의 모습은 그 성취가 결코 낮지 않아 보였다.

단순히 기세로만 따진다면 이들 개개인은 단리혁이나 마풍람과 비교해도 모자람이 없었다. 더구나 그들의 눈빛은 그 어떤 감정도 찾아볼 수 없을 만큼 차갑게 식어 있어 진영인은 자신을 막아선 이유를 짐작할 수 없었다.

하지만 그들이 자신에게 적의를 지닌 것만은 확실하게 알 수 있었다. 그들의 전신에서 삼엄하게 피어오르는 살기는 진영인조차 위험을 느낄 만큼 심상치 않았던 것이다.

"갈 길이 바쁘니 비켜주시오."

진영인의 말에도 불구하고 흑의인들은 꿈쩍도 하지 않았다. 아니, 비켜주기는커녕 오히려 관도의 중앙으로 몰려들어 아예 길을 막아버렸다.

스르릉.

섬뜩한 음향과 함께 흑의인들이 뽑아 든 검이 차가운 빛을 뿌렸다.

비로소 진영인은 짚이는 바가 있었다.

"조부님이 보냈느냐?"

진영인의 질문에 대답한 이는 아무도 없었다. 오히려 무표정한 얼굴로 진영인을 응시하고 있다가 그가 입을 여는 순간 일제히 그들의 손에서 검이 튀어 오르나 싶더니 곧장 진영인을 향해 쇄도하기 시작했다.

그들은 일종의 진법에 따라 움직이고 있었는데 검진의 축을 이루는 대형을 흐트러뜨리지 않은 채 진영인을 공격해 왔다.

챵!

진영인도 사내들을 향해 마주 검을 뽑았다.

서로의 거리가 일 장 정도로 좁혀지자 그들은 검신의 길이를 감안한 듯 순식간에 부챗살처럼 퍼지며 진영인을 에워쌌다. 그리고 가장 선두에 있던 흑의인의 검이 푸른 청광을 머금고 진영인의 코앞으로 닥쳐들었다.

순식간에 푸른 검광에 휩싸인 진영인은 금방이라도 흑의인들의 검 아래 갈가리 찢기고 말 것처럼 위태로운 상황에 놓이게 되었다.

이유조차 알지 못하고 공력도 채 끌어올리지 못한 채 다가오는 검에

양분될 위기에 처한 진영인은 다급히 운영미보를 펼쳤다.

파팍!

순간 진영인의 신형이 둘로, 다시 셋으로 갈라지며 앞으로 쏘아졌다. 그리곤 한순간 환영처럼 사라지더니 전면의 흑의인 뒤쪽에 나타났다.

츠츠츳!

흑의인들이 일제히 검을 휘두르자 날카로운 검기가 사방에 휘몰아쳤고, 이 중 세 줄기 푸른 검기가 진영인의 가슴과 허리, 그리고 무릎을 향해 뻗어왔다.

마치 전신을 토막 낼 것처럼 검기에 실린 기세는 흉험하기 그지없었다. 게다가 날아드는 궤도가 교묘히 퇴로를 차단하고 있어 진영인조차 일순 당황하지 않을 수 없었다.

진영인은 어쩔 수 없이 허공으로 신형을 솟구쳤고, 뒤이어 또 다른 네 줄기 검기가 진영인의 발아래에서 쫓아오기 시작했다.

순간 진영인의 신형이 활처럼 구부러졌다가 튕기듯 앞으로 나아가기 시작했다. 그리곤 그대로 검진을 벗어나 마애협의 입구에 홀로 서 있는 흑의노인을 향해 날아갔다.

마치 자신은 아무 상관이 없다는 듯 여유롭게 상황을 지켜보던 노인은 의외로 진영인이 간단히 검진을 벗어나자 다소 놀란 표정을 지었다. 하지만 이내 오른손을 가볍게 거머쥐더니 허공을 후려치듯 소매를 휘둘렀다.

순간 한줄기 부드럽고도 강맹한 기운이 진영인을 향해 날아들었고, 진영인은 이를 향해 검을 휘둘렀다.

찌이이익!

비단 폭이 찢어지는 듯한 소리와 함께 진영인이 바닥에 내려섰다.

"호오, 검강이로군."

세 자 길이의 검강이 맺힌 진영인의 검을 보며 노인이 탄성을 터뜨렸다. 하지만 진영인이 느낀 놀라움에 비하면 이는 아무것도 아니었다.

검강과 부딪치는 순간 느껴진 묵직한 충격. 천하에서 가장 부드럽지만 또한 가장 파괴적인 장력으로 알려진 무당비전의 장법인 십단금(十段錦)만이 지닐 수 있는 위력이었다. 하지만 죽산에서 당문기가 사용했던 십단금과 달리 흑의노인이 사용한 십단금의 위력은 천양지차(天壤之差)였다. 노인은 전력을 다하지 않고 가볍게 휘둘렀음에도 불구하고 진영인은 아직까지 손끝이 저릿했던 것이다.

이는 결코 짧은 시간 수련하여 얻은 무공이 아니었다. 그 안에 녹아 있는 정종무공의 흔적은 오랜 세월 무학의 종사로서 무당이 지닌 역사가 담겨 있었기 때문이다.

"어째서 무당이?"

진영인의 질문에 흑의노인은 그저 빙긋이 웃기만 할 뿐이었다.

"일단 저들을 먼저 상대하고 오게나. 아직은 내가 나설 때가 아닌 것 같으이. 그나저나 실로 오랜만에 견식하는 멋진 검법일세."

그 말을 끝으로 노인은 재차 손을 휘둘렀고, 진영인은 검을 휘둘러 짓쳐드는 경력을 흩어내며 뒤로 물러섰다. 그리고 뒤늦게 다시금 흑의인들에게 포위된 자신을 발견했다.

진영인은 신형을 틀어 진열을 재정비하는 흑의인들을 바라봤다. 파도와 같이 몰아치던 그들의 공세를 신법만으로 피했음에도 불구하고 그들은 여전히 석상처럼 무표정했다.

순간 진영인의 눈에 경악의 빛이 떠올랐다.

스무 명에 달하는 이들의 검극 위로 뿌연 서기가 어리나 싶더니 어느새 한 자 남짓한 뚜렷한 검강으로 뭉쳐지고 있었던 것이다.

"……!"

진영인의 뇌리를 스치는 것이 있었다.

구대문파의 정예들이 화산에 집결한 틈을 노려 구대문파의 본산을 공격했던 의문의 고수들. 그들 또한 하나같이 검강을 다루고 있다 했고, 당시엔 그와 같은 고수들이 어디에서 나타났는지 몰라 의아해했었다.

진영인은 눈앞의 흑의인들이 구대문파의 본산을 공격했던 자들임을 확신했다.

이때 가장 안쪽에 있던 흑의인이 나머지 열아홉을 거스르며 앞쪽으로 나섰고, 그 뒤의 흑의인들 역시 처음의 대형을 유지한 채 처음과는 비교도 되지 않는 기세로 진영인과 거리를 좁혀오기 시작했다.

흑의인들의 눈빛에서 살기가 감도는 순간 진영인의 장포 역시 팽팽하게 부풀어 올랐다.

진영인과 흑의인들은 거의 동시에 땅을 박차고 마주쳐 갔다. 흑의인들과의 거리가 이 장으로 좁혀지자 진영인의 검이 허공을 갈랐다.

우우웅!

한차례 묵직한 검명을 터뜨린 진영인의 검에서 거의 일 장에 달하는 검강이 뿜어졌다.

흑의인들 가운데 선두에 선 자는 순식간에 자신을 향해 떨어지는 검강을 보고도 눈 하나 깜짝하지 않았다. 오히려 이를 피하기는커녕 마치 양패구상을 노리듯 더욱 바짝 접근하며 들고 있던 검을 위에서 아래로 내리그었다.

진영인은 급히 검을 틀었다.

쩌엉!

검강과 검강이 충돌하는 순간 두 사람은 거의 동시에 뒤로 튕겨져 나갔다. 그리고 이 순간을 노린 다른 두 명의 흑의인이 진영인을 향해 무서운 기세로 검을 휘둘렀고, 두 개의 검강이 진영인의 허리와 어깨를 노리고 쇄도해 들어왔다.

콰콰콱!

진영인의 다리가 엇갈리나 싶더니 순식간에 풍차처럼 휘돌며 두 사람의 검격 안으로 뛰어들었다.

두 명의 흑의인은 더욱 빠르게 검을 휘둘러 진영인의 허리를 양단하려 했다. 하나 진영인은 발끝으로 땅을 찍어 몸을 수평으로 띄워 그 탄력을 이용해 한 사람의 목을 향해 검을 찌르고 발로는 섬뢰각을 시전해 반대편에 위치한 흑의인의 머리를 후려쳤다.

빠악!

진영인의 발에 걷어차인 흑의인이 피를 뿜으며 앞으로 고꾸라졌다.

손끝에 전해진 감촉으로 자신의 검이 다른 한 명의 목을 관통했음을 인지한 진영인은 산매장을 휘둘러 흑의인의 가슴을 후려쳤다.

퍼엉!

핏줄기와 함께 흑의인의 목에서 검이 뽑히자 진영인은 그 반동을 이용하여 뒤쪽으로 쏘아져 나갔다.

짜자자작!

일순 무방비 상태가 된 진영인을 향해 십여 자루의 검이 떨어져 내렸다.

진영인은 검으로 바닥을 찍어 신형을 뒤집었다. 그리고 정면에서 자신을 노리며 날아드는 검을 비스듬히 흘려낸 후 손으로 이를 움켜쥐었다.

따앙!

손에 힘을 줘 흑의인의 검을 부러뜨린 진영인은 부러진 검을 오른쪽을 향해 던지면서 검으로는 정면에 위치한 사내의 심장을 찔렀다. 그리곤 재빨리 바닥을 박차며 바닥을 낮게 스치는 제비처럼 가공할 검영에서 벗어났다.

털썩.

각각 심장과 미간에 일검씩을 허용한 흑의인 둘이 바닥에 쓰러졌다.

처음 선두의 흑의인이 날린 도를 피하면서 허공에 뛰어오른 진영인이 두 사람의 가슴과 이마에 구멍을 뚫어놓기까지 단 한 차례도 바닥을 딛지 않았다. 하지만 겨우 흑의인들의 검진에서 몸을 뺀 진영인이 자세를 바로잡기도 전에 양쪽에서 두 개의 검이 들이닥쳤다.

이는 진영인으로서도 충분히 예상한 공격이었다. 하지만 마땅히 그에 대한 대응 방안이 떠오르지 않았다.

애초부터 그들과 진영인의 무위는 백지장 한 장 정도의 차이가 날 뿐이었다. 실전에서는 그 차이가 미미하다 할 수 없었지만 이십 명에 달하는 이들을 단신으로 감당하기엔 버거운 것이 사실이었다.

개인이라면 이기어검을 사용하여 쉽게 상대할 수 있었겠지만 이처럼 포위된 형국에서 검을 던진다면 적수공권으로 나머지 적들을 상대해야만 한다.

마땅한 대응책이 떠오르지 않았던 진영인은 결국 허공에서 몸을 틀며 바닥에 착지했다.

“크흑!”

진영인의 입술을 비집고 신음성이 터져 나왔다. 애초에 진영인의 좌측 옆구리와 우측 허리를 노리고 날아왔던 두 흑의인의 검이 진영인이 신형을 틀자 등과 오른쪽 허벅지를 길게 훑고 지나간 것이다.

바닥으로 떨어진 진영인은 왼팔로 바닥을 짚고는 앞쪽으로 밀었고 그의 신형은 흑의인들과는 반대쪽으로 쭈욱 밀려갔다.

순식간에 이 장 정도 멀어진 진영인은 왼발에 힘을 실어 일어났다. 그러나 허벅지와 등에서부터 전신으로 번져 가는 극통으로 인해 정신이 아득해졌다.

진영인은 고통을 참으며 잠시 주위를 둘러보았다.

흑의노인은 처음 그 자리에서 움직이지 않고 있었고, 살아남은 열여섯의 흑의인이 여전히 무심한 눈으로 자신을 바라보고 있었다.

‘이들은 동료 애도 없는 것인가?

동료가 죽었음에도 그 어떤 감정도 느껴지지 않는 흑의인들의 모습에서 진영인은 불쾌한 감정이 치밀어 올랐다.

진영인은 자신의 허벅지를 힐끔 쳐다보았다. 적어도 한 치 이상 깊게 베어졌으리라. 또한 내상을 추스르지 못한 상황에서 무리하게 공력을 운용하여 현기증을 동반한 메스꺼움이 찾아왔다.

한차례 숨을 깊게 들이마신 진영인은 이어질 흑의인들의 공격에 대비해 내력을 고르기 시작했다. 동시에 바닥에 떨어진 세 자루의 검과 부러진 검날의 위치를 확인했다.

운영미보를 펼쳐 흑의인들의 공격을 피하기엔 허벅지의 부상이 가볍지 않았다. 또한 언제 흑의노인이 싸움에 끼어들지 알 수 없는 상황에서 피하는 것을 우선으로 삼는다면 순식간에 열세에 처할 위험이 있었다.

‘으음……’

진기를 돌려 부상의 정도를 살피던 진영인이 내심 침음성을 삼켰다. 기맥의 일부가 내상으로 인해 원활히 타통되지 않고 있었던 것이다. 더구나 등과 허벅지에서는 계속해서 선혈들이 새어 나오고 있었지만 점혈을 통한 지혈 역시 기대할 수 없었다. 오히려 움직임이 더뎌질 것이 뻔하기 때문이다.

이 상태가 오래간다면 진기가 고갈되기 앞서 과다출혈로 정신을 잃고 말 것이다. 하지만 살기를 피워 올리는 흑의인들을 앞에 두고 내상을 치료할 수도 없는 노릇.

결국 진영인은 강수를 쓰기로 했다.

“합!”

바위도 베어 넘길 것 같은 예리한 검기가 삼 장 안의 공간을 가득 메웠다. 현란한 검영과 함께 상승의 기류를 타고 솟구치던 푸른 검기는 이내 한여름의 소나기처럼 흑의인의 시야를 가득 메우며 유성우(流星雨)가 되어 쏟아지기 시작했다.

검기충소!

절정에 이른 검공이 보여주는 신기였다.

쾅쾅쾅쾅쾅!

수십 줄기의 낙뢰를 방불케 하는 검기들이 떨어지자 흑의인들은 분분히 이를 피해 뒤로 물러섰다.

그때였다.

우르르릉!

돌연 거대한 뇌성음이 대기를 뒤흔들었다. 동시에 한줄기 새하얀 뇌전이 허공을 찢으며 흑의인들의 정면을 향해 날아들었다.

콰직!

진영인과 가장 가까운 곳에 있던 흑의인의 어깨가 송두리째 뜯겨져 나갔다.

피를 머금어 붉게 변한 뇌전은 살아 있는 뱀처럼 한차례 꿈틀거리더니 곧장 방향을 틀었고, 그대로 연달아 세 명의 흑의인을 집어삼켰다.

콰콰쾅!

폭음과 함께 자욱한 먼지구름이 솟구쳤다.

잠시 후 먼지가 걷히자 장내의 광경이 모습을 드러냈다.

뇌전이 훑고 간 자리.

그곳에는 어깨와 가슴이 뜯겨진 채 새하얀 연기를 피워 올리고 있는 흑의인들의 주검이 놓여 있었다. 그리고 그 한가운데는 붉게 달궈진 한 자루 검이 깊숙이 박혀 있었다.

순간 먼지를 뚫고 나머지 흑의인들이 진영인을 향해 쇄도해 왔다.

빈손을 늘어뜨린 채 흑의인들을 바라보던 진영인의 눈에서 섬전 같은 안광이 번뜩인 것도 그때였다.

서로의 거리가 삼 장쯤에 이르자 진영인은 바닥을 쓸어내듯 양손을 휘둘렀다. 그러자 바닥을 뒹굴던 검들이 그의 손에서 뿜어진 격공섭물의 경력에 붙들려 진영인을 향해 빨려들 듯 날아들었고 허공에서 차례대로 검을 낚아챈 진영인은 연달아 검을 날리기 시작했다.

꽈르르릉!

진영인이 날린 검 한 자루 한 자루에서 장내 전체를 뒤흔드는 우렛소리가 터져 나왔다.

눈이 시릴 정도로 새하얀 뇌전의 물결!

검신을 감싸고 흐르던 뇌전의 기운이 검끝에서 용트림하듯 더욱 짙은 빛을 뿌리나 싶더니 순식간에 공간을 압축하며 흑의인들을 향해 격사되었다.

흑의인들 중 몇몇은 신법으로 이를 피하려 했고, 나머지는 검강으로 이를 쳐내려 했다. 하지만 그 파괴적인 기운 앞에 검강 역시 갈기갈기 찢겨 흩어졌고, 가늠할 수도 없는 빠른 뇌전은 신법으로도 피할 수 없었다.

콰드드드드드!

지축을 뒤흔드는 굉음과 함께 장내는 지독한 열기와 고기가 타는 듯한 매캐한 내음과 새하얀 연기에 뒤덮혔다.

이윽고 먼지가 가라앉고 바람에 연기가 흩어지자 참혹한 모습으로 바닥을 뒹구는 흑의인들의 주검과 땅거죽이 뒤집혀 난장판이 되어버린 장내가 진영인의 눈에 들어왔다.

처음 검기를 뿌려 흑의인들을 물러서게 한 다음, 이기어검을 시전해 네 명의 흑의인을 격살하고 뒤이어 무방비 상태가 된 자신을 노리고 달려드는 흑의인들을 향해 바닥의 떨어져 있던 검을 주워 날린 것은 실로 찰나의 순간이었다. 하지만 진영인에게 있어 이는 생사를 건 도박이었다.

만약 중도에 진기의 흐름이 이어지지 않았다면, 아니, 그 이전에 한순간이라도 기회를 놓쳐 반격할 틈을 줬다면 지금 바닥에 누워 있는 주검은 그들이 아닌 진영인 자신이었을 것이다.

진영인은 그제야 자신이 한 고비를 넘겼음을 실감할 수 있었다. 그리고 한편으로는 끝까지 비명조차 지르지 않는 흑의인들의 독심에 내심 치를 떨었다. 아니, 비명은커녕 무심한 그들의 얼굴에서는 죽는 순간까지도 그 어떤 감정의 동요도 찾아볼 수 없었다.

겨우 신형을 바로잡은 진영인이 고개를 돌려 흑의노인을 바라봤다.

혹시 암습을 하지 않을까 경계하고 있었지만 노인은 오히려 진영인을 향해 감탄 어린 음성으로 입을 열었다.

"대단하군! 정말 대단해! 과연 천하에 누가 있어 자네를 상대할 수 있겠는가. 천마성의 공야 늙은이라 할지라도 자네와는 결코 호각을 이룰 수 없을 걸세."

자신이 데려온 이십여 명의 흑의인이 모두 시신이 되어버렸는데도 노인의 얼굴에는 여전히 미소가 감돌고 있었다. 그 모습만 본다면 마치 손자의 재롱에 감탄하는 인자한 시골 촌로처럼 보일 정도였다.

휘청.

진영인의 신형이 한차례 크게 비틀거렸다.

피를 너무 많이 흘려서인지 눈앞이 흐릿해졌고, 과도한 진기의 운용으로 인해 목에서는 달착지근한 핏물이 넘어왔다. 만약 뇌정단공의 호신강기가 기맥을 보호하지 않았다면 당장이라도 혼절해도 이상하지 않은 상태였다.

자꾸만 감기려는 눈을 억지로 부릅뜨며 진영인이 노인을 향해 입을 열었다.

"당신은 누구요?"

"내가 누군지는 이미 알고 있지 않느냐?"

너무나 힘이 없어 대답은 하지 못하고 고개만 끄덕이는 진영인이었다.

"네 짐작대로다. 노도는…… 아니, 이제 도인이라 할 수도 없겠군. 이미 수많은 이들의 피를 이 손에 묻혀 버렸으니."

쓸쓸한 표정으로 말끝을 흐리던 노인은 이내 한숨을 쉬며 말을 이었
다.

"오랜 세월 무당에 적을 두고 있었다. 하지만 지금은 강호를 뒤흔드
는 암류에 몸담고 있는 이들 중 한 명이지."

"당신은 혹시 명도 진인이 아니오?"

"눈치가 빠르구먼. 그렇네. 내가 명도일세."

진영인과 삼 장의 거리를 두고 마주 선 명도 진인이 허리를 폈다. 그
리고 천천히 검을 뽑아 들었다.

"묻고 싶은 게 많은 눈이로군."

명도 진인의 말이 끝나기 무섭게 진영인이 입을 열었다.

"제 조부가 보내셨습니까?"

"자네 조부? 진자겸 말인가?"

의아한 표정으로 반문하던 명도 진인은 이내 너털웃음을 터뜨리며
고개를 저었다.

"세상에 제 손주를 해치려는 할아비가 어디 있겠는가? 더구나 그처
럼 혈육을 끔찍이 아끼는 사람이 말이야. 만약 그가 혈육을 내칠 수 있
을 만큼 냉혹한 인물이었다면 애초부터 이처럼 무림을 상대로 복수를
꾸미지도 않았을 걸세."

순간 진영인은 가슴 한구석이 얼음장처럼 맺혀 있던 응어리 일부에
금이 가는 것을 느꼈다.

'조부님이 아니셨단 말인가?'

흔들리는 진영인의 눈빛을 읽었음인지 명도 진인이 천천히 고개를
끄덕였다.

"당가에서의 일 역시 자네 조부가 사주한 것이 아니었네. 진자겸은

단지 당가에 자네를 묶어두려고 했을 뿐, 중간에 전서구를 바꿔치기 하여 자네를 죽이고자 한 사람은 따로 있다네."

"유철악."

"눈치가 빠르군. 정확히 맞췄네. 바로 그일세."

비로소 진영인은 의문으로 남아 있던 모든 일의 아귀가 정확히 맞아 떨어지는 것을 느꼈다.

"그렇다면 죽산에서 당문기가 펼친 무당의 무공은 당신에게서 연유한 것이겠군요."

"무공이라 하기엔 좀 그렇고 그럭저럭 대충 흉내 내는 정도였지."

"그럼 흑염방의 소방주를 죽여 흑염방과 무당의 전면전을 부추긴 것도……."

"맞네. 내가 가르친 이들 중 한 명이었지."

그 말을 끝으로 두 사람 사이엔 침묵이 이어졌고, 이윽고 한참의 시간이 흘러 명도 진인이 천천히 검을 들어올렸다.

"더 묻고 싶은 것은 없나? 그럼 슬슬 시작하지."

"어째서 무당을 배신한 겁니까?"

"배신이라…… 그래, 자네에겐 그리 보일 수도 있겠군 그래."

명도 진인이 자조 섞인 웃음을 머금었다.

"하지만 어쩔 수 없었다. 그에겐 큰 빚이 있거든."

"빚이라면?"

"미안하지만 그것만은 말해주기 곤란하구나. 하지만 확실한 것은 자네나 형산에게 개인적인 감정은 전혀 없다는 것이야. 그러니 내 검에 죽더라도 원망은 말게나."

그 말을 끝으로 명도 진인은 굳게 입을 다물었다.

명도 진인의 전신에서 서릿발처럼 피어오르기 시작한 기파를 느낀 진영인은 고르던 숨을 길게 내뿜으며 한 곳을 향해 손을 뻗었다.

순간 폐허로 변한 잔해 속에서 한 자루 검이 살아 있는 물고기처럼 요동치더니 진영인의 손을 향해 빨려 들어왔다.

"준비되었는가?"

명도 진인의 질문에 진영인은 묵묵히 고개를 끄덕였다.

이에 명도 진인은 나직한 한숨과 함께 입을 열었다.

"먼저 사과부터 하지. 만신창이가 된 자네를 상대로 살검을 써야 하는 내 입장을 이해해 주게나. 온전한 자네를 상대로 승리를 장담할 수 없었기에 이와 같은 치졸한 방법을 쓸 수밖에 없었네."

"차라리 그들이 공격할 때를 노려 암습을 하시지 그러셨습니까? 그랬다면 이처럼 번거롭게 재차 손을 쓰지 않으셔도 됐을 텐데요."

"어째 말속에 비수가 들어 있군."

겸연쩍은 표정을 짓던 명도 진인이 흑의인들의 시신을 향해 힐끗 시선을 던졌다.

"비록 저자들을 만드는 데 나 역시 일조했지만 의지도 없이 인명을 해치는 도구로 쓰이는 저런 괴물들은 나 역시 달갑지 않으이. 아직은 내가 있어 이들이 무당에서 날뛴 적은 없으나 앞으로도 그런 일이 없으란 법이 없지 않은가?"

"그런 분이 청정한 산속을 등지고 왜 살수를 자처하십니까?"

순간 명도 진인의 눈에서 새파란 불꽃이 튀어 오르는 것 같았다.

"말했지 않은가, 빚 때문이라고. 마음의 준비를 한 것 같으니 이제 시작하겠네."

진영인은 뇌운검결의 기수식을 취하는 것으로 대답을 대신했다.

순간 두 줄기 예리한 검기가 쏜살같이 날아들었다. 거의 삼 장을 격하고 서 있는데도 눈 깜작할 사이에 그 공간을 압축하며 날아든 검기는 이제껏 진영인이 경험한 그 누구의 공격보다 날카롭고 위험한 것이었다.

진영인은 급히 이 장이나 물러서면서 들고 있던 검을 휘둘러 두 줄기 검기를 겨우 떨쳐 낼 수 있었다. 하지만 그 순간 거의 무감각해진 허벅지와 등에서 엄청난 격통이 느껴졌다.

"역시 이걸로는 부족하군. 자, 다음 것도 받아보게."

츠츠츠츳!

명도 진인의 검이 한 차례 허공을 찢는 것과 동시에 네 줄기 검기가 진영인의 상반신 요혈을 노리며 날아들었다.

"하압!"

진영인의 입에서 폭갈이 터져 나왔다.

츄악!

앞으로 쭉 뻗은 진영인의 검에서 흐릿한 백색 서기가 일렁이나 싶더니 어느새 뇌전의 형태를 이루어 네 줄기 검기를 향해 폭사되었다.

꽝!

검기와 검기가 충돌하며 엄청난 폭음이 터져 나왔고, 진영인은 그 충격을 감당하지 못하고 깊은 족적을 남기며 주르륵 밀려났다.

입가에는 한줄기 굵은 선혈이 흘러내렸고, 길게 찢어져 나풀거리는 왼쪽 소매 사이로는 붉은 핏물이 뚝뚝 떨어지고 있었다.

술 취한 사람처럼 비틀거리는 진영인을 향해 명도 진인이 안타까운 듯 혀를 찼다.

"쯧쯧. 차라리 그 공격에 누워버렸다면 편해졌을 것을."

그 말과 동시에 명도 진인이 허공을 향해 손을 치켜 올렸다.

번쩍.

순간 한 자루 검이 섬전과도 같은 기세로 대기를 둘로 갈랐다.

지금까지 흐릿하게만 보였던 진영인의 두 눈에서 섬뜩한 예기가 빛을 발한 것도 거의 동시였다.

꽈르릉!

웅혼한 낙뢰음을 통한 진영인의 검이 허공을 향해 쏘아졌다.

"……!"

자신이 던진 검을 향해 일직선으로 날아드는 진영인의 검. 그리고 검을 둘러싼 채 꿈틀거리는 새하얀 뇌전의 기운을 목도한 명도 진인의 얼굴이 경악으로 물들었다. 아직까지 진영인이 이와 같은 공력을 운용할 수 있으리라곤 예상치 못했기 때문이다.

콰직!

진영인을 향해 내리 꽂히던 명도 진인의 검이 허공에서 산산조각 났다.

후두둑.

부서진 검의 파편이 채 쏟아지기도 전에 진영인은 격공섭물로 검을 회수해 곧바로 명도 진인을 향해 던졌고, 명도 진인은 급히 무당의 절기 중 하나인 제운종을 시전해 미끄러지듯 뒤로 물러섰다. 이로 인해 진영인이 던진 검은 명도 진인의 허리를 아슬아슬하게 비껴갔다.

그때였다.

진영인이 앞으로 뻗었던 손을 세차게 휘둘렀다. 그러자 진영인의 검이 허공에서 한 차례 요동치더니 급격히 궤도를 꺾어 더욱 빠른 속도로 명도 진인의 가슴을 노리며 날카로운 검극을 들이댔다. 내상의 위험을 무릅쓰고 이기어검을 펼친 것이다.

푸학!

진영인은 입에서 시커먼 핏물을 뿜어냈다. 하지만 명도 진인 역시 상황이 좋지 않았다.

시종일관 여유를 잃지 않았던 그의 얼굴에는 다급함이 묻어나고 있었다.

명도 진인은 급히 자신의 모든 내력을 끌어올려 양손에 실었다.

꽈아아앙!

극강에 이른 두 개의 경력이 충돌하며 만들어진 굉음은 지금까지와는 비교도 되지 않는 엄청난 후폭풍을 만들었다.

이 한 수에 모든 내력을 소진한 진영인은 엄청난 기세로 들이닥치는 먼지바람에 휩쓸려 바닥에 떨어졌다.

가까스로 두 발로 바닥을 디뎠으나 더 이상 신형을 지탱할 수 없었는지 진영인은 이내 털썩 쓰러지고 말았다.

휘이이이잉.

해는 완전히 떨어져 사위는 어둑어둑해졌고 한줄기 차가운 바람만이 계곡 안으로 휘몰아쳤다. 마애협의 출구에 쓰러져 있는 이십여 구의 시신은 차가운 바람을 느끼지 못하는 듯 꿈적도 하지 않았고, 진영인 역시 죽은 듯이 그 어떤 미동도 없었다.

그때 흑의인들의 시신을 헤치며 진영인에게 다가서는 인영이 있었다. 간신히 위기를 넘겨 목숨을 건진 명도 진인이었다.

"언제까지 죽은 척하고 있을 생각인가? 내가 무사한데 자네가 죽을 리 없잖은가?"

입을 여는 것과 동시에 명도 진인이 진영인을 향해 왼손을 내뻗었다.

쾅!

장력이 등을 때리기 바로 직전 진영인이 용수철처럼 튀어 오르며 재빨리 뒤로 물러섰다.

"허허, 자네도 요악스러운 구석이 있었구먼. 그럼 그렇지. 그렇게 쉽게 죽을 자네가 아님은 잘 알고 있었다네."

농처럼 건넨 명도 진인의 말에도 진영인은 핏기 한 점 없이 창백한 얼굴로 거친 숨을 몰아쉴 뿐이었다. 하지만 두 눈에서는 말로 설명하기 힘든 섬뜩한 기운이 뭉클거리며 쏟아지고 있었다.

"대단한 마기(魔氣)로군."

애매한 표정으로 질책인지 감탄인지 모를 말을 내뱉은 명도 진인이 진영인을 향해 걸음을 옮기기 시작했다.

"조금 전 공격은 나조차 가슴이 철렁했다네. 확실히 이기어검은 자네가 나보다 높은 경지에 이르러 있더군."

명도 진인은 어깨 아래로 형체를 알아볼 수 없게 으스러진 자신의 오른팔을 눈짓하며 쓴웃음을 머금었다.

"이제 슬슬 끝을 봐야 할 때가 온 것 같구먼. 그런 몸을 하고서도 나를 이처럼 몰아붙이다니 자넨 역시 무서운 사람이야."

순간 명도 진인의 두 손이 푸르게 물들기 시작했다. 그리고 시간이 지나면서 더욱 짙어지더니 종국엔 푸른 물이 뚝뚝 떨어져 내릴 것처럼 그의 손 전체가 새파란 광채 속에 잠겨 흐릿하게 보일 정도였다.

"청죽수(靑竹手)일세."

명도 진인의 말을 듣는 순간 진영인의 눈에서 이채가 떠올랐다.

오랜 강호의 역사 속에서도 무학의 종사로서 무당이 지닌 무게는 남달랐다. 태극혜검과 양의검을 비롯한 수십 종이 넘는 검공과 십단금으로 대표되는 절정의 장법. 그 외에도 태극권을 필두로 하는 수십 종의 권법들은 그 어느 것 하나 절기가 아닌 것이 없었고, 이것 중 하나만 극성으로 익혀도 강호에서 적수를 찾아보기 힘든 고수라 불릴 수 있었다.

다만 수공은 그중에서 예외라 할 수 있었는데, 태극십삼세(太極十三勢)와 호조절호수(虎爪絶戶手), 십팔소금나수(十八小擒拿手) 등은 무당의 무공의 기본 무리인 부드러움으로 강을 제압한다는 유능제강(柔能制剛)과 맞지 않고 발경(發勁) 위주의 내가공부(內家功夫) 역시 아닌 까닭에 이를 절정까지 익히는 이가 드물었다. 더구나 청죽수는 그중에서도 가장 하위에 속한 수공이어서 막 무당에 입문한 제자들도 익히길 꺼리는 무공이었다. 대충 투로만을 익히고 넘어가는 것이 상례였는데 명도 진인은 이를 극성까지 익혀낸 것이다. 그리고 이를 마지막 비장의 한 수로 내놓은 것으로 보아 그가 청죽수에 얼마나 큰 자부심을 가지고 있는지 알 수 있었다.

휘익.

명도 진인이 가볍게 손을 휘젓자 한줄기 권풍이 맹렬한 기세로 진영인의 가슴을 향해 날아들었다.

쾅!

가까스로 몸을 틀어 권풍을 피하긴 했으나 그 여력에 휩쓸려 진영인은 여섯 걸음이나 비틀거리며 물러섰다. 하지만 그 순간 명도 진인은 일말의 주저 없이 진영인을 향해 신형을 날렸고, 진영인이 고개를 들었을 때는 이미 코앞에 이르러 있었다.

명도 진인의 손 그림자가 순식간에 팔방을 점유하고 진영인에게 휘몰아쳤다.

진영인은 급히 뇌정단공을 끌어올렸다. 비록 미약하긴 했으나 기맥 곳곳에 흩어져 있던 한 줌 진기가 진영인의 의지에 따라 오른손에 모아졌다.

"의형수검!"

진영인의 손이 움켜쥔 흐릿한 검의 형상을 발견한 명도 진인의 입에서 진심 어린 경탄이 터져 나왔다. 하지만 이미 명도 진인의 이기어검을 깨뜨리는 데 혼신의 힘을 기울이고 난 후라 진영인의 손에 맺혀 있는 서기는 당가에서와는 비교도 되지 않을 정도로 약해져 있었다.

짜자자작!

비단 폭이 찢어지는 듯한 음향이 연이어 진영인과 명도 진인 사이에서 터져 나왔다. 팔방을 점유해도 어차피 공격해 오는 곳은 하나, 진영인은 정확히 공격이 시작되는 중심에 손을 밀어 넣어 그 맥을 정확히 자른 것이다. 하지만 경력과 경력이 충돌하여 와해되자 이번엔 두 사람의 손이 격렬히 뒤얽히기 시작했다.

쾅쾅쾅쾅쾅!

한 번 한 번 부딪칠 때마다 귀청이 떨어질 듯한 충격음이 장내에 울려 퍼졌다. 그리고 그 충격음의 수가 늘어갈 때마다 진영인과 명도 진인의 얼굴은 창백해져 갔다. 더불어 진영인의 손에 맺혀 있던 서기도 점차 눈에 띄게 줄어들고 있었다.

쾅!

한차례 굉음과 함께 진영인과 명도 진인이 비틀거리며 물러섰다.

명도 진인의 마지막 공격을 후려친 진영인의 손은 얼기설기 터져서 이미 피투성이가 되어 있었고, 처음의 서기 역시 완전히 사라져 있었다. 그리고 입과 코에서는 검붉은 피가 쉬지 않고 흘러나오고 있었다.

이는 명도 진인 역시 크게 다르지 않았다. 보기 좋던 그의 수염은 입에서 흘러내린 핏물에 붉게 젖어 있었고, 창백한 안색은 가볍지 않은 내상을 입었음을 여실히 드러내고 있었다. 다만 달라진 것이 있다면 진영인을 바라보는 눈이었다. 그의 눈에서는 더 이상 웃음기를 찾아볼 수 없었다. 경악의 감정만이 자리하고 있을 뿐이었다.

쉬지 않고 치열한 일장박투(一場搏鬪)를 주고받은 두 사람은 잠시 서로를 바라보며 숨을 골랐다.

그렇게 얼마의 시간이 흘렀을까.

명도 진인은 자신의 소매를 얼굴까지 끌어 올려 흐르는 피를 닦아냈다. 그리고 입 안에 고인 핏물을 뱉어내며 깊게 숨을 들이마셨다.

순간 명도 진인의 핏기없는 왼손이 다시 푸른 손이 되어 진영인에게 향해졌다. 청죽수가 짙어지면 짙어질수록 반대로 명도 진인의 얼굴은 백지장같이 하얗게 변해갔다.

진영인은 이를 악물고 뇌정단공을 끌어올렸다.

그러나…….

"……!"

진영인의 눈에 절망이 떠올랐다. 뇌정단공을 끌어올리려 하는 순간 가슴이 빠개질 것 같은 통증이 밀려오며 실낱같이 이어지던 한줄기 진기마저 흩어져 버렸기 때문이다.

몸 안의 피가 모조리 빠져나가는 듯한 허탈감.

반면 명도 진인의 손에서는 지금까지 보지 못했던 강력한 경력이 쏟아져 나오기 시작했다.

진영인은 온몸의 혈맥이 갈가리 터져 나갈 것 같은 고통을 느끼고 있었다. 명도 진인이 뿜어내는 기파가 전신을 짓누르며 강렬한 압력을 가하고 있었던 것이다.

'결국… 여기까지인가……'

푸르게 물든 명도 진인의 손이 망막 가득 투영되는 순간 진영인은 자신의 죽음을 직감했다.

아무리 마인의 경지에 들어섰다 하나 아직은 인간의 육신에 묶여 있는 이상 그에게도 분명한 한계가 존재했다. 더구나 진기가 고갈되어 손끝 하나 들어올린 힘도 없는 상황에서 검도 없는 빈손으로 명도 진인을 상대하는 것은 도저히 불가능했다.

진영인은 눈을 들어 푸르게 밀려 들어오는 명도 진인의 청죽수를 바라봤다.

찰나의 시간이 억겁처럼 길게 느껴졌다.

이십 년의 길지 않는 생애가, 그사이에 쌓인 여러 가지 크고 작은 추억들이 진영인의 뇌리를 주마등처럼 스치고 지나갔다.

분하고 원통한 마음보다는 영문 모를 아쉬움이 밀려왔다.

'조금만 더 힘이 있었더라면……'

진영인은 내심 실소를 머금었다. 죽음을 눈앞에 둔 상황에서도 힘에 집착하는 나약한 자신의 일면을 깨달았던 것이다.

비로소 진영인은 모든 것을 비워낼 수 있었다. 그의 몸은 마른 장작처럼 뻣뻣해지고 마음은 타고 남은 잿더미처럼 깊게 가라앉아 더 이상 그 어떤 것도 느낄 수 없었다. 도가에서 말하는 무념무상(無念無想)의 경지에 다다른 것이다.

모든 감각을 닫고 철저히 외부의 자극과 격리하자 비로소 마음이 차분해졌다.

그때였다.

지극히 고요한 한순간의 마음, 모든 것이 빠져나가고 빈 그릇같이 남은 육신, 아무것도 떠오르지 않는 텅 빈 머리 속을 번개처럼 스치는 것이 있었다.

송현자의 인자한 얼굴과 쌀쌀맞긴 해도 그 속엔 늘 온기를 잃지 않는 풍검의 모습. 순박하고 우직한 곽범태의 모습과 장난기 가득한 안자명과 안지명의 얼굴이 하나하나 떠올랐다. 극명하게 비교되는 성정을 지닌 온명과 덕명 산인은 말할 것도 없고, 형산 문하 한 명 한 명의 얼굴이 순식간에 떠올랐다 사라졌다. 이제야 웃음을 찾아가는 아정의 얼굴과 새침한 미소로 자신을 바라보는 하운지의 모습도 빠지지 않았다.

그리고…….

부드럽게 휘어진 아미와 차분함이 느껴지는 눈매를 지닌 여인, 단리설을 떠올렸다.

처음 만났던 동굴에서 푹 고개를 숙인 채 목덜미까지 붉게 달아오른 수줍은 모습과 생명이 경각에 놓인 순간까지도 자신만을 바라보던 안타까운 눈빛. 그녀와 함께할 때면 사정없이 요동치던 가슴을 기억해 냈다. 한마디 한마디 달콤함이 묻어나던 그녀의 음성과 그녀의 눈빛을 떠올릴 때마다 아련함에 젖던 자신의 모습도 돌아볼 수 있었다.

'그들을 다시 만나고 싶다.'

진영인의 입매에는 어느덧 희미한 미소가 자리잡고 있었다. 하지만 이내 침울해졌다. 죽고 나면 더 이상 그들을 볼 수가 없는 것이다. 그렇게 생각하니 까닭 모를 슬픔과 분노가 가슴을 메웠고 이는 곧 오기가 되어 진영인의 마음을 채우고 머리를 지배했다. 그 기운을 따라 단전으로부터 정체를 알 수 없는 미증유의 힘이 솟구쳤다.

그 순간 진영인과 명도 진인 사이에서 더없이 느리게 흐르던 시간이 본래의 자리를 찾았다.

"……!"

명도 진인의 놀라움은 필설로 형용키 어려운 것이었다. 완벽하게 승기를 잡았다 생각했는데, 체념한 듯 자신을 바라보던 진영인의 눈빛이 한순간에 달라지더니 이젠 자신에게 반격까지 가하고 있었던 것이다.

게다가 진영인으로부터 느껴지는 기운은 지금까지와는 달리, 이질적이고도 지독히 파괴적인 것이었다.

명도 진인은 그 기세에 자신도 모르게 순간적으로 흠칫하고 말았다. 하나 그것이 실수였다. 기파와 기파가 충돌한 순간부터 시작된 내력의 균형이 한쪽으로 급격히 기울어지기 시작한 것이다.

자신의 내력과 상대의 내력까지 더해진 압력은 그대로 방향을 틀어 명도 진인을 향해 역류해 왔고, 마치 거대한 둑이 무너진 것처럼 지독한 충격이 해일처럼 명도 진인을 집어삼켰다.

명도 진인은 낯빛을 굳히며 왼손을 휘둘러 진영인을 후려쳤다.

꽝!

엄청난 폭음과 함께 두 사람의 신형은 뒤로 팅겨져 나갔다.

그것으로 끝이었다. 한참의 시간이 흘렀건만 원래 자리에서 칠 장 이상이나 팅겨져 나간 명도 진인은 바닥에 쓰러진 채 꼼짝도 하지 않고 있었다. 푸르게 물들어 있던 그의 손은 원래의 모습으로 돌아와 있었고 미동도 하지 않는 그의 몸에서는 더 이상 그 어떤 생명의 온기도 느껴지지 않았다.

비슷한 거리를 팅겨진 진영인 역시 손가락 하나 까닥하지 않고 널브러져 있기는 매한가지였다. 마지막 순간 동귀어진을 각오한 명도 진인은 자신의 모든 진원진기마저 소진해 청죽수를 펼쳤고, 죽음을 각오한 그의 공격에 진영인이 무사할 수 없는 것은 당연한 일이었다.

휘이이잉.

협곡에 몰아치는 바람 소리가 귀기로운 풍경을 더욱 을씨년스럽게 만들고 있었다.

이때 근 한 시진 이상 꼼작도 하지 않던 진영인의 손가락 끝이 미미하게 꿈틀거리기 시작했다.

"크윽……."

고통에 겨운 신음을 흘리며 진영인의 손이 더없이 느린 움직임으로 품속으로 움직여 갔다.

이윽고 한참의 시간이 흘러 품속에서 꺼내 든 진영인의 손에는 밀랍에 쌓인 환약이 들려 있었다

第三十九章

건곤일척(乾坤一擲)

이른 아침.

축융봉(祝融峰)은 뿌연 안개에 휩싸여 있고 사위는 푸르스름한 어둠에 잠겨 있었다. 하지만 이내 수많은 봉우리들 사이로 흐르던 구름 같은 안개가 뿌연 빛에 물들기 시작하더니, 때늦은 아침 해가 첨탑(尖塔) 같은 자개봉(紫蓋峰)의 모서리를 붙들고 모습을 드러냈다.

"좋구나! 마치 바다 한가운데 떠 있는 조각배 같지 않소?"

덕명 산인의 감탄성에 어깨를 나란히 한 채 비탈길을 오르던 온명 산인이 걸음을 멈추었다.

햇살을 머금어 물결처럼 일렁이는 황금빛 운무. 그 사이로 솟아오른 자개봉의 끝자락을 바라보던 온명 산인은 비로소 조각배의 의미를 이해할 수 있었다.

"새벽부터 길을 재촉한 이유가 이 때문이었나?"

"왜 아니겠소. 물론 석양에 물든 형산의 모습도 장관이지만 운봉무쇄(雲封霧鎖)와 조양(朝陽)을 동시에 만끽하는 지금의 즐거움에는 미치지 못하지요. 더구나 이때의 경치를 감상할 수 있는 건 일 년에 하루, 바로 오늘뿐이니 만약 내가 서두르지 않았다면 우리는 이것을 보기 위해 다시금 일 년을 기다려야 했을 거요."

"하지만 사제, 이 때문에 우리는 흠뻑 젖었다네."

소매를 흔들어 물기를 털어내는 온명 산인의 모습에 덕명 산인이 껄껄 웃음을 터뜨렸다.

"하하, 사형, 이런 말 하면 안 되겠지만 모양새가 꼭 비에 젖은 염소 같소이다."

덕명 산인이 건넨 농담에 온명 산인이 빙그레 웃음을 머금었다. 새벽 이슬에 젖은 것은 비단 그뿐만이 아니었던 것이다.

"그나저나 옷을 갈아입어야 할 텐데 큰일이군. 여벌 옷을 준비하지 않았으니……."

형산파가 있는 방향을 바라보며 온명 산인이 입을 열었으나 덕명 산인은 오히려 아예 근처에 있는 바위에 엉덩이를 깔고 앉아버렸다.

"눈 비비며 막 일어났을 애들 번거롭게 할 필요 뭐가 있소? 그냥 여기서 시간 좀 보내다 갑시다. 이렇게 아침 일찍 들이닥쳐서 옷 내놓으라 다그쳐 봐야 좋은 소리 못 듣소."

"허허."

덕명 산인의 말에 온명 산인은 그냥 웃고 말았다. 사실 평소에 형산의 제자들을 들볶는 사람은 자신이 아닌 그였기 때문이다. 내일이면 여든을 바라보는 나이인데도 불같은 덕명의 성미는 젊었을 때나 지금이나 다름이 없었다. 오죽하면 형산의 제자치고 덕명의 불호령에 오줌을 지리지 않은 이가 없다는 말이 나왔겠는가.

그런 덕명이 제자들을 챙기는 말을 하자 자신만 모양새가 우스워진 것이다.

온명 산인은 고개를 돌려 더없이 신비로운 장관을 연출하는 운무와 조양을 눈에 담았다. 그리고 자신도 깨닫지 못하는 사이에 아름다운 형산의 자태에 깊이 심취하고 말았다.

그렇게 얼마나 시간이 흘렀을까.

햇살에 밀려 운무가 걷히기 시작하자 형산이 다시금 본래의 모습을 되찾았다.

늘 보아왔던 형산의 풍광에 덕명 산인은 조용히 미소를 머금었다. 환상적인 형산의 모습도 이색적이었으나 이제야 고향에 돌아온 듯한 푸근함을 느낄 수 있었던 것이다.

"이제 이것을 보려면 다시 일 년을 기다려야겠군 그래."

툭툭 엉덩이를 털며 일어서던 덕명 산인이 웃으며 고개를 끄덕였다.

"내 말 듣기 잘했지요?"

"일 년을 기다릴 가치가 충분한 일출이었네."

"아무렴요. 내년에도 꼭 같이 옵시다. 원래 즐거움은 나눠야 배가 되는 법 아니겠소?"

"그런 사람이 여태껏 혼자 꼭꼭 숨겨놓고 감상했단 말인가?"

온명 산인의 핀잔에 덕명 산인이 멋쩍은 웃음을 흘렸다.

"사형도 알다시피 내가 좀 무뚝뚝하잖소. 다른 사람 앞에서 감상에 젖는 건 왠지 좀 민망해서……."

머리를 긁으며 말끝을 흐리던 덕명 산인은 이내 앞장서 걸음을 옮기기 시작했다.

"자자, 어서 갑시다. 새벽부터 길을 나섰더니 몹시 시장하구려. 오
랜만에 운지가 만든 음식을 맛봐야 하지 않겠소? 이제 와 하는 말인데
그동안 사형이 만든 음식으로 끼니를 때우는 건 참으로 큰 고역이 아
닐 수 없었소."

"이 사람이 또 실없는 소릴. 석 달 치 식량을 한 달 만에 거덜 낸 게
어디의 누구였더라? 본 파에서, 아니, 호남을 통틀어도 범태의 무지막
지한 식사량과 견줄 사람은 자네가 유일할 걸세."

"하하, 그래도 아무리 범태만 하겠소?"

한 차례 호탕한 웃음을 터뜨린 덕명 산인은 형산파가 있는 방향을
바라보며 흐뭇한 미소를 지었다.

"그 미련한 녀석이 얼마나 성취를 이루었을지 몹시 궁금하구려."

"범태 말인가?"

"달리 누가 있겠소?"

말과는 달리 덕명 산인의 얼굴에는 감출 수 없는 뿌듯함이 드러나
있었다.

"녀석이야말로 진정한 무골이오. 비록 타고난 재능은 영인이나 다른
아이들에 비해 모자람이 없지 않지만 노력으로 이를 메우고도 남으니,
언젠간 한 자루 도로 천하를 호령할 날이 있을 것이오."

온명 산인 역시 고개를 끄덕였다.

"확실히 범태의 도는 대단하지. 만약 형산이 사라지고 형산파의 검
법이 없어진다 해도 그 아이의 뇌룡도결(雷龍刀訣)만큼은 후세에 전해
질 것 같은 기분이랄까."

그 말에 덕명 산인이 펄쩍 뛰었다.

"사형! 노망나셨소? 본 파가 왜 사라집니까? 영인이 있고, 범태가 있

소. 게다가 말썽은 많지만 누구와 견주어도 손색없는 자명과 지명, 그리고 운지가 있소. 본 파처럼 뛰어난 후기지수를 지닌 문파가 왜 사라진단 말이오?"

"미안하네. 늙으니 자꾸 말이 헛나오는군."

겸연쩍은 얼굴로 건넨 온명 산인의 말에 덕명 산인이 못마땅한 표정으로 혀를 찼다.

"다시는 그런 소리일랑 하지 마시오. 자고로 입이 화를 부른다 했소."

"알았네, 알았어."

씩씩거리는 덕명 산인의 어깨를 툭툭 두드린 온명 산인은 그를 지나쳐 다시금 걸음을 옮기기 시작했다.

그렇게 약 일각쯤 걸었을 때 문득 앞서 걷던 온명 산인이 입을 열었다.

"그런데 공력은 얼마나 회복했나?"

"뭐 대충 팔 할 정도는 되찾았소."

"팔 할이라……."

"확실히 나이가 드니 예전만 같지 못하구려. 십 년 전만 해도 보름이면 충분했을 텐데 지금은 한 달을 넘기고도 완전히 공력을 회복하지 못했으니 말이오."

"어찌 세월을 속이겠는가? 자네나 나나 언제 무덤에 들어가도 이상할 게 없는 나이야."

고개를 끄덕이는 덕명 산인을 향해 온명 산인이 말을 이어갔다.

"행여나 범태 앞에서는 그런 내색 하지 말게. 가뜩이나 우리에게 미안해하고 있을 텐데, 앓는 소리 해봐야 주눅밖에 더 들지 않겠는가."

"사형이나 잘하슈. 하루가 멀다 하고 무릎이 시리다는 양반이……."

"그거야 자네나 되니까 하는 소리지."

그렇게 대화를 나누며 걷는 사이 이들은 어느새 형산파의 산문 앞에 이르러 있었다.

"왜 이리 조용해?"

산문 안으로 들어서던 덕명 산인이 의아한 표정을 지었다.

이에 온명 산인 역시 평소와는 다른 형산파의 분위기를 느낄 수 있었다. 여느 때라면 한창 분주하게 움직여야 하는 제자들의 모습이 보이지 않았던 것이다.

그뿐만이 아니었다.

"살기!"

낮게 외치는 온명 산인의 음성에 덕명 산인도 얼굴을 굳히며 고개를 끄덕였다. 멀지 않은 바위 뒤쪽과 수풀 속에서 미약한 살기가 감지되고 있었던 것이다.

잠시 서로를 바라보던 온명 산인과 덕명 산인은 누가 먼저랄 것도 없이 각각 바위와 수풀 쪽을 향해 신형을 날렸다.

"헉!"

갑작스레 눈앞에 나타난 온명 산인에게 맥문을 틀어잡힌 인영의 입에서 헛바람을 들이키는 소리가 터져 나왔다. 하지만 이내 의아해하는 온명 산인의 음성이 울려 퍼졌다.

"여기서 뭐 하고 있는 것이냐?"

"자, 장로님!"

수풀 속에 몸을 숨기고 있던 인영은 어찌나 놀랐던지 두 눈이 화등잔만하게 커져 있었다.

온명 산인은 그의 맥문을 놓아주고 재차 질문을 던졌다.

"어째서 이런 곳에 몸을 숨기고 있었던 것이냐?"

"그게……."

당황하여 말을 잇지 못하는 삼대 제자를 바라보던 온명 산인이 자지러지는 듯한 비명 소리를 들은 것도 그때였다.

"으아악! 자, 장로님!"

"뭐가 으아악이야? 내가 괴물이라도 되냐?"

피식 웃음을 터뜨린 온명 산인은 덕명 산인의 음성이 들려온 방향을 향해 고개를 돌렸다.

아니나 다를까, 바위를 돌아 나오는 덕명 산인의 손에 멱살을 틀어잡힌 채 대롱대롱 매달려 있는 사람은 형산파의 삼대 제자가 틀림없었다.

"아침부터 여기서 뭐 하는 짓거리야?"

"켁켁. 장로님, 이 손부터 풀어주시고……."

덕명 산인이 다그치자 그의 손에 멱살을 잡힌 삼대 제자가 우는 얼굴로 애원을 했다.

쿵.

"어이쿠."

덕명 산인이 손을 놓자 그대로 엉덩방아를 찧은 삼대 제자가 비명을 터뜨렸다.

그런 그들을 향해 온명 산인이 다가섰다.

아픈 엉덩이를 문지르며 일어서던 삼대 제자는 그제야 서둘러 온명 산인과 덕명 산인을 향해 공손히 머리를 조아렸다.

"여기서 무얼 하고 있었던 게냐? 지금은 아침 연공 시간이 아니더냐?"

　온명 산인의 물음에 대답한 사람은 이원이란 명호를 지닌 삼대 제자였다.

　"지시에 따라 산문을 들어서는 사람들을 감시하고 있었습니다. 하지만 안개 때문에 두 분의 모습이 흐릿하여 미처 알아보지 못했습니다."

　"감시를 지시해? 누가? 무엇 때문에?"

　다그치는 듯한 덕명 산인의 질문에 이원은 서둘러 입을 열었다.

　"흑무련의 단리세가가 본 파를 공격하기 위해 이쪽으로 움직이고 있다 들었습니다. 이에 대비해 운검 사백께서 산문을 감시하라 하셨습니다."

　"단리세가?"

　의구심을 감추지 못하는 온명 산인과 달리 덕명 산인은 으드득 이를 갈아붙였다.

　"이놈들이…… 지난번 기련십마의 일도 조용히 넘어가려 했건만 또다시 본 파를 침범하려 들어?"

　분기탱천하여 노기를 터뜨리는 덕명 산인을 뒤로하고 온명 산인이 이원을 붙들고 입을 열었다.

　"장문인은 어디에 있기에 운검이 지시를 내린 것이냐?"

　"장문인께서는……."

　난처한 표정으로 말끝을 흐리는 이원을 덕명 산인이 닦달했다.

　"이놈, 똑바로 말하지 못할까?"

　머뭇거리던 이원이 머뭇거리며 대답했다.

　"그게… 지금 처소에 누워 계십니다."

　"누워 있다고? 어디가 불편하신 게냐?"

　"독에 중독당하셨습니다."

“뭐라?”

놀란 얼굴로 서로를 바라보던 온명과 덕명 산인은 누가 먼저랄 것도 없이 장문인의 처소가 있는 현정전을 향해 신형을 날렸다.

몇 번 숨을 고르기도 전에 현정전에 도착한 두 사람은 곧바로 문을 젖히며 안으로 들어섰다.

“엇?”

때마침 물수건을 들고 송현자의 방을 나서던 운검이 그들과 마주쳤다.

“언제 하산하셨습니까?”

매우 뜻밖이라는 얼굴을 하고 있는 운검을 향해 덕명 산인은 다짜고짜 질문을 던지기 시작했다.

“장문인이 독에 중독당했다니, 사실이냐? 그리고 단리세가가 쳐들어온다는 것은 무슨 말이냐?”

흥분한 덕명 산인을 제지하며 온명 산인이 앞으로 나섰다.

“우리가 자리를 비운 사이 무슨 일이 일어났는지 설명을 듣고 싶구나.”

잠시 두 사람을 바라보던 운검이 나직이 한숨을 흘리며 고개를 끄덕였다. 그리곤 서재로 쓰이는 방을 가리키며 입을 열었다.

“일단 안으로 드시지요. 마침 풍검 사제도 곧 이쪽으로 오기로 했으니까요.”

“아니. 일단 장문인 먼저 뵈어야겠다.”

“하지만 지금 사부님께서는…….”

말을 마친 덕명 산인은 만류하는 운검을 밀치며 방문을 열고 성큼성큼 안으로 들어섰다. 하지만 채 몇 걸음을 옮기기도 전에 그의 신형은 돌처럼 딱딱하게 굳어졌다.

"……!"

덕명 산인은 한참을 멍하니 서서 시체처럼 누워 있는 송현자를 바라볼 뿐이었다.

밀랍처럼 창백한 얼굴은 핏기 한 점 찾아볼 수 없었다. 이불 아래로 들어난 손가락은 한겨울 나뭇가지처럼 삐쩍 말라 있었고, 반백이었던 머리칼은 새하얗게 변해 있었다. 더구나 메마른 논바닥처럼 갈라진 입술은 보라색을 띠고 있었고 가슴에 감겨진 면포에서는 아직도 핏물이 배어 나오고 있었다.

미약한 숨결을 제외하면 생기라곤 찾아볼 수 없는 참담한 모습.

할 말을 잃은 덕명 산인을 향해 다가선 온명 산인 역시 믿을 수 없다는 표정으로 송현자를 바라봤다.

이윽고 한참의 시간이 흘러 온명 산인이 입을 열었다.

"장문인께서 이리되신 지 얼마나 되었느냐?"

탁자 한 켠에 물수건을 내려놓은 운검이 무거운 한숨과 함께 입을 열었다.

"일단 자리를 옮기시지요. 사부님께서는 안정을 취하셔야만 합니다."

고개를 끄덕인 온명 산인은 발걸음이 떨어지지 않는 덕명 산인을 이끌고 송현자의 처소를 나섰다.

이때 헐레벌떡 현정전 안으로 뛰어드는 인영이 있었다. 제자들의 보고를 듣고 뒤늦게 온명과 덕명 산인이 도착했다는 것을 알게 된 풍검이었다.

"풍검이 장로님들을 뵙습니다. 그간 별래무양하셨는지요."

공손히 예의를 갖추는 풍검을 향해 돌연 덕명 산인의 불호령이 떨어졌다.

"지금 한가하게 인사나 받고 있게 생겼느냐? 말해보아라. 본 파에 무슨 일이 벌어지고 있는 것이냐?"

난데없는 호통에 풍검은 말을 잇지 못했다.

이때 덕명 산인을 만류하며 온명 산인이 앞으로 나섰다.

"목소리 낮추게. 혹시라도 우리 때문에 장문인의 상태가 나빠질 수도 있으니 조용한 곳으로 옮겨 이야기를 나누는 것이 좋겠네."

덕명 산인을 잡아끌고 서재로 들어선 온명 산인은 그를 억지로 의자에 앉힌 다음 풍검을 향해 입을 열었다.

"자, 이제 설명해 보아라. 무슨 일이 있었는지 우리도 알아야 하지 않겠느냐?"

조바심이 묻어나는 그의 음성에 운검과 풍검은 잠시 서로를 바라보았다. 하지만 이내 상황을 더욱 자세히 알고 있는 운검이 지금까지 있었던 일들을 설명하기 시작했다.

운검의 설명이 이어지는 동안 덕명 산인과 온명 산인의 얼굴에는 놀람과 경악의 감정이 떠올랐다.

"틀림없는 진현자였더냐?"

온명 산인의 질문에 운검이 고개를 끄덕였다.

"예. 사부님이 분명했습니다."

"그렇다면 어째서 그를 본 파로 데려오지 않은 것이냐?"

"영인과 잠시 대화를 나누시더니 홀연히 사라지셨습니다. 당시 상황이 너무도 혼란스럽고 어지러워 그분을 붙들 기회가 없었습니다."

"어허……."

　한차례 긴 장탄식을 터뜨린 온명 산인은 눈을 감은 채 안타까운 한숨을 흘렸다.

　"이십 년이 흘렀건만…… 아직도 스스로를 책망하고 있단 말인가. 진현아, 진현아, 어찌 그리 어리석느냐. 그것은 너 홀로 짊어질 책임이 아닌 것을……."

　이때 침울한 표정으로 굳게 입을 다물고 있던 덕명 산인이 운검을 바라봤다.

　"그래서 영인에겐 아직 연락이 없느냐?"

　"예."

　"수소문은 해보았고?"

　"언제 단리세가가 쳐들어올지 모르는 상황인지라 본 파의 전력을 나눌 수 없었습니다."

　"그래도 그렇지, 당가가 어떤 곳인데……."

　말끝을 흐리는 덕명 산인의 음성에는 근심이 가득 묻어나고 있었다. 하지만 이도 잠시.

　덕명 산인은 문득 의아한 표정으로 운검과 풍검을 바라봤다.

　"그런데 명검 그 아이는 어째서 보이지 않는 것이냐?"

　"명검 사제는……."

　급격히 흐려지는 운검의 표정에 덕명 산인은 자신도 모르게 인상을 찌푸렸다. 지금까지 침착함을 잃지 않던 운검이 이처럼 흔들리는 모습을 보이자 어떤 말이 나올지 심히 두려웠기 때문이다.

　눈을 감은 채 고심을 거듭하던 운검이 이윽고 결심을 굳힌 듯 덕명 산인을 바라봤다.

　"명검은 더 이상 본 파의 제자가 아닙니다."

"그게 무슨 소리냐?"

운검은 명검과 진자겸의 관계를 설명하기 시작했다. 그리고 진자겸이 진영인의 조부라는 것과 지금까지 강호를 뒤흔든 암류의 중심에 그가 있었다는 사실까지 자세히 언급했다.

약 일각의 시간이 흘러 운검이 이야기를 마치자 그때까지 입을 굳게 다물고 있던 온명 산인이 침울한 표정으로 탄식을 터뜨렸다.

"어찌 그런 일이······."

덕명 산인은 잔뜩 일그러진 얼굴로 운검을 다그치기 시작했다.

"지금까지 한 말이 전부 사실이더냐?"

"그렇습니다."

"영인도 이를 알고 있고?"

운검이 천천히 고개를 끄덕이자 덕명 산인과 온명 산인은 서로를 바라보며 한숨을 터뜨렸다.

"세상에 이처럼 완벽한 오해도 없을 것이다. 어찌 일이 꼬여도 이리 꼬인단 말인가?"

"그러게 말이오. 우리로선 결백을 증명하고 싶어도 당시의 정황이 그러하니······."

"영인이 많이 힘들겠어."

"그런데도 제 사부를 살리겠다고 홀로 당가로 향했으니······."

말끝을 흐리던 덕명 산인이 벌떡 자리를 박차고 일어섰다.

"아무래도 안 되겠소. 내 직접 당가로 가보리다."

"나도 가지."

덕명 산인과 온명 산인이 막 걸음을 옮기려 했을 때였다.

"사부님!"

헐레벌떡 현정전 안으로 뛰어든 인영이 있었다.

"사부님, 그들이 왔습니다! 지금 산문 아래서 곧장 이쪽으로 향하고 있습니다."

어찌나 서둘렀던지 안자명은 온명 산인과 덕명 산인에겐 인사조차 하지 않고 곧바로 풍검을 향해 입을 열었다.

"몇이나 되느냐?"

"그게 스무 명 정도의 무리가 열다섯 개니까……."

풍검의 물음에 양손으로 숫자를 꼽던 안자명이 표정이 핼쑥하게 변했다.

"적게 잡아도 삼백 이상입니다."

"……!"

예상을 훨씬 웃도는 숫자에 풍검은 일순 말문이 막혔다. 하지만 이내 표정을 굳히며 안자명을 향해 입을 열었다.

"모든 제자들에게 병기를 소지하고 연무장에 집결하라 전해라. 나도 곧 갈 것이다."

고개를 끄덕인 안자명은 허겁지겁 현정전을 나서다 뒤늦게 이상한 점을 느끼고 뒤를 돌아보았다.

"허걱! 장로님!"

황급히 허리를 숙이는 안자명을 향해 덕명 산인의 호된 꾸지람이 떨어졌다.

"이놈! 지금이 인사나 하고 있을 때냐? 서두르지 않고 뭐 하는 게냐?"

화들짝 놀란 안자명이 부리나케 현정전을 빠져나가자 온명 산인은 덕명 산인을 바라보며 쓴웃음을 머금었다.

"일단 발등에 떨어진 불부터 꺼야겠군."

덕명 산인은 검을 움켜쥐고 현정전을 나서는 것으로 대답을 대신했다. 온명 산인 역시 곧 자리를 떴고, 운검과 풍검이 그 뒤를 따랐다.

이윽고 연무장에 도착한 두 산인은 산문이 내려다보이는 연무장에 집결한 채 자신들을 기다리는 제자들을 향해 다가섰다.

"그놈들은 어디 있느냐?"

노기를 감추지 못하는 덕명 산인의 음성에 연무장의 선두에 서 있던 안자명이 손을 들어 산문 쪽을 가리켰다.

"이제 곧 산문 아래쪽에서 모습을 보일 것입니다."

덕명 산인은 분기탱천한 얼굴로 산문 방향을 노려봤다.

아니나 다를까, 산문 아래 속속 모습을 드러내는 일단의 무리들이 덕명 산인의 눈에 들어왔다. 하나 처음엔 씩씩거리며 그들을 주시하던 덕명 산인의 얼굴이 시간이 흐를수록 딱딱하게 굳어졌다. 처음엔 오십여 명에 불과하던 숫자가 어느새 삼백을 훌쩍 넘어 사백에 가까워지고 있었던 것이다. 게다가 그들의 손에는 하나같이 흉험한 병장기가 들려 있어 결코 좋은 목적을 가지고 형산을 오른 것이 아님이 분명했다.

"막상 숫자를 헤아리고 보니 느낌이 다르지?"

자신에게만 슬쩍 건넨 온명 산인의 말에 덕명 산인은 묵묵히 고개를 끄덕였다. 숫자도 숫자였지만 그들 개개인이 지닌 기세는 결코 기련십마의 아래가 아니라 느껴졌기 때문이다.

이때 온명 산인의 눈이 이채를 발했다.

"저자는?"

온명 산인의 시선을 쫓아 고개를 돌린 덕명 산인은 흑의인들 가운데 위치한 가마와 그 위에 놓여 있는 화려한 태사의를 바라봤다.

"아는 놈입니까?"

덕명 산인의 질문에 온명 산인이 고개를 끄떡였다.

"전 단리가주의 동생일세. 듣기로는 전대 가주와 달리 속이 좁고 성정이 폭급한 자라 하더군. 아마도 이번 일은 저자가 주도한 것 같구면."

이때 상황을 지켜보던 운검이 입을 열었다.

"지난번 기련십마와 함께 본 파를 공격했다가 영인에게 죽은 단리혁이란 청년이 저자의 아들이라 들었습니다."

"복수가 목적인 걸까?"

온명 산인의 반문에 덕명 산인이 싸늘한 코웃음을 터뜨렸다.

"흥! 복수는 뭔 놈의 복수. 의당 죽어 마땅할 짓을 한 놈이오. 나에게 그런 자식이 있다면 부끄러워 명패에도 이름을 올리지 못했을 것이오. 그런데 이처럼 적반하장 격으로 또다시 본 파를 능멸하려 들다니, 아비나 자식이나 낯짝이 두껍기 이를 데 없구려."

"그래도 일단 이야기는 해봐야겠지?"

말을 마친 온명 산인은 산문 쪽으로 걸음을 옮기기 시작했다.

단리세가의 인물들과 약 이십여 장의 거리를 남겨둔 채 멈춰 선 온명 산인이 가마 위에 누워 있는 단리종을 향해 입을 열었다.

"그대가 이들의 책임자인가?"

"그러는 늙은이 당신은 누군가?"

대뜸 하대를 퍼붓는 단리종의 무례한 언사에도 온명 산인은 미간조차 찌푸리지 않았다. 오히려 미소를 머금고 말을 이어갔다.

"나는 형산파의 장로인 온명이라 하네."

"형산에 죽을 날을 받아놓고 전전긍긍하는 늙은이 둘이 있다는 이야기는 들었지."

성질 급한 덕명 산인이 보다 못해 버럭 소리를 질렀다.

"저 찢어 죽일 놈이! 어디서 감히 새카만 후배 놈이 함부로 주둥이를 놀려!"

이에 단리종이 싸늘한 냉소를 터뜨렸다.

"강호에서의 배분은 내가 후배일지 모르나 신분으로 따지자면 당신들이 나에게 존칭을 써야 하지 않나?"

잔뜩 인상을 찌푸린 채 입을 다문 덕명 산인의 모습에 단리종은 얼굴에 득의한 웃음을 떠올렸다. 그러나 이어진 온명 산인의 말에 그의 얼굴은 휴지 조각처럼 구겨지고 말았다.

"그 말은 마치 자네가 단리세가의 가주라도 된 것 같군 그래. 하지만 자네의 형님이 죽은 이후 가주의 자리는 아직도 공석인 걸로 아네만?"

대대로 단리세가의 가주를 승계하는 것은 전대 가주의 직계 후손만이 가능한 일이었다. 아무리 단리종이 전대 가주와 혈연지간이라 하나 전대 가주의 아들인 단리정이 살아 있는 이상 그는 가주 자리에 오를 수 없는 것이다.

"곧 죽을 늙은이가 헛소리는 잘도 지껄이는군!"

태사의에서 벌떡 일어나 소리를 지르는 단리종의 얼굴은 어느새 술 취한 사람처럼 붉게 달아올라 있었다. 아픈 곳을 건드리는 온명 산인의 말에 폭급한 성정을 드러낸 것이다.

그런 단리종을 향해 온명 산인이 다시금 입을 열었다.

"돌아가게. 그대들의 주인인 공야휘가 이처럼 명분없는 싸움을 허락했을 리 없을 터."

"주인? 누가 감히 나 단리종의 주인이 될 수 있단 말인가? 흐흐흐, 공야휘 그 늙은이는 지금쯤 제 발등에 떨어진 불을 끄기도 급급해 우리를 돌아볼 여유가 없을걸. 그리고 명분이라 했나? 본 가의 차기 가주를 형산이 억지로 구금하고 있다는 사실은 이미 강호에 모르는 이가 없다. 나는 내 조카를 구하기 위해 형산을 치는 것일 뿐. 이보다 훌륭한 명분이 어디 있을까?"

"……!"

온명 산인은 일순 말문이 막혔다. 설마 단리종이 단리정을 이유 삼을 줄은 그조차 예상치 못했던 것이다.

"음……."

한차례 침음성을 흘린 온명 산인이 고개를 돌려 연무장 쪽을 바라봤다.

창백한 얼굴로 하운지 곁에 바짝 붙어 있는 단리정의 모습이 눈에 들어왔다. 겁에 질려 떨고 있는 단리정의 모습은 측은하기 그지없어 온명 산인은 내심 혀를 찼다.

이때 보다 못한 하운지가 아정의 어깨를 끌어안으며 입을 열었다.

"장로님, 아정을 돌려보내선 안 됩니다. 저자는 어린 아정에게 몹쓸 짓을 서슴지 않았던 작잡니다. 말이 좋아 차기 가주지, 틀림없이 자신의 꼭두각시로 아정을 내세워 더러운 야망을 채울 게 틀림없어요. 더구나 아정은 자신의 의지로 본 파의 제자가 되었습니다. 그것도 영인 사숙께서 친히 거둔……."

온명 산인이 천천히 고개를 끄덕이자 비로소 하운지는 안도하며 말끝을 흐렸다.

온명 산인은 두려움에 질린 단리정을 향해 한 차례 부드러운 미소를 건넸다. 그리곤 고개를 돌려 근엄한 음성으로 입을 열었다.

"귀 가의 후계자라 할지라도 이미 아정은 그 모든 것을 포기하고 본 파의 제자가 되었으니 그 아이를 내놓으라는 자네의 무리한 요구는 들어줄 생각이 없네. 하물며 자네가 계속 억지를 부려 본 파에 위해를 가하려 한다면 의당 그에 걸맞는 대접을 해줄 용의가 있네."

"크큭. 그렇게 나와야지."

비릿한 웃음을 흘리던 단리종이 천천히 손을 들어올렸다. 처음부터 그의 목적은 단리정이 아니었던 것이다. 그에게 있어 단리정은 가주의 직위를 잇게 하기 위한 도구 이상의 의미가 없었다.

"형산을 지워라."

단리종이 들었던 손을 내리자 삼백이 넘는 인원이 파도처럼 일제히 형산의 산문을 넘어섰다.

그때였다.

"벽뢰검진(壁雷劍陣)을 발동하라!"

쩌렁한 풍검의 음성이 허공을 울렸다.

"와아아!"

풍검의 말이 떨어지기 무섭게 연무장에 도열해 있던 형산 문하들이 일제히 검을 뽑아 들었다. 그리고 일정한 흐름에 따라 검진을 구축하기 시작했고, 물밀듯이 들이닥치는 단리세가의 무인들과 부딪쳐 갔다.

까가강!

순식간에 어지럽게 뒤얽힌 양측 진영 사이에서 병장기가 충돌하는 소리와 살벌한 검광이 난무하기 시작했다.

"크윽!"

머지않아 양측에서는 부상자가 속출하기 시작했고, 곳곳에서 피가 튀고 참혹한 비명이 터져 나왔다.

"사제!"

이때 검진의 중심에 자리를 잡고 있던 운검이 급히 풍검을 불렀다. 고개를 돌린 풍검은 운검이 가리킨 검진 쪽을 바라봤다. 그 의미를 깨달은 풍검이 운검의 목소리를 대신해 검진을 지휘했다.

"고요히 흐르던 구름이 바람을 부르다!"

풍검의 음성에 위태롭던 검진이 크게 변화를 일으켰다. 지금까지 수비에 치중해 있던 좌측의 형산 문하들이 좌우로 진세를 넓히며 흐트러진 검진을 보완하기 시작했던 것이다.

촤라라락!

오십여 자루에 달하는 검이 일제히 단리세가의 무인들을 향해 떨어졌다. 검신을 타고 흐르던 햇살이 검끝에서 비산하며 허공을 가득 메웠고, 그 안에 실려 있는 예리함은 그 화려함과는 비할 수 없을 만큼 무시무시한 기세를 담고 있었다.

단리세가의 인물들은 크게 당황하여 일순 공격을 늦췄고, 그 짧은 기회를 형산 문하들은 놓치지 않았다.

"격렬한 바람에 구름이 뒤엉키다!"

이어진 풍검의 지시에 후위를 지키고 있던 오십여 명의 형산 문하가 허공으로 신형을 날리며 전면의 적들을 향해 검기를 뿌려냈다.

쫘자자작!

허공을 난도질하는 소나기 같은 검기 앞에 연무장 주위의 기류가 급변했다.

우위를 점한 운검은 이때를 놓치지 않고 풍검을 향해 다급히 무언가를 외쳤고, 그 순간 풍검의 포효성이 연무장 주위를 쩌렁하게 울렸다.

"패뢰파천(霈雷破天)!"

"비처럼 쏟아지는 뇌전이 하늘을 찢는다!"

풍검의 외침에 맞물려 일제히 터져 나오는 형산 문하의 음성!

아울러 뇌운검결의 최상승 절기 중 하나인 패뢰파천이 백여 자루의 검에서 동시에 발출되었다.

콰콰콰콰콰!

본래는 철저한 수비 초식인 패뢰파천이었으나 백여 자루의 검이 동시에 움직이자 마치 거대한 검기의 장막이 눈앞에 짓쳐든 것 같은 착각을 느끼게 했다.

이에 단리세가의 무인들은 크게 당황하여 분분히 물러섰다. 하나 그중 몇몇은 대응이 늦어 그대로 검기에 휩쓸리고 말았다.

"크악!"

"아아악!"

참혹한 비명 소리와 함께 십여 명의 인물이 바닥에 쓰러졌다.

"허!"

온명 산인의 입에서 탄성이 흘러나왔다. 과거, 기련십마가 쳐들어왔을 때와는 완전히 다른 모습을 보이는 제자들의 움직임에 감탄을 금치 못한 것이다.

놀라기는 덕명 산인 역시 마찬가지였다.

기련십마의 일로 인해 검진의 필요성을 절감한 형산파였다. 그날 이후 운검은 절치부심하여 검진을 연구하기 시작했고, 침식조차 잊은 채 기존의 수많은 검진들과 뇌운검결의 초식들을 연구하기 시작했다.

집요한 노력과 헤아릴 수 없는 시도와 실패를 반복한 끝에 운검은 결국 벽뢰검진을 만들어냈고, 이를 건네받은 풍검은 그날부터 혹독하게 제자들을 가르치기 시작했다.

그리고 불과 반년 남짓.

과거의 아픔을 잊지 않은 형산 문하들은 이를 훌륭히 자신들의 것으로 소화해 낸 것이다.

실제로 반년 전만 해도 곽범태를 비롯한 몇몇을 제외하곤 뇌운검결 중 낙뢰토염을 펼치는 것이 한계였던 삼대 제자들이었다. 하지만 지금은 어느 누구 하나 흠잡을 곳이 없이 움직임이 매끄럽고 자연스러워 얼마나 혹독한 수련을 거쳤는지 한눈에 알 수 있었다.

덕명과 온명, 두 산인의 얼굴에 더없이 흡족한 미소가 걸쳐졌다. 처음엔 단리세가의 기세에 눌려 걱정이 앞섰던 그들이었으나, 예상을 훨씬 뛰어넘는 제자들의 쾌거에 비로소 어느 정도 마음을 놓을 수 있었던 것이다.

반면 단리종의 얼굴은 썩은 감을 씹은 것처럼 일그러졌다.

형산 문하 개개인의 무위는 자신의 수하들에 비해 뒤떨어지는 것이 사실이었다. 하나 세 배가 넘는 머릿수의 우위를 점하고도 상황을 주도해 나가지 못하고 있었다. 아니, 오히려 밀리는 감이 없지 않았다. 아직 형산 측에서는 사상자가 나오지 않은 반면 자신은 벌써 열 명이 넘는 수하를 잃었던 것이다.

"얼간이들!"

태사의에서 훌쩍 뛰어내린 단리종이 수하들의 선두에 섰다. 그러자 뜻밖의 상황에 놓인 단리세가의 인물들 사이로 빠르게 번져 가던 소요가 거짓말처럼 가라앉았다.

"음……."

온명 산인이 침음성을 흘렸다. 단리종의 등을 바라보는 그의 수하들의 눈빛에서 묻어나는 절대적인 믿음을 읽어낸 것이다.

인품이나 성정으로 미루어 단리종에게 인덕이 있을 리 만무했다. 그렇다면 결론은 한 가지뿐.

'그만큼 그가 뛰어난 무위를 지니고 있다는 말이겠지.'

아니나 다를까,

한 발 한 발 걸음을 옮겨 자신들에게 다가서는 단리종의 양손이 붉게 물드나 싶더니 이내 핏물 속에 손을 담근 것처럼 시뻘겋게 변해갔다.

온명 산인은 그 붉은 기운이 단리세가를 상징하는 동시에 마도 삼대 극품기공 중 하나인 혈라강기를 대성한 것임을 어렵지 않게 알아볼 수 있었다.

온명 산인의 눈빛을 받은 덕명 산인이 고개를 끄덕였다. 그리곤 자신의 검을 들고 온명 산인과 어깨를 나란히 했다.

"부끄럽구먼. 이 나이를 먹고도 합공을 해야 한다니."

"지금 그런 것 따질 때요? 일단 우두머리인 저놈을 꺾는다면 저자들의 사기 또한 크게 떨어질 것이 틀림없소."

덕명 산인의 핀잔에 온명 산인은 씁쓸한 표정으로 고개를 끄덕였다.

"둘이 덤비면 결과가 달라질 것 같은가?"

단리종의 조소에 온명과 덕명 산인은 달리 할 말을 찾지 못했다.

두 사람이 힘을 합친다 해서 그 위력이 반드시 배가되는 것은 아니었다. 자신이 맡은 부분만을 숙지해야 하는 검진과 달리 이인합격술은 각자가 감당해야 할 부분이 많은 데다 변수가 워낙 많아 오랜 세월을 갈고 닦지 않는 이상 빛을 보기 어려웠다. 더구나 서로의 호흡이 핵심적인 관건이었는데, 이는 서로의 움직임이 상호 간의 흐름을 방해할 수도 있고, 각자 펼치는 초식이 서로 상쇄되어 위력이 반감되는 경우가 허다했기 때문이다.

특히나 무림문파에서는 이인합격술을 따로 연마하는 곳이 드문 데다 정파의 경우 이를 부끄러워하는 경향도 있어 사실상 합격술은 전무하다 해도 과언이 아니었다.

단리종의 말속에 담긴 의미를 알기에 온명 산인은 쓴웃음을 머금을 수밖에 없었다. 사실 자신도 이를 부정할 수 없었던 것이다. 아무리 자신과 덕명이 힘을 합친다 해도 그 위력의 차이는 크게 기대할 수 없었다. 다만 둘이기에 치고 빠지는 연환 공격이 수월하리라 판단했기에 합격술을 택했을 뿐이었다.

그렇다고 이기생형을 뛰어넘어 거의 강기를 다루는 수준에 접어든 단리종에게 단신으로 맞서는 것 또한 무모한 일이었다.

문득 온명 산인의 얼굴이 어두워졌다. 분명한 연배의 차이에도 불구하고 자신들보다 월등히 높은 무위를 지닌 단리종에게 상대적인 박탈감을 느꼈던 것이다. 게다가 합격술을 펼친다 해도 승리를 장담할 수 없으니 이 또한 민망함을 금치 못했던 것이다.

그때였다.

"지명아, 출동이다!"

"하하하. 드디어 우리가 나설 차례가 왔군!"

낭랑한 웃음소리와 함께 두 산인과 단리종 사이로 뛰어든 두 인영. 다름 아닌 안자명과 안지명이었다.

안자명은 전장에서나 쓰일 법한 대부(大斧)를, 그리고 안지명은 자색 빛이 감돌며 제비 꼬리 모양으로 끝이 갈라진 연자창을 휘두르며 단리종을 노려보았다.

돌발적인 상황에 온명 산인이 얼떨떨해하고 있을 때 덕명 산인이 안자명과 안지명을 향해 크게 꾸짖었다.

"이놈들! 어서 들어가지 못해? 네 녀석들이 나설 자리가 아니다!"

호된 덕명 산인의 호통에 안자명과 안지명이 흠칫하며 자라목이 되었다. 하지만 이내 안자명이 슬쩍 뒤돌아보며 배시시 웃음을 흘렸다.

"헤헤, 두 분이 나서시면 모양새가 그리 보기 좋지 안 잖아요."

"내 말이. 영감님들은 거기서 구경이나 하고 계시라구요."

영감님 운운하며 거들고 나서는 안지명의 말에 덕명 산인이 어이없어하고 있을 때였다.

"너희가 그를 감당하기엔 무리다. 고집 부리지 말고 물러서거라."

온명 산인의 충고에 안지명과 안자명은 서로의 얼굴을 바라보며 의미심장한 미소를 지어 보였다.

"무슨 걱정을 하고 계시는지 알아요."

"물론 저희의 무공은 두 분보다 크게 뛰어나지 않지요."

"하지만 합격술이라면 다르거든요?"

"어차피 두 분도 합공을 하려고 하셨잖아요?"

온명 산인은 잠시 할 말을 잊었다. 중구난방으로 떠들어대는 그들의 말을 이해하기도 힘들었을 뿐만 아니라 안자명과 안지명의 얼굴에 드러난 자신감이 어디에 근거한 것인지도 알 수 없었기 때문이다.

"이 녀석들이 대체……."

눈살을 찌푸리던 온명 산인이 덕명 산인을 바라봤다. 덕명 산인 역시 난처하기는 매한가지였다. 자칫 안자명과 안지명이 크게 다치기라도 한다면 풍검이나 송현자에게 면목이 서지 않을 것이다. 게다가 잔뜩 고무되어 있는 형산파의 사기에도 찬물을 끼얹는 결과를 가져올 것이 틀림없었다.

고심을 거듭하는 두 산인을 향해 풍검의 음성이 들려온 것은 그때였다.

"걱정 마십시오. 저는 제자들을 무르게 가르친 적이 없습니다. 게다가 지금의 그 녀석들은 누구도 말릴 수 없을 것입니다."

안자명과 안지명이 기다렸다는 듯이 맞장구를 쳐댔다.

"맞아요. 아까부터 우린 계속 손가락만 빨고 있었다구요."

"내 말이. 다른 사람들만 재미 보고 우린 완전히 찬밥 신세였어."

툴툴대는 쌍둥이 형제를 향해 풍검이 눈을 부라렸다.

"이놈들, 검진 연습 때 줄행랑을 놓은 것들이 말은 잘하는구나!"

"그거야 검진은 우리랑 잘 맞지 않으니까 그렇죠. 자명이랑 손발 맞추는 것도 버거운데 백 명이나 되는 사형제들하고 어떻게 손발을 맞춰요?"

안지명의 대꾸에 풍검은 그저 웃고 말았다.

그제야 덕명 산인과 온명 산인은 벽뢰검진에 곽범태를 비롯한 하운지와 안자명, 안지명이 끼어 있지 않다는 것을 깨달았다. 이제껏 그들은 검진 뒤쪽으로 물러나 상황을 주시하고 있을 뿐 직접 싸움에 뛰어들지 않고 있었던 것이다.

"한번 믿어보마."

그제야 온명 산인은 한 걸음 물러서며 안자명과 안지명에게 싸움을 맡겼다. 덕명 산인의 얼굴에는 끝내 못 미더워하는 기색이 가득했으나 온명 산인이 결정한 바를 번복할 수는 없었는지 마지못해 물러섰다.

하나 처음부터 그들의 대화를 놓치지 않고 있던 단리종의 얼굴은 험악하게 일그러졌다.

"감히 머리에 피도 안 가신 송사리들이……."

자신의 상대가 기껏 약관도 넘지 않아 보이는 두 명의 젊은이라니. 단리종에게는 자존심 상하는 일이 아닐 수 없었다.

비록 흑무련의 최고 고수는 공야휘와 그의 휘하에 있는 사대명왕이라 알려져 있지만, 개개인의 무공으로 따진다면 이곡과 삼방, 그리고 삼대세가의 가주들 역시 누구 하나 빠지는 인물이 없었다.

단리종 또한 전대 가주였던 그의 형이 성취한 팔성의 혈라강기를 넘어선 지 오래였고, 지금은 십성의 경지를 눈앞에 두고 있었다. 제아무리 사대명왕이라 할지라도 단신으로 겨룬다면 백 초 안에 꺼꾸러뜨릴 수 있는 자신이 있는 그였던 것이다.

단리종은 빠드득 이빨을 갈아붙였다. 그리고 그런 단리종을 향해 안지명이 특유의 웃음을 머금고 빈정거렸다.

"하하, 자기는 뭐 잉어나 메기 정도는 되는 것처럼 말하네. 어? 그러고 보니 두툼한 입술이랑 우락부락한 얼굴 생김새가 영락없이 메기처럼 생겼군?"

"……!"

노기로 눈을 부릅뜬 단리종의 모습을 보고 안자명 또한 키득거리며 그의 노화에 기름을 끼얹었다.

"누가 아니래. 자고로 메기는 소금을 뿌려 구워 먹는 게 가장 맛있는데…… 아, 배고파. 사저에게 메기나 구워달라고 해볼까."

쩝쩝 입맛까지 다시는 안자명의 모습에 단리종의 분노는 결국 비등점을 넘어섰다.

"단매에 쳐 죽이리라!"

폭갈을 터뜨린 단리종이 대지를 박차더니 곧장 안자명과 안지명을 향해 쇄도했다.

단리종이 순식간에 거리를 좁혀오자 안자명과 안지명은 얼굴에서 웃음을 거뒀다. 그리고 신중한 표정으로 혈산대부와 귀영마창을 거머쥐었다. 단리종의 양손에서 일렁이는 붉은 그림자와 그의 전신에서 뿜어져 나오는 칼날 같은 기파에서는 그들로서도 처음 접하는 무시무시한 위험이 담겨 있었기 때문이다.

쩌엉!

귀청을 울리는 소음과 함께 안자명과 안지명의 신형이 동시에 주르륵 뒤로 밀렸다. 다행이 대부분의 경력을 흘려내 내상은 입지 않았지만 시큰한 충격이 손목을 타고 올라오며 팔이 저릿해지더니 이내 어깨 전체가 마비된 것처럼 뻣뻣하게 굳어졌다.

"흥!"

이를 보며 단리종이 싸늘한 웃음을 말아 올렸다.

"와아!"

단리종의 냉소를 신호로 그의 뒤에 도열해 있던 수하들이 함성과 함께 그의 어깨를 타 넘기 시작했다. 그리곤 진열을 정비한 형산 문하들을 향해 공격을 퍼붓기 시작했다.

까가가가강!

"크악!"

다시금 병장기 부딪치는 소리와 비명 소리가 장내를 메워갔다.

단리종 역시 재차 안자명과 안지명을 향해 신형을 날렸다. 이미 그들의 무위를 확인한 이상 시간을 끌 필요 없다 생각했던 것이다. 하지만 이것이 화근이었다.

싸움의 주도권을 가져오기 위해 단리종은 처음부터 극성에 이른 혈영수(血影手)를 펼쳐 안자명과 안지명을 압박해 갔고, 정신없이 물러서기 바쁜 안자명과 안지명의 얼굴에는 당혹감이 떠올랐다. 하나 수비초식을 반복하며 연신 물러서기 바쁜 안자명과 안지명은 밀리는 형국이 분명한 데도 끈질기게 위기를 넘기고 있었고, 순식간에 오십여 초의 공격을 퍼부었으나 단리종으로서는 이렇다 할 성과를 거두지 못하고 있었다.

단리종으로서는 미치고 환장할 노릇이었다. 아직 솜털도 가시지 않은 애송이 둘을 상대로 십 초도 아깝다 생각한 그였던 것이다.

한데 십 초는커녕 이제는 어느새 백 초가 넘어서고 있었고, 이로 인해 단리종은 크게 자존심이 상하고 말았다.

"이놈들……!"

한순간 단리종의 양손을 휘감고 있던 붉은 기운이 더욱 짙어졌다. 혈라강기를 극성으로 끌어올린 것이다. 팽팽하게 부풀어 오른 그의 장포는 금방이라도 찢어질 듯 마구 펄럭였고, 머리카락이 올올이 솟구쳐 그야말로 야차와도 같은 모습을 하고 있었다.

단리종이 내력을 끌어올리는 그 짧은 틈을 노려 안지명은 주저없이 연자창을 휘둘렀다.

쉬익!

예리한 파공음과 함께 자색 빛이 감도는 연자창이 붉은 잔영을 남기며 단리종의 명치를 향해 날아들었다.

순간 단리종이 창날을 향해 뛰어들며 양손을 휘둘렀다.

쾌르르륵!

"헛!"

안지명이 헛바람을 들이켰다. 순식간에 거리를 좁힌 단리종의 주위로 칼날 같은 기류가 생성되더니 서로 부딪치기 무섭게 회오리처럼 창 끝을 휘어 감으며 어깨로 타오르기 시작한 것이다.

안지명은 재빨리 창의 회전을 실어 좌우로 크게 휘둘러 단리종이 발출한 경력을 흩어내려 했다.

꽈꽈꽈꽝!

연달아 폭음이 터져 나오며 흙먼지가 비산했다.

"젠장!"

안지명의 입에서 욕설이 튀어나왔다. 마치 두터운 철판을 두드린 것 같은 육중한 충격이 창끝에서 느껴졌기 때문이다.

별수없이 안지명은 연자창을 거두며 훌쩍 뒤로 물러섰다.

하나 호락호락 이를 놔줄 단리종이 아니었다. 그대로 더욱 안지명과 바짝 따라붙은 단리종은 오른손을 뻗어 창끝을 거머쥐었고, 창을 잡아당기는 동시에 왼손을 칼날처럼 세워 안지명의 어깨를 향해 찔러 넣었다. 그러나 단리종 역시 공격을 성공할 수 없었다.

쾌액!

섬뜩한 파공음과 함께 발목 어림을 쓸어오는 날카로운 예기! 그것이 바닥을 쓸어내듯 휘두른 핏빛 도끼 때문이라는 것을 단리종이 깨닫는 데는 그리 오랜 시간이 걸리지 않았다.

"치잇!"

결국 단리종은 안지명의 창을 놓으며 뒤로 물러섰다. 억지로 공격을 감행한다 한들 그가 득보다 실이 많으리라 판단했기 때문이었다.

"고마워, 자명."

안지명의 인사에 한차례 고개를 끄덕인 안자명은 그대로 신형을 뽑아 올렸다.

콰콰콱!

일도양단의 기세로 떨어지는 거대한 대부. 단리종은 또다시 세 걸음을 물러설 수밖에 없었다.

쫘앙!

지축을 뒤흔드는 굉음과 함께 방금 전 단리종이 서 있던 자리에서 돌가루와 흙먼지가 휘날렸다.

"흥!"

차가운 코웃음과 함께 단리종은 눈앞을 가로막은 흙먼지 속으로 거침없이 뛰어들었다.

그때였다.

"……!"

단리종의 얼굴이 딱딱하게 굳어졌다. 먼지 속에서 두 개의 빛이 번뜩이나 싶더니 어느새 연자창과 대부를 앞세운 안지명과 안자명의 신형이 눈앞에 나타났기 때문이었다.

그들이 먼저 선공을 취하리라 생각지 못한 단리종은 자신도 모르게 수비 초식을 취했고, 이것이 그에게 화근이었다.

애초부터 안자명과 안지명의 합격술은 수비를 위한 것이 아니었다. 창과 도끼의 특성상 그들은 철저히 공격에 치중된 합격술만을 익혀왔던 것이다.

처음엔 단리종의 기세에 눌려 수비에만 급급했던 그들이었으니 당연히 열세에 처할 수밖에 없었다. 하지만 일단 공격의 실마리를 잡게 되자 둘은 기회를 놓치지 않았고, 비로소 공격일변도의 저돌적인 합격술의 진정한 위력이 모습을 드러냈다.

"하압!"

승기를 잡은 안지명이 본격적으로 연자창을 휘두르기 시작했다. 지금까지 쌓였던 분노를 한꺼번에 털어버리려는 듯 쉴 새 없이 움직이는 그의 손을 따라 번뜩이는 창영은 그야말로 미친 바람을 방불케 했고, 성난 파도처럼 매서운 기세로 단리종을 몰아붙이기 시작했다.

안자명 또한 마찬가지였다.

단순히 횡으로 휘두르고 위에서 내려치는 단순한 초식으로 대부를 휘두르고 있었으나 그 안에 실린 경력은 너무나 무지막지해 단리종으로서도 선뜻 받아칠 엄두가 나지 않았던 것이다.

이번에도 단리종은 물러설 수밖에 없었다.

콰콰콰콱!

그대로 바닥을 두드린 안지명의 창이 하얀 불꽃을 토하며 흙먼지를 말아 올렸다. 하지만 이미 단리종의 움직임을 읽어낸 안지명은 그가 반격할 틈도 주지 않고 거칠게 공격을 이어가기 시작했고 어느새 허공에는 연자창이 남긴 붉은 그림자가 빽빽이 메우고 있었다.

"타앗!"

순간 쩌렁한 기합성과 함께 안지명의 손에 들린 연자창의 움직임이 돌변했다. 자색의 창영(槍影)이 채 사라지기도 전에 살아 있는 뱀처럼 한차례 크게 요동친 그의 창이 좌우로 격렬히 움직이며 일곱 개의 빛줄기로 화한 것이다.

찌익!

"……!"

단리종의 얼굴에 경악의 빛이 떠올랐다. 가까스로 피하긴 했으나 어깨를 스친 한줄기 예기에 피부가 길게 찢어지며 핏물이 솟구쳤던 것이다.

"크아악!"

노호성을 터뜨리며 대지를 박찬 단리종은 공격을 마치고 창을 거두는 안지명을 노리며 허공에 몸을 띄웠다. 하지만 그 순간 그는 신형을 날렸을 때보다 더욱 빠르게 바닥에 내려앉았다. 그리곤 재빨리 우측으로 두 걸음이나 물러섰다.

쉬익.

순간 거대한 대부가 그의 어깨 어림을 아슬하게 스쳐 지나갔다.

단리종은 한줄기 오한이 등줄기를 훑고 지나가는 것을 느꼈다. 자칫 조금이라도 경계심을 늦췄다면, 그리고 천근추를 시전하여 바닥에 착지하지 않았다면 기척없이 다가선 대부에 사지가 양단되고 말았을 것이다.

단리종은 치를 떨었다. 처음부터 이와 같은 음험한 수법을 숨기기 위해 무식하게 도끼를 휘둘러 댄 안자명의 요악스러움에 감쪽같이 속아 넘어간 것이다.

'제길!'

촤악!

공기를 찢는 날카로운 파공음에 단리종은 급히 허리를 꺾었다. 하지만 이때를 기다렸다는 듯이 일순 무방비 상태가 된 그의 가슴을 향해 안자명의 도끼가 떨어졌다.

일단 단리종의 공격을 묶고 나자 안자명과 안지명은 쉴 새 없이 저돌적인 공격을 퍼붓기 시작했고, 반격의 틈을 주지 않고 단리종을 압박해 갔다.

아차 하는 순간에 수세에 몰리게 된 단리종은 내심 침음성을 삼켰다.

좌우상하로 번뜩이며 모든 방위를 차단하는 안지명의 창은 그야말로 현란한 변화를 내포하고 있었다. 거기다 창끝에서 뿜어지는 서늘한 예기는 시간이 지날수록 더욱 날카로워지고 있었다.

그뿐만이 아니었다.

빽빽한 그물처럼 전면을 뒤덮은 창영의 틈을 비집고 기척없이 날아드는 안자명의 대부 역시 하나같이 치명적인 요혈만을 노리고 있었다.

비로소 단리종은 자신이 처한 상황의 불리함을 절실히 깨달았다. 뒤로 물러설수록 수세에 처한다는 것을 뒤늦게 절감한 것이다. 하지만 이미 싸움의 주도권은 안자명과 안지명이 쥐고 있었고, 그들의 쉴 새 없는 연환 공격 앞에 단리종은 마치 수렁 속에 빠진 듯한 기분을 느껴야만 했다.

더구나 초반에 승부를 끝내기 위해 전력을 다한 것이 무리가 되어 돌아왔다. 비록 공력은 절륜하다 하나 그의 몸은 이미 환락산에 찌들어 예전과는 비교할 수 없을 만큼 체력이 떨어져 있었던 것이다. 게다가 오랜 시간 연공을 하지 않은 탓에 시각을 비롯한 온몸의 감각이 예전 같지 않았다.

"허허……."

정신없이 단리종을 몰아붙이는 안자명과 안지명의 모습을 멀리서 지켜보던 온명 산인의 입에서 감탄성이 터져 나왔다.

놀라기는 덕명 산인 역시 매한가지였다. 그 또한 안자명과 안지명이 단리종을 상대로 이만큼 선전을 하리라 예상치 못했던 것이다.

확실히 안자명과 안지명, 쌍둥이 형제의 개인적인 무위는 자신들에 비해 손색이 있었다. 하나 그들이 합격을 하자 지닌 바 무위와는 비교할 수 없는 기량의 향상을 이뤄내고 있었다.

“저 아이들은 우리의 네 배 몫을 해내는군.”

묵묵히 고개를 끄덕인 덕명 산인은 시선을 돌려 벽뢰검진으로 단리세가의 무인들과 맞서 싸우는 형산 문하들을 눈에 담았다.

상황은 처음과 그리 달라지지 않았다.

세 배 가까운 머릿수의 차이에도 불구하고 단리세가의 무인들은 벽뢰검진을 깨뜨리지 못하고 있었다. 오히려 시간이 지날수록 부상자의 수가 더욱 늘기 시작해, 바닥에 쓰러져 있는 사람만 벌써 팔십의 숫자를 헤아리고 있었다. 반면 형산 문하 중 다친 사람은 불과 열 명을 넘어서지 않고 있었다.

“우리가 할 일은 없겠군요.”

덕명 산인의 말에 온명 산인이 허탈한 웃음을 흘렸다.

“왜 아니겠는가? 이처럼 일방적인 싸움이 되리라 그 누가 예상했을까.”

압도적이었다. 더구나 곽범태와 하운지는 연무장 한 켠에서 현정전으로 통하는 입구를 지키고 있을 뿐 싸움에는 직접 관여하지도 않고 있었다.

그때였다.

“크악!”

허공을 울리는 처절한 비명 소리에 고개를 돌린 두 산인은 양손으로 옆구리를 감싸 쥔 채 비척거리며 물러서는 단리종의 모습을 발견할 수 있었다.

부상이 가볍지 않은 듯 단리종의 안색은 백지장처럼 하얗게 변해 있었다. 더구나 그의 양손을 휘감고 있던 핏빛 기운은 어느새 흩어져 본래의 손으로 돌아와 있었다. 그리고 손가락 사이로는 선홍색 핏물이 쉴 새 없이 흘러내리고 있었다.

누가 봐도 단리종의 패배는 의심할 여지가 없었다.

상황이 이리되자 단리세가의 무인들은 당황해하는 기색이 역력했다.

"컥!"

"아아악!"

당혹감에 손발이 어지러워진 자들을 시작으로 연무장에는 비명 소리가 이어졌고, 눈 깜짝할 사이 이십여 명이 질펀한 핏물 위로 쓰러졌다.

"후퇴!"

누군가의 입에서 시작된 외침에 단리세가의 인물들이 분분히 뒤로 물러서기 시작했다. 하나 대부분의 인물들은 벽뢰검진에 휩쓸려 쉽게 몸을 빼지 못하고 있었다. 오히려 줄어든 아군의 숫자로 인해 그들은 더욱 위험한 지경에 이르게 되었다.

"으으으……."

으스러져라 이를 악문 단리종의 입에서 억눌린 신음 소리가 흘러나왔다. 하지만 그 순간 그의 귀를 차갑게 때리는 음성이 있었다.

"한심하군."

홱 고개를 돌린 단리종의 얼굴에 한줄기 안도의 빛이 떠올랐다.

"진 노사!"

단리종의 외침에 안자명과 안지명, 두 산인이 고개를 돌렸다.

장내 한 켠에는 어느새 백의를 걸친 신선풍의 노인이 자리를 잡고 있었다.

진자겸. 바로 그가 모습을 드러낸 것이다.

第四十章

풍전등화(風前燈火)

진자겸에게 다가선 단리종이 격앙된 음성으로 입을 열었다.

"진 노사, 왜 이리 늦으셨소?"

그러나 진자겸은 일말의 대꾸조차 하지 않은 채 차가운 표정으로 주위를 쓸어 보았다.

"음……."

진자겸의 눈빛을 마주한 온명 산인이 나직이 침음성을 흘렸다. 살벌한 예기를 담고 있는 진자겸의 눈빛이 더없이 무거운 존재감이 되어 가슴을 짓눌렀던 까닭이다.

"어리석은……."

한차례 혀를 찬 진자겸이 한심하다는 표정으로 단리종을 바라봤다.

단리세가와 형산파.

구대문파의 말단에도 들지 못하는 형산파는 달리 단리세가는 흑무련의 주축인 삼가의 핵심 세가 중 한 곳이었다.

아무리 형산파가 미리 대비하고 있었다 한들 단리세가가 지닌 전력은 처음부터 형산과 비교가 되지 않는 우위를 점하고 있었다. 개개인의 평균적인 무위는 둘째치고라도 고수의 숫자 역시 단리세가가 훨씬 많았다. 그리고 전체적인 머릿수에서도 압도적인 차이가 분명했다.

이와 같은 조건에도 불구하고 단리세가가 짙은 패색을 면치 못하는 이유는 오로지 상황 판단을 제대로 하지 못한 우두머리의 어리석음 때문이었다.

"어째서 그런 눈으로?"

의아한 얼굴로 반문하는 단리종을 진자겸은 싸늘한 눈으로 응시했다.

그때였다.

"쯧쯧, 상황이 이리되었는데도 패인을 찾지 못하다니, 처음부터 우두머리로서의 자질이 의심되는군. 어찌 그런 머리로 단리세가를 삼키려 했단 말인가."

자신을 도발하는 언사에 단리종이 고리눈을 부릅뜨며 진자겸의 뒤쪽을 향해 시선을 던졌다. 그리곤 십여 명의 인물과 함께 모습을 드러낸 노인을 잡아먹을 듯이 노려봤다.

"누구냐, 넌."

상처 입은 짐승이 으르렁거리는 듯한 단리종의 음성에 노인의 얼굴, 정확히는 면포로 가린 눈 주위에 묘한 굴곡이 자리잡았다. 더불어 입매 역시 살짝 말아 올렸다.

그것이 자신을 비웃고 있는 것임을 모를 리 없는 단리종의 얼굴이 더없이 붉게 달아올랐다.

"감히……."

금방이라도 노인을 향해 덤벼들 것 같은 단리종은 이어진 노인의 말에 입을 다물었다.

"다수와 다수의 전투는 넓은 곳에서 이뤄져야 지닌 바 전력 차이가 확실하게 드러나지. 하지만 이와 같은 지형에서는 제아무리 단리세가의 정예라 한들 버거울 수밖에."

그제야 단리종은 패인을 깨달을 수 있었다. 산문의 좁은 지형과 달리 형산 문하들은 넓은 연무장에 검진을 구축하고 있었던 것이다.

더구나 산세를 감안한 형산파의 위치 선점 역시 빼놓은 수 없는 패인이었다. 개인의 싸움과 달리 다수의 싸움은 지대의 높낮이에 따라 형세가 크게 차이 나게 마련이었다. 산비탈의 위쪽을 선점한 형산파와 달리 아래쪽에 위치한 단리세가는 호리병 입구처럼 좁은 지형에 묶여 있어 처음부터 불리함을 안고 싸워야만 했던 것이다.

지금껏 눈치채지 못하고 있었으나 진열의 정비가 수월한 형산파와 반대로 단리세가는 움직임마저 크게 제한을 받고 있어 시간이 흐를수록 고전을 면치 못하고 있었다.

진자겸의 이마에서 한줄기 식은땀이 흘러내렸다. 무엇보다 가장 결정적인 패인은 이 모든 것을 간과하고 적의 도발에 간단히 말려든 자신의 성급함 때문임을 아는 까닭이다.

이때 면포로 눈을 가린 노인이 여전히 빙글거리며 말을 이어갔다.

"무식은 죄가 아니나 무지는 죄악일세. 더구나 우두머리의 자리에선 자라면 더욱 그렇지. 쓰지 않을 머리라면 왜 무겁게 어깨 위에 올려놓았는지 모르겠군."

"이익!"

이어진 노인의 조소에 결국 단리종은 억눌렀던 노화를 터뜨렸다.

대지를 박차며 자신을 향해 신형을 날려오는 단리종의 모습에 노인은 슬쩍 입매를 말아 올렸다.

우우웅.

노인이 손을 들어올리자 장포 아래 감춰져 있던 그의 손이 드러났다. 시커먼 묵빛에 잠긴 그 손을 보는 순간 단리종의 얼굴에 경악의 감정이 떠올랐다. 혈라강기와 더불어 마도 삼대 극품기공 중의 하나인 철묵강기만이 그와 같은 신위를 보일 수 있기 때문이었다.

"그건……!"

하나 단리종은 말을 이을 수 없었다. 노인이 가볍게 손을 휘두르는 순간 머리가 허공으로 떠올랐던 것이다.

쿠웅!

예리한 경력에 목을 잃은 단리종의 신형이 흙바닥에 거칠게 나동그라졌다.

후두둑.

뒤늦게 그의 목에서 뿜어진 선혈이 피비가 되어 그의 주검 위에 뿌려졌다.

"쓸모없는 머리라면 달고 있을 이유가 없지."

단리종을 비웃던 유철악은 문득 따가운 시선을 느꼈는지 진자겸을 향해 슬쩍 웃음을 머금었다.

"어차피 제 몫도 해내지 못한 인간일세. 그리고 더 이상 이용할 가치도 없고. 자네 또한 이번 일이 끝나면 그를 제거할 생각 아니었나?"

딱히 틀린 말은 아닌지라 진자겸은 이렇다 할 대꾸를 하지 않았다. 그리곤 고개를 돌려 단리종의 죽음에 당황한 단리세가의 인물들을 바라봤다.

"쇠뇌를."

진자겸의 말이 떨어지기 무섭게 그의 뒤쪽에 시립해 있던 아홉 명의 사내가 앞으로 나섰다.

그들의 손에는 하나같이 한 자루 쇠뇌가 들려 있었다. 세 자에 달하는 쇠뇌 위에 팽팽하게 당겨진 시위 위에는 엄지손가락 굵기의 시커먼 강전이 걸려 있었고, 이는 아직도 어지럽게 얽혀 싸우고 있는 형산파와 단리세가의 무인들을 향해 겨누어졌다.

피잉!

공기를 찢는 날카로운 파공음을 시작으로 아홉 대의 강전이 일제히 발사되었다.

퍼퍼퍼퍼퍽!

"커헉!"

"큭!"

강전에 꿰뚫린 자들로부터 연달아 비명이 터져 나왔다.

강전의 위력은 엄청났다. 한 자루의 강전에 적게는 다섯 명, 많게는 열 명이 목숨을 잃었고 연이어 몇 사람의 몸을 관통했음에도 불구하고 강전의 속도는 전혀 줄지 않았던 것이다.

"조심해!"

강전이 단리세가의 무인들을 지나 형산 문하의 지척에 이르자 지금 껏 상황을 지켜보던 곽범태가 장내로 뛰어들며 고함을 질렀다.

따다다당!

곽범태가 도를 휘두를 때마다 귀청 따가운 소음과 함께 허공에서 불꽃이 튀어 올랐다.

파파파팍!

곽범태의 도에 부딪쳐 궤도가 틀어진 네 대의 강전이 연무장의 벽에 깊숙하게 들어박혔다.

곽범태는 손끝이 저릿해지는 것을 느꼈다. 쇠뇌의 위력도 위력이었지만 워낙 급히 뛰어드느라 도에 충분한 내력을 실어낼 수 없었던 것이다.

'다른 쪽은?'

처음 발사된 강전은 아홉 대. 아직 다섯 대의 강전이 남아 있었다. 하나 이내 곽범태는 안도의 한숨을 흘렸다. 형산 문하의 전면을 막아선 이는 자신만이 아니었기 때문이다.

하운지의 발밑에는 두 개의 강전이 나뒹굴고 있었고, 그녀의 좌우에는 각각 안자명과 안지명이 한 대씩의 강전을 쳐낸 듯 시큰한 손목을 주무르고 있었다. 그리고 마지막 강전을 막아낸 사람은 그로서도 예상치 못한 인물이었다.

군데군데 찢어진 의복 사이로는 아직도 아물지 않은 끔직한 자상이 입을 벌리고 있었고, 헝클어진 머리카락은 피가 말라붙어 있었다. 창백한 안색은 피로에 지쳐 있어 본래의 모습을 알아보기가 힘들었다. 하지만 오랜 세월 눈에 익은 그 뒷모습만은 뇌리에서 지울 수 없었다.

"명검 사숙!"

명검을 알아본 순간 반가운 마음이 앞섰으나 곽범태는 그에게 다가서던 발걸음을 멈출 수밖에 없었다. 이미 운검으로부터 화산에의 일을 전부 들었기에 명검이 진자겸의 명에 따라 형산에 입문한 사실 역시 알고 있었던 것이다.

곽범태는 흘깃 고개를 돌려 운검을 바라봤다.

아니나 다를까, 분노 어린 표정으로 명검을 노려보는 운검의 모습에서는 아직도 사제에게 당한 배신의 상처가 역력해 보였다.

이때 덕명 산인의 쩌렁한 불호령이 연무장을 울렸다.

"네가 무슨 낯짝이 있어 다시 이곳을 찾았느냐!"

덕명 산인의 꾸짖음에 명검은 고개를 떨군 채 입을 다물었다.

그 모습에 덕명 산인은 더욱 길길이 날뛰며 고래고래 소리를 질러댔다.

"네 이놈! 이 천하에 몹쓸 놈 같으니! 어찌 네가…… 다른 사람도 아닌 네가 사문을 팔아먹었단 말이냐. 뭐라고 말을 해봐라, 이노옴! 하잘 것없는 변명이라도 해보란 말이다!"

메마른 논바닥처럼 쩍쩍 갈라진 덕명 산인의 음성에는 짙은 아픔이 배어 있었다.

온명 산인은 그 옆에서 말없이 고개를 흔들 뿐이었다.

그라 해서 어찌 모르겠는가. 명검의 배신은 덕명이나 자신에게 있어 크나큰 실망을 가져왔고, 그 이전에 지울 수 없는 마음의 고통을 안겨줬다. 하지만 한편으로는 명검의 선택이 어쩔 수 없는 곡절로 인한 것이었으면 하는 미련 역시 떨치지 못하고 있었던 것이다.

그만큼 오랜 세월을 지내오는 동안 쌓인 정이 적지 않았다. 달리 혈육이 없는 덕명이나 자신에게 있어 명검은 손자와도 다름없는 존재였던 것이다.

이때 진자겸이 명검을 향해 입을 열었다.

"고작 달아난 곳이 이곳이었더냐?"

명검이 고개를 들어 자신을 바라보자 진자겸은 덕명 산인과 형산 문하들을 가리키며 말을 이었다.

"어떠냐? 이것이 네가 목숨까지 걸며 지키려 했던 자들의 모습이다. 결국 그들에게 있어 너는 배신자일 뿐. 네가 형산을 위해 그 어떤 희생을 치른다 한들 그들은 알아주질 않지 않느냐?"

그때까지 침묵을 지키고 있던 명검이 처음으로 입을 열었다.

"처음부터 무언가를 바라고 한 것이 아니었습니다. 그리고 희생이라 생각해 본 적도 없습니다. 나는 마음이 가는 대로 따랐을 뿐, 결코 후회하지 않습니다."

"말은 잘하는구나. 이곳에 뼈를 묻는 것이 진정 네가 원하는 것이란 말이냐?"

명검이 대답이 없자 진자겸은 싸늘한 눈빛으로 노려보다 냉랭한 음성으로 입을 열었다.

"지금이라도 늦지 않았다. 그간의 정리를 생각해 목숨만은 살려주겠다. 당장 이곳을 떠나 내 눈이 미치지 않는 곳에서 땅이나 일구며 살아가라. 그러면 내 두 번 다시 너를 찾는 일은 없을 것이다."

이에 명검은 자조 섞인 웃음과 함께 고개를 가로저었다.

"마음이 죽은 자에게 육신의 삶을 이어나가는 것은 지옥보다 더한 고통임을 깨달았습니다. 의미없이 목숨을 부지하려 했다면 진즉에 이처럼 노사와 마주하는 일도 없었을 것입니다."

"어리석구나! 좋다, 네가 진정 죽기를 원한다면 소원대로 해주마!"

진자겸의 호통에 명검은 천천히 고개를 끄덕였다. 그리곤 진자겸을 향해 공손히 포권을 취하며 입을 열었다.

"이미 노사께는 이루 말할 수 없는 은혜를 입었습니다. 그리고 며칠 전 노사께서 손속에 사정을 두시지 않았다면 이렇게 이곳에 서 있을 수 없다는 것도 알고 있습니다. 하지만 이렇게밖에 할 수 없는 저를 용서하십시오."

사실 명검은 이미 진자겸과 한 차례 조우한 적이 있었다. 제아무리 대력금황기를 대성한 명검이라 할지라도 개개인이 자신의 무위와 필적하는 백명귀 아홉이 포위망을 좁혀오자 머지않아 행적이 드러나고 말았던 것이다. 게다가 진자겸이 지닌 무위 또한 명검의 성취를 훨씬 상회하고 있었다. 하지만 충분히 자신을 죽일 수 있음에도 불구하고 진자겸은 마지막에 손속을 늦췄고, 이로 인해 명검은 간신히 치명상을 면할 수 있었다. 그 후 진자겸은 달아나는 자신을 쫓지도 않았던 것이다.

진자겸은 한 걸음 옆으로 비켜 운검의 포권을 피해 버렸다. 그리곤 자신의 명령을 기다리는 아홉 명의 백명귀를 향해 입을 열었다.

"형산을 지워라."

진자겸의 명령이 떨어지자 백명귀들이 일제히 신형을 뽑아 올렸다. 그리고 품속에서 무언가를 꺼내 힘껏 내던졌다. 그들이 던진 주먹만 한 크기의 붉은 구체는 연무장을 둘러싼 담장을 넘어 사라졌다.

콰앙!

잠시 후 굉음과 함께 거대한 불기둥이 솟구치기 시작했다.

"불을 꺼라!"

풍검의 다급한 외침에 검진을 구축하고 있던 이십여 명의 제자가 황급히 연무장의 담을 뛰어넘었다. 그리고 이를 기다렸다는 듯이 백명귀들이 일제히 검을 뽑아 들며 연무장 쪽을 향해 쇄도하기 시작했다.

"헛!"

순식간에 거리를 좁혀오는 백명귀들을 발견한 풍검의 입에서 헛바람이 새어 나왔다. 그들의 검에서 반 자 남짓 솟구친 검강을 확인했기 때문이다.

그들은 단리세가의 인물들은 안중에도 없다는 듯이 무차별하게 검을 휘두르기 시작했다.

"으아악!"

"끄르륵!"

검광이 난무하고, 비명이 이어졌다.

이미 쇠뇌에 의해 죽은 이가 칠십을 헤아리고 있었고, 단리종의 죽음으로 인해 전의를 상실한 단리세가의 무인들은 압도적인 백명귀들의 무위에 질려 이렇다 할 반항조차 하지 못한 채 속수무책으로 쓰러지고 있었다.

그럼에도 불구하고 백명귀들의 손을 쓰는 데 있어 추호의 여유도 남겨두지 않았다. 오히려 더욱 기세를 높여 전의를 상실한 단리세가의 무인들 사이를 누비며 가차없이 검을 날렸고, 시간이 지날수록 바닥을 구르는 시신은 더욱 늘어만 갔다.

"후퇴해라!"

누군가의 입에서 시작된 외침. 이는 마른 짚에 불이 번지듯 순식간에 퍼져 나간 두려움과 함께 단리세가의 무인들을 동요시켰다.

이들은 이내 너나 할 것 없이 분분히 몸을 날려 달아나기 시작했다. 그들이 형산을 치려 한 것은 어디까지나 단리종의 강압에 따른 것일 뿐, 그들 스스로가 원한 것이 아니었다. 더구나 단리종과의 주종 관계는 신뢰와 충성으로 얽힌 것이 아니었기에 자신들을 구속하던 우두머리의 존재가 사라지자 몸을 빼는 데 주저함이 없었던 것이다.

처음부터 단리세가의 인물들이 목적이 아니었던 까닭에 백명귀들은 달아나는 이들을 쫓지 않았다.

상황이 이쯤 되자 풍검은 당황하지 않을 수 없었다.

단리세가의 인물들이 뿔뿔이 흩어지자 백명귀들은 원래의 목표인 자신들을 향해 검의 방향을 틀었고, 서서히 거리를 좁혀오고 있었기 때문이다.

"사형, 검진을 맡아주십시오."

운검의 대답도 듣지 않고 풍검은 신형을 날려 백명귀들을 막아섰다.

그런 풍검의 모습에 온명 산인 역시 검을 다잡으며 덕명 산인을 향해 쓸쓸한 웃음을 머금고 입을 열었다.

"내년을 기약하지 못하게 되었군."

자개봉의 일출을 말하는 것이리라.

덕명 산인은 쓴 입맛을 다시며 고개를 끄덕였다.

"이 늙어 빠진 몸뚱이로 저자들을 데려갈 수 있을지 모르겠어."

"무슨 소리요, 사형. 무조건 두당 한 놈씩이오. 늙은 생강이 맵다는 말이 달리 나왔겠소?"

"허허, 끝까지 자네의 억지는 당해내지 못하겠네그려. 아암, 그래야지. 한 사람이 하나씩, 최소한 양패구상을 끌어내야 저 아이들이 살 수 있을 게야."

덕명 산인은 아무런 대답도 하지 않았다. 허허로운 웃음과는 달리 온명 산인의 눈빛은 차갑게 빛나고 있었다. 그 웃음 뒤에 감춰진 비장한 각오를 읽어낸 까닭에 덕명 산인은 가슴 속에서 뜨거운 무언가가 울컥하고 솟구치는 것을 느꼈다.

백명귀는 한 명 한 명 모두가 검강을 다루고 있었다. 반면 자신들은 본래의 무공조차 회복하지 못한 상태였고, 완전히 무공을 회복했다 한들 검강에 훨씬 미치지 못하는 이기생형의 경지에 이르러 있을 뿐이었다.

무모한 싸움이 아닐 수 없었다. 하지만 싸우지 않을 도리가 없었다. 그것도 반드시 이겨야만 했고, 그것을 위해서는 자신의 목숨을 걸지 않고서는 불가능했다.

"사형."

덕명 산인이 불쑥 입을 열었다.

"지금까지 고마웠소."

"사람 참 생뚱맞기는……."

"이때가 아니면 언제 이처럼 낯간지러운 소리를 해보겠소?"

말해놓고 나서도 쑥스러웠던지 덕명 산인은 검을 들고 성큼성큼 걸어 풍검의 오른쪽에 나란히 섰다.

그런 사제의 뒷모습을 바라보던 온명 산인의 주름진 눈가에 희미하게 웃음이 떠올랐다 사라졌다. 그리고 이내 이를 대신하여 굳은 결의가 자리잡았다.

이때 덕명 산인의 쩌렁한 호통이 울려 퍼졌다.

"이놈아! 뭘 그리 멀뚱이 서 있는 게야? 네 녀석도 한 수 거들어야 할 게 아니냐?"

"저 말입니까?"

어리둥절한 표정으로 반문하는 명검을 향해 덕명 산인이 험악하게 부릅뜬 눈을 부라렸다.

"네놈 말고 달리 누가 있을까. 네놈은 형산 문하가 아니란 말이냐?"

"장로님……."

목이 메어 말을 잇지 못하던 명검은 고개를 돌려 운검 쪽을 바라봤다.

복잡한 심정이 담긴 눈빛으로 명검을 바라보던 운검은 이윽고 나직이 한숨을 흘리며 고개를 끄덕였다. 비록 명검이 형산을 배신하긴 했으나 거기엔 말하지 못할 사연이 있음이 분명했다. 더구나 명검과 진자겸의 대화를 통해 명검이 자신이 알지 못하는 곳에서 형산을 위해 희생하고 있었음을 깨달을 수 있었다.

운검 또한 사람인지라 자신의 손으로 직접 사제를 내친 이후 말 못할 마음의 고통에 괴로워했었다. 그래서였을까, 명검을 용서하자 바위가 짓누르는 것 같던 가슴의 답답함이 거짓말처럼 사라지는 것을 느꼈다.

"장로님, 그리고 사형…… 정말…… 고맙습니다."

사문으로부터 용서를 구한 명검은 벅차오르는 감정을 추스르지 못하고 한줄기 뜨거운 눈물을 흘렸다. 먼 길을 돌아 비로소 진정 자신이 있어야 할 곳으로 돌아온 것이다.

형산 문하들 또한 비록 살기 가득한 싸움 한복판에 서 있었으나 이를 지켜보며 눈시울을 붉혔다. 특히나 남모르게 속앓이를 해온 명검의 두 제자인 권태룡과 백연은 흘러내리는 눈물을 소매로 닦기에 여념이 없었다.

하지만 이는 오래가지 못했다. 일렬로 늘어서 있던 백명귀들이 일제히 신형을 날려왔기 때문이다.

가장 먼저 그들과 부딪친 것은 덕명 산인이었다. 기합성과 함께 마주 신형을 날린 덕명 산인은 폭풍처럼 쉬지 않고 뇌운검결을 펼쳐 내기 시작했고, 그 뒤를 이어 온명 산인이 검을 휘두르며 싸움 한복판으로 뛰어들었다.

이와 거의 동시에 풍검도 한 명의 백명귀와 검을 섞기 시작했으며 서로의 얼굴을 바라보며 고개를 끄덕인 곽범태와 하운지, 안자명과 안지명 또한 각각 한 명씩의 백명귀를 맡아 격전을 치르기 시작했다.

"벽뢰검진 개진!"

여기에 운검의 명령과 함께 나머지 삼대 제자들이 가세하며 장내는 순식간에 어지러운 검광과 살벌한 검기가 가득 메웠다.

그간의 수련을 게을리 하지 않은 안자명과 안지명은 백명귀의 무위에도 크게 밀리는 기색이 없었다. 게다가 연수합격의 묘리를 살려 간혹 자리를 바꾸며 싸우는 그들의 전투 방식은 서로의 모자란 부분을 보완하고 공격력을 극대화시키고 있어, 무위의 격차를 메우기 충분했다.

하운지는 아직 여유가 있어 보였고, 곽범태는 무위 자체가 백명귀를 압도하고 있었다.

명검 역시 마찬가지였다. 명검의 양손에서 황금빛 광채가 번뜩일 때마다 그와 맞선 백명귀는 손이 어지러워졌다. 비록 검강의 경지에 올라 있다 해도 그 깨달음의 깊이는 오랜 세월 대력금황기를 익혀온 명검을 아직 따라올 수 없었던 것이다.

다만 내상을 완전히 치료한 것이 아니었기에 시간이 흐를수록 명검의 얼굴은 더욱 창백해지기 시작했다. 상처가 터져 흘러내리는 피의 양 역시 많아지는 것도 문제였다. 그러나 이를 악문 명검은 오히려 공격 일변도의 초식을 펼쳐 내며 백명귀를 몰아붙이고 있었다.

그들과 달리 온명과 덕명, 두 산인과 풍검은 백명귀에게 밀리는 기색이 역력했다. 하지만 운검이 이끄는 벽뢰검진이 이들 사이의 격차를 충분히 매웠고, 전투는 팽팽한 균형을 이뤄 단시간에 끝을 볼 수 없을 것 같았다.

그럼에도 불구하고 형산 문하들은 마음속의 불안함을 떨쳐 낼 수 없었다. 그도 그럴 것이, 이곳에 모인 이들을 통틀어 가장 고절한 무위를 지닌 두 사람이 아직까지 싸움에 뛰어들지 않고 있었기 때문이다.

그 순간, 싸움의 종지부를 찍기 위해 진자겸이 움직였다.

쾌애액!

진자겸이 가볍게 소매를 휘두르자 그의 주위로 돌개바람이 휘몰아치나 싶더니, 한줄기 강맹한 경력이 벼락처럼 쏘아졌다.

"헉!"

삼대 제자들 가운데서 벽뢰검진을 지휘하던 운검은 갑작스레 들이닥친 경력에 안색이 창백해졌다. 진자겸과는 상당한 거리를 두고 있음에도 불구하고 그가 뿌린 경력은 눈 깜작할 사이에 코앞까지 이르렀고, 경력이 지척에 이르자 그 안에 담긴 살벌한 예기에 온몸이 경직되었던 것이다. 실제로 경력은 아직 몸에 닿지도 않았건만 마치 바늘로 피부를 찌르는 듯 얼굴이 따끔거릴 정도였다.

피하고 자시고 할 여유도 없었다. 운검은 아찔한 심정에 질끈 눈을 감았다.

쩌엉!

그 순간 귀청이 떨어지는 듯한 음향과 함께 눈앞이 환해지는 것을 느낀 운검은 천천히 눈을 떴다. 그리고 자신을 대신해 진자겸의 경력을 막아낸 한 사람의 뒷모습을 발견할 수 있었다.

"명검……!"

밝은 빛의 정체는 명검의 양손을 둘러싼 대력금황기의 광채였다. 처음부터 진자겸의 움직임을 주시하고 있던 명검은 그가 양인장을 시전하여 운검을 공격하려 하자 곧바로 신형을 날린 것이다. 하지만 급하게 몸을 빼느라 명검은 자신과 싸우던 백명귀에게 일검을 허용했고, 그로 인해 오른쪽 어깨에 뼈가 드러날 만큼 심한 자상을 입고 말았다.

"흥!"

차디찬 냉소와 함께 진자겸이 재차 소매를 휘둘렀다. 그러자 그 위력이 배가 된 경력이 연이어 명검을 향해 격사되었다.

"크윽!"

어깨에서 뿜어지는 피를 지혈조차 하지 못한 채 명검은 전신의 모든 내력을 끌어올려 양손에 실었다.

펄럭!

명검의 장포가 찢어질 듯이 팽팽히 부풀어 오르며 그의 양손에 맺힌 금광이 휘황찬란한 빛을 뿌렸다.

쩡!

금속을 두드리는 듯한 충격음이 터져 나오며 명검의 신형이 바닥에 깊은 족적을 남기며 주르륵 밀려났다.

순간 진자겸은 허공을 움켜쥐듯 내밀었던 손을 잡아당기더니 내기를 후려치듯 앞으로 뻗었다.

쩌저정!

연달아 세 번의 굉음이 울려 퍼졌다. 진자겸이 뿌린 경력은 쉬지 않고 명검의 대력금황기를 거칠게 두드렸고, 뒤로 갈수록 그 위력이 더욱 강맹해져 한 번씩 충격이 더해질 때마다 대력금황기의 광채는 조금씩 흐릿해져 갔다.

째앵!

결국 세 번째에 이르렀을 때 대력금황기의 호신강기는 금빛 잔영을 남기며 유리처럼 산산이 깨져 흩어졌다. 그리고 나서도 여력이 줄지 않은 진자겸의 장력은 그대로 명검의 가슴을 향해 파고들었다.

퍽!

"왁!"

입에서 피분수를 토하며 나가떨어지는 명검을 운검이 재빨리 받아 들었다.

털썩.

명검을 안고 쓰러진 채 몇 바퀴를 구른 운검은 재빨리 일어나 명검의 상의를 젖혔다.

"이런……."

운검의 입에서 당혹성이 터져 나왔다. 장포 사이로 드러난 명검의 가슴. 거기엔 보랏빛으로 물든 선명한 장인이 깊이 새겨져 있었다. 더구나 분명 일장만을 허용했음에도 불구하고 명검의 가슴에는 세 개의 손자국이 찍혀 있었다. 어른 손바닥만 한 장인 가운데 좀 더 작은 장인이, 그리고 그 안엔 어린아이 손처럼 앙증맞은 장인이 중첩되어 있었던 것이다.

"삼첩인(三疊印)!"

운검은 자신도 모르게 침음성을 터뜨리고 말았다. 중원에서 찾아보기 힘든 소뢰음사의 무공, 그 가운데서도 가장 살상력이 뛰어난 삼첩인만이 이와 같은 흔적을 남길 수 있기 때문이었다.

운검 또한 서적을 통해서만 알고 있을 뿐 직접 보는 것은 처음이었다.

'위험하다!'

운검은 명검을 바로 눕히고 손으로 그의 목을 받쳤다. 하지만 의식을 잃은 명검은 입에서 쉬지 않고 핏물을 게워내고 있었다.

핏물은 진한 선홍색을 띠고 있었다. 그것이 내상으로 인해 몸속에 고인 울혈(鬱血)과 달리 진원진기가 고스란히 담긴 것임을 알아본 운검은 명검의 천중혈 부위를 문지르며 그의 이름을 쉬지 않고 부르기 시작했다.

"정신 차려, 사제! 명검 사제!"

운검의 음성이 들렸던 것일까.

약간의 시간이 흘러 명검이 힘겹게 눈을 떴다. 그리고 운검을 향해 웃으며 입을 열었다.

"사형…… 무사하셔서… 다행…… 쿨럭!"

입을 열 때마다 명검은 한 움큼씩의 피를 토해냈다. 운검이 명검의 손을 움켜쥐며 소리쳤다.

"아무 말도 하지 마라!"

하지만 명검은 고집스레 고개를 흔들더니 힘겹게 말을 이어가기 시작했다.

"미안합니다, 사형……. 하지만 제 마음만은 늘 형산에……."

"그래, 알고 있다. 내 충분히 알고 있으니 힘을 아껴라. 어서 뇌정단공을 운용하고……."

"이미…… 틀렸다는 건 사형이 더 잘 알고 계시지 않습니까?"

명검이 건넨 웃음 앞에서 운검은 할 말을 잃었다.

그랬다.

명검의 상태는 돌이킬 수가 없었다. 부서진 가슴뼈가 폐를 관통하여 호흡을 방해하고 있었고, 온몸의 혈맥이 뒤틀리고 갈가리 찢겨 썰물처럼 진기가 빠져나가고 있었다. 제아무리 화타와 편작을 능가하는 의원이 앞에 있다 해도 이미 저승에 한 발을 디딘 것과 다름없는 명검을 구할 방도가 없는 것이다.

“끅끅……."

운검이 억눌러 울음을 삼켰다.

명검은 떨리는 손을 들어 운검의 얼굴을 더듬었다. 손 안 가득 용암처럼 뜨거운 운검의 눈물이 만져졌다. 비로소 명검은 이제껏 짊어지고 있던 마음의 짐이 가벼워지는 것을 느꼈다.

“사형…… 형산을……."

그 말을 끝으로 명검의 손이 운검의 손을 빠져나와 힘없이 바닥에 떨어졌다.

“……!”

질끈 깨문 운검의 입술이 터져 한줄기 핏물이 흘러내렸다. 하지만 운검은 오열하지 않았다. 싸늘히 식어가는 명검의 얼굴에 희미하게 맺혀 있는 미소를 보았기 때문이다.

운검은 고개를 들어 장내를 바라봤다.

명검을 잃은 데다 검진을 지휘하던 자신이 자리를 비우자 조금 전까지만 해도 팽팽하던 균형이 급격히 무너지고 있었다.

명검과 대치하고 있던 백명귀가 곽범태 쪽에 가세하자 곽범태는 공격은커녕 수비를 하는 데도 힘겨워 보였다. 현재 형산에서 가장 강하다 할 수 있는 곽범태가 그러할진대 다른 일행의 상황은 보지 않아도 짐작할 수 있었다.

아니나 다를까,

풍검을 비롯한 온명과 덕명 산인, 그리고 검진을 구축하는 삼대 제자들까지, 어느 누구 하나 힘겨운 사투를 벌이지 않는 이가 없었다. 더구나 한번 기울어진 전세는 돌이키기 힘들어 점차 일방적인 형산파의 피해가 속출하기 시작했다.

백명귀들에게 당해 쓰러진 삼대 제자의 수가 벌써 사십을 넘어서고
있었다.

운검의 눈에 광망이 이글거리기 시작한 것도 그때였다.

소매를 들어 눈물을 훔쳐 낸 운검은 결연한 표정으로 자신의 기문
혈과 장태혈, 천극혈을 시작으로 천주혈과 당문혈을 연속해서 찍어갔
다.

하나같이 점혈되면 죽음에 이를 수 있는 치명적인 요혈들. 하지만
초백번천심결을 시전하는 운검의 행동은 거침이 없었다. 더 이상 혈육
과도 같은 형산 문하의 죽음을 지켜볼 수 없었던 것이다.

"크윽!"

득달같이 엄습해 오는 고통을 견뎌내는 운검의 이마 위로 푸른 힘줄
이 솟았다. 하지만 어느 순간 단전으로 한 줌의 미약한 진기가 흘러들
어 오기 시작했다. 그리고 이는 폭우에 불어난 강물처럼 급격히 불어
나 단전을 채웠고 온몸의 기경팔맥을 따라 거칠게 휘돌기 시작했다.

운검은 바닥에 떨어져 구르는 한 자루 검을 주워 들었다. 그리고 막
검진에서 떨어져 나간 삼대 제자의 수급을 취하기 위해 검을 휘두르는
백명귀를 향해 신형을 날렸다.

츠츠츠츳!

날카로운 소성과 함께 운검의 손에 들린 검끝을 떠난 검기가 백명귀
의 허리를 베어갔다.

이에 백명귀는 검을 휘둘러 막는 대신 한쪽으로 비켜서며 이를 피하
려 했고, 그 순간 운검의 검이 변화를 일으켰다.

변초인 격운전상(激雲纏相)의 초식을 거치지 않고 격풍호운(激風呼
雲)에서 낙뢰토염(落雷吐炎)으로 곧바로 이어진 뇌운검결의 연환식.

가볍게 흔들리던 검끝이 격렬하게 휘청이나 싶더니 순식간에 이십여 개로 불어난 검영이 백명귀의 전신을 난도질하듯 쓸어갔다.

백명귀의 움직임이 다급해졌다. 단순한 무위를 따지자면 내력에서부터 그가 크게 앞서고 있었으나, 초식의 현란한 변화만큼은 운검을 따라잡을 수 없었던 것이다.

찌익!

백명귀의 가슴 어림이 길게 찢어지며 처음으로 핏물이 솟구쳤다. 하지만 운검의 검은 여기에서 멈추지 않았다.

가슴을 움켜쥔 백명귀가 황급히 물러서자 운검은 역으로 바닥에 엎드리듯 자세를 낮춘 채 운영미보를 밟으며 그가 착지할 위치를 선점해 버렸다. 그리곤 쉴 새 없이 공격을 퍼붓기 시작했다.

쉬익!

벼락처럼 튀어 오른 운검의 검이 무방비 상태인 백명귀의 허리와 가슴의 요혈을 향해 날아들었다.

이에 백명귀는 허공에서 양손을 크게 휘저었다. 그러자 마치 바람에 떠밀린 듯 그의 신형이 공중에서 반 장가량 주욱 밀려나더니 가까스로 운검의 검을 피할 수 있었다. 무당의 절기인 제운종이 펼쳐진 것이다. 하지만 운검의 검 역시 계속해서 변화를 일으키며 집요하게 백명귀의 요혈을 노리며 날아들었다.

비록 내공이 쓸 수 없어 뜻대로 검을 펼쳐 내지 못했을 뿐, 뇌운검결에 대한 이해와 무리의 깊이는 형산 안에서도 운검을 따라올 이가 없었다.

그래서였을까. 운검이 펼치는 검법 중 어느 것 하나 절초가 아닌 초식이 없었다.

지금껏 가슴에 쌓였던 한을 쏟아내기라도 하듯 쉬지 않고 검을 휘두르는 운검의 모습은 그야말로 광풍노도(狂風怒濤)와도 다름 아니었다.

결국 운검의 검이 백명귀의 신법을 따라잡았다.

써컥.

소름 끼치는 파육음과 함께 허공에서 양단된 백명귀의 시신이 자욱한 피보라와 함께 바닥에 떨어졌다.

"헉헉."

백명귀의 피를 뒤집어쓴 채 운검은 거친 숨을 몰아쉬었다. 초백번천심결은 생명의 근원이 되는 본원진기를 격발시키는 수법. 비록 움직인 시간은 그리 길지 않았으나 오랜 세월 병약하게 지내온 운검으로서는 이조차 버거웠던 것이다.

바르르 떨리는 검을 거두고 호흡을 가다듬는 운검의 귀에 답답한 신음성이 들려온 것도 그때였다.

"크흡!"

십 장쯤 떨어진 곳을 향해 고개를 돌린 운검의 눈이 더없이 크게 흡떠졌다. 그곳에는 온명 산인이 한 손으로 목을 움켜쥔 채 비틀거리며 물러서고 있었던 것이다. 지나친 출혈에 그의 얼굴은 백지장보다 하얗게 변해 있었고, 입술은 파랗게 질려 있었다.

'장로님!'

운검은 온명 산인을 돕기 위해 신형을 날리려 했다. 하지만 발이 말을 듣지 않았다. 이미 백명귀와의 싸움에서 대부분의 진력을 소모해 버린 터라 단전에 내공이 모이려면 아직 시간이 더 필요했던 것이다. 게다가 상대를 찾던 백명귀 한 명이 자신을 향해 걸음을 옮겨오기 시작했다.

운검은 황급히 주위를 둘러보았다. 하지만 어느 누구도 온명 산인을 도와줄 여유가 없어 보였다.

"사혀엉!"

이때 쩌렁한 고함 소리와 함께 덕명 산인이 백명귀와 싸우던 상황에서 주저없이 몸을 돌렸다. 그로 인해 덕명 산인은 등과 옆구리에 각각 일검을 허용했으나 고통조차 느끼지 못하는 듯 곧바로 온명 산인을 향해 신형을 날렸다. 하나 이미 백명귀는 온명 산인의 지척까지 접근해 있었다.

푸욱.

온명 산인의 등을 뚫고 피칠갑한 검신이 불쑥 튀어나왔다.

"사형!"

덕명 산인의 통절(痛切)한 음성이 연무장을 흔들었다. 하나 백명귀의 검은 온명 산인의 심장을 정확히 꿰뚫었고, 흐릿하게 잠기는 온명 산인의 눈에서는 생명의 빛이 급격히 사그라지고 있었다.

입에서 피를 뿜으며 모로 쓰러지던 온명 산인의 눈에 고함을 지르며 달려오는 덕명 산인의 모습이 들어왔다.

온명 산인의 눈이 번뜩인 것도 그때였다.

온명 산인이 돌연 양손을 뻗어 백명귀의 허리를 감싸 안았다.

이에 백명귀는 팔꿈치를 들어 온명 산인의 어깨를 내리찍었다.

콰직!

섬뜩한 골절음과 함께 온명 산인은 어깨가 주저앉았다. 목과 가슴에서 콸콸 쏟아지는 핏물은 의복을 붉게 물들였고, 이도 모자라 금세 바닥을 흥건히 적셔갔다. 하지만 온명 산인은 죽어가는 사람이라곤 믿어지지 않는 힘으로 백명귀를 꼼작 못하게 붙잡은 채 끝까지 각지 긴 두 손을 풀지 않았다.

이윽고 온명 산인에게 다다른 덕명 산인이 검을 휘둘렀다.

써컥!

온명 산인에게 붙들린 백명귀의 머리가 허공으로 떠오른 것도 거의 동시였다.

그제야 온명 산인은 흐릿하게 웃으며 백명귀를 끌어안고 있던 손을 풀었다.

덕명 산인은 재빨리 손을 뻗어 쓰러지는 온명 산인을 붙들었다.

"사형……."

목울대를 치고 올라오는 뜨거운 오열을 삼키며 덕명 산인은 애써 웃음을 지어 보였다.

"그동안 수고하셨소, 사형. 마지막까지 정말 애쓰셨소. 그러니 이젠 편히 쉬시오."

덕명 산인의 말에 온명 산인은 조용히 웃으며 고개를 끄덕였다. 그리곤 편안한 표정으로 눈을 감았다.

"크흐흑."

비로소 덕명 산인은 참았던 눈물을 쏟아냈다. 불에 달군 비수로 심장을 도려낸다 한들 지금의 비통한 심정과 괴로움과는 견줄 수 없으리라.

"장로님! 조심하세요!"

망연자실한 표정으로 온명 산인의 시신을 바라보던 덕명 산인은 문득 들려온 하운지의 비명 소리에 무의식적으로 고개를 돌렸다.

촤악!

등허리에 화끈한 통증이 느껴졌다. 뒤이어 비명조차 나오지 않을 만큼 끔찍한 고통이 옆구리에서 이어졌다.

"크으……!"

신음을 흘리며 고개를 숙인 덕명 산인은 자신의 옆구리에 틀어박힌 백명귀의 손을 발견할 수 있었다.

"푸흐흐."

자신도 모르게 입술을 비집고 웃음이 흘러나왔다. 하지만 덕명 산인의 처절한 웃음 이면에 도사리는 굳은 의지는 비장함을 넘어 광기로 치닫고 있었다.

덕명 산인은 손에 들린 검을 거꾸로 세워 있는 힘껏 바닥을 내리찍었다.

콱.

그의 검은 그대로 백명귀의 발등을 뚫고 손잡이만을 남긴 채 땅속 깊숙이 박혀 버렸다.

이후 덕명 산인은 적수공권인 양손을 뻗어 백명귀의 머리를 감쌌다. 그리고 양 엄지손가락으로 백명귀의 눈 위에 올려놓았다.

"사형…… 북망산까지 가는 길, 지루하지 않도록 내가 곧 뒤따르리다."

온명 산인의 주검을 향해 나직이 중얼거린 덕명 산인은 남은 힘을 쥐어짜 양손에 실었다.

위기를 느꼈던 것일까.

백명귀는 덕명 산인의 옆구리에 틀어박힌 손을 크게 휘저었다.

콰지직!

"으아아악!"

덕명 산인의 입에서 참혹한 비명이 터져 나왔다. 하지만 덕명 산인의 의지는 꺾이지 않았다. 오히려 자신이 느끼는 고통마저 최후의 힘으로 바꿔 백명귀의 머리를 감싸고 있는 양손에 집중시켰다.

푸욱.

덕명 산인의 엄지가 백명귀의 눈 속으로 파고 들어갔다.

순간 백명귀가 펄쩍 뛰어올라 발광하듯 마구 몸부림치기 시작했다.

쾅!

그 와중에 백명귀의 무릎에 걷어차인 덕명 산인은 힘없이 나가떨어져 바닥에 쓰러졌다. 하나 모든 힘을 소진한 덕명 산인은 이미 숨이 끊어진 뒤였다.

백명귀의 얼굴, 정확히 눈이 있던 자리에는 피가 흘러내리는 커다란 두 개의 구멍이 휑하니 자리잡고 있었다.

"키이잇!"

시야를 잃은 백명귀는 적아를 구분하지 못하고 미친 듯이 날뛰기 시작했다. 심지어 아군인 다른 백명귀를 향해 검을 휘두르기까지 했다.

쾌애애액!

이때 한줄기 무시무시한 경력이 허공을 찢었다. 보다 못한 진자겸이 출수를 한 것이다.

쩌엉!

진자겸이 뿌린 삼첩인의 경력은 그대로 백명귀의 등에 작열했다. 단일장이었음에도 불구하고 백명귀의 등에는 세 개의 장인이 뚜렷하게 새겨졌다. 점점 작아지던 손자국은 마지막에 이르러 백명귀의 몸을 관통하고 심장을 터뜨렸고, 간헐적인 경련을 일으키던 백명귀는 이내 잠잠해졌다.

"늙은이들이 비싼 값을 치르게 하는군."

유철악이 건넨 말에 진자겸은 말없이 온명과 덕명 산인의 시신을 바라볼 뿐이었다.

결과만 놓고 따진다면 있을 수 없는 일이었다. 처음부터 백명귀와 그들의 무위 차이는 결코 극복할 수 없는 한계가 존재했다. 그럼에도 불구하고 양패구상을 이끌어낸 그들의 의지는 진자겸조차 예상치 못한 일이었다.

'대체 그들에게 형산이 무엇이기에.'

사문을 위해 기꺼이 목숨을 던진 그들의 모습이 가슴에 깊이 남았다.

처음 양패구상 운운하는 온명 산인과 덕명 산인의 대화를 들었을 때는 그저 비웃고 말았다. 머잖아 위기에 처하면 그들이 지닌 가식의 껍질을 벗겨낼 수 있으리라 생각했던 것이다. 하지만 끝까지 그들은 의연한 모습을 잃지 않았다. 비록 적으로 마주하고 있었지만 사문을 위해, 그리고 사문의 아이들을 위해 최후까지 고군분투하던 그들의 모습은 진자겸의 마음에 파문을 일으키기 충분했다.

'왜 이처럼 훌륭한 명문정파가 어째서 이십 년 전의 혈사를 뉘우치지 않고 덮어두려 했단 말인가?'

이때 유철악이 다시금 입을 열었다.

"이제 슬슬 정리를 하는 것이 어떤가? 한 사람이라도 달아나 이번 일이 알려진다면 자네에게도 좋을 일이 없을 걸세. 제아무리 혈육이라 할지라도 자신의 조부가 형산을 멸문시킨 걸 알게 되면 그 아이는 결코 자네에게 돌아오지 않을 테니까 말일세."

진영인이 거론되자 진자겸의 얼굴에 동요의 감정이 드러났다.

비록 면포로 눈을 가리고 있었지만 유철악은 진자겸의 분위기가 바뀌었음을 느낄 수 있었다.

이에 유철악은 내심 웃음을 삼켰다.

'머지않아 자네는 그토록 바라던 손자와의 재회를 이룰 수 있을 걸세. 물론 그 싸늘한 시신으로.'

아직 당문으로부터는 이렇다 할 연락이 없었다. 그리고 이십 명의 백명귀를 딸려 보낸 명도 진인 또한 마찬가지였다. 만약 실패했다면 연락이 왔을 터.

유철악은 진영인의 죽음을 의심하지 않고 있었다.

그런 유철악의 내심을 알 리 없는 진자겸은 묵묵히 고개를 끄덕였다. 그리고 입술을 달싹이기 시작했다. 전음을 통해 백명귀들에게 새로운 명령을 내린 것이다.

풍검과 운검, 그리고 곽범태와 검을 섞던 백명귀가 일제히 뒤로 물러섰다. 하운지와 안자명, 안지명을 공격하던 백명귀 역시 약간의 시차를 두고 공격권에서 몸을 뺐다.

이후 이들은 돌연 검의 방향을 틀어 검진을 구축하고 있는 삼대 제자들을 공격하기 시작했다.

"이런!"

운검의 입에서 당혹성이 터져 나왔다. 화재를 진화하기 위해 이십여 명이 빠진 벽뢰검진은 본래의 위력을 내지 못하고 있었고, 구성원이 빠진 곳곳의 틈이 고스란히 드러나 있었던 것이다.

특히나 검진이 맞물리는 순간의 공백을 백명귀들은 놓치지 않았다.

"으악!"

삼대 제자 한 명이 가슴이 길게 베어지며 바닥에 쓰러졌다. 처음부터 극명한 무위의 차이는 쉽게 메워질 수 없었고, 더구나 제 위력을 내지 못하는 검진으로 하나같이 검강을 다루는 백명귀 일곱을 상대하는 것은 무리였던 것이다. 이미 절반이 넘는 인원을 잃은 벽뢰검진은 간신히 형태만 유지하고 있을 뿐이었다.

비명과 신음 소리가 이어지며 삼대 제자들 사이에서 사상자가 속출하기 시작했다.

"물러서서 수비진을 구축하라!"

운검의 지시에 삼대 제자들이 분분히 물러섰다. 하지만 백명귀들은 집요했다.

"컥!"

"크악!"

또다시 비명과 함께 삼대 제자 둘이 절명했다. 풍검을 비롯한 곽범태 일행은 조금이라도 피해를 줄이고자 백명귀들을 공격했으나 그들은 죽음이 두렵지 않은 듯 수비를 도외시한 채 계속해서 삼대 제자들만을 집요하게 노리고 있었다.

상황이 이쯤 되자 풍검과 운검, 곽범태 일행은 두 산인의 죽음에 슬퍼할 여유도 없었다.

곽범태를 선두로 이들은 너나 할 것 없이 검진과 백명귀 사이에 뛰어들었다. 그리고 사력을 다해 지닌 바 무공을 쏟아내기 시작했다.

수비를 도외시한 채 오로지 상대를 죽이기 위한 살초만을 남발하던 백명귀들도 그들의 기세에 눌린 듯 급히 검을 틀었다.

순간의 방심이 죽음으로 직결될 만큼 장내에 몰아치는 검기와 검광은 살벌하기 그지없었고, 한 수 한 수가 서로에게 치명적이지 않은 것이 없었다.

형산 문하와 백명귀들의 전신에는 이내 크고 작은 부상들이 늘어갔다.

이때 백명귀 중 한 명이 신형을 뽑아 올려 연무장의 담을 뛰어넘었다. 그를 제외하고도 아직 백명귀는 여섯이 남아 있었고, 서로가 각각 한 명씩의 백명귀를 상대하고 있었기에 누구도 이를 막을 수 있는 사람이 없었다.

"안 돼!"

곽범태의 입에서 당혹성이 터져 나왔다. 담장을 뛰어넘은 백명귀는 곧장 송현자가 머무는 현정전이 있는 곳으로 향하고 있었기 때문이다.

처음부터 이를 노린 듯, 나머지 여섯 명의 백명귀는 상대를 묶어두기에 여념이 없었고, 곽범태나 풍검이 물러설라 치면 저돌적인 공격을 펼쳐 한 치의 여유도 허락하지 않고 있었다.

쾌애애액!

"헉!"

난데없는 파공음에 풍검은 자신도 모르게 헛바람을 들이켰다. 곽범태나 하운지와 달리 풍검은 백명귀의 공격을 수비하느라 급급한 실정이었는데 거기에 어디서 날아왔는지도 모르는 경력이 들이닥치자 순식간에 손발이 어지러워졌던 것이다.

"으윽!"

결국 풍검은 어깨에 일검을 허용하고 대신 재빨리 바닥을 굴러 가슴을 향해 날아든 경력을 피할 수 있었다.

경력이 날아든 방향을 향해 고개를 돌린 풍검은 그것이 진자겸이 날린 삼첩인이라는 것을 알 수 있었다.

진자겸의 공격이 계속해서 이어졌다. 하나 이번 공격은 풍검을 노린 것이 아닌 곽범태와 하운지를 향해 쇄도하고 있었다.

곽범태와 하운지의 상황도 크게 다르지 않았다. 다른 이들에 비해 비교적 우위를 점하고 있던 곽범태와 하운지는 풍검처럼 큰 부상은 입지 않았다. 그러나 자신이 맡고 있던 백명귀를 놓치고 말았다.

그 찰나의 순간을 놓치지 않고 곽범태와 하운지를 상대하던 백명귀가 연무장의 담을 향해 신형을 날렸다.

"어딜!"

처음 물러서는 순간부터 회심의 일격을 준비하고 있던 곽범태는 고함과 함께 자신의 도를 허공에 집어 던졌다.

꽈르르릉!

허공을 뒤흔드는 뇌성음과 함께 곽범태의 손을 떠난 도가 회전을 일으키며 백명귀를 향해 쏘아졌다. 풍뢰도법의 절초, 우공이산이 시전된 것이다.

쾌애애애액!

이때 다른 한 명의 백명귀가 허공에서 신형을 뒤집더니 뚝 떨어져 내렸다. 제운종에 이어 천근추를 시전해 방향을 바꾼 백명귀는 적수공권인 곽범태를 노리고 흉흉한 기세로 검을 휘둘렀다.

"……!"

곽범태는 황급히 상체를 젖혔다.

써컥!

치익!

두 개의 이질적인 소음이 동시에 터져 나왔다.

곽범태의 풍뢰도는 백명귀의 허리를 양단해 버렸다. 하나 그의 어깨에도 일검이 작렬했다. 다행이 완전치 못한 백명귀의 검은 곽범태에게 치명상을 가하지 못하고 그저 피부만 길게 찢어놓았을 뿐이었다. 하지만 그 안에 실려 있던 검기로 인해 곽범태는 어깨가 마비되는 것을 느끼며 다섯 걸음이나 물러서고 말았다.

곽범태를 떨쳐 낸 백명귀는 곧장 연무장의 담을 넘으려 하고 있었다.

곽범태는 답답한 마음을 금할 수 없었다.

처음부터 이 모든 싸움은 연무장을 벗어나지 않았어야 했다. 아무리 이곳에서 우세를 점한다 한들 장문인인 송현자가 포로로 잡혀 버리면 모든 계획이 수포로 돌아갈 터였다. 게다가 형산에 원한을 지닌 이들이 송현자에게 험한 짓을 서슴지 않으리란 것은 불을 보듯 뻔했다.

곽범태는 암담한 마음에 질끈 눈을 감았다.

그때였다.

휘익.

갑작스런 파공음에 눈을 뜬 곽범태는 바람처럼 자신의 곁을 스쳐 현정전으로 향하는 인영을 발견했다. 그 뒷모습이 눈에 익었다.

"사숙!"

곽범태의 눈에서 눈물이 핑 돌았다. 비록 자신에게는 눈길 한번 주지 않았지만 이 순간만큼 진영인이 반가웠던 적이 없었다.

진영인이 담을 넘어 사라진 후 잠시 동안 장내엔 정적이 감돌았다.

이 자리에 있는 모든 이들이 진영인의 출현은 예상치 못한 일이었다. 하지만 각자의 얼굴에 떠오른 감정은 사뭇 달랐다.

당혹스러운 표정을 짓고 있는 유철악과 달리, 절망 끝에 희망을 발견한 형산 문하들은 하나같이 격동 어린 얼굴로 진영인이 사라진 방향을 응시하고 있었다.

진자겸 또한 미간을 찌푸린 채 형산 문하들의 시선이 향한 곳을 바라보고 있었다. 진영인 모르게 형산을 쓸어내려 했던 계획이 틀어졌음을 직감했기 때문이다.

그렇게 얼마나 시간이 흘렀을까.

쿵쿵.

육중한 충격음과 함께 연무장의 담 밖으로 두 개의 인영이 떨어져 내렸다.

“……!”

풍검을 비롯한 모든 형산 문하의 얼굴에 놀라움이 떠올랐다. 사지가 꺾인 채 바닥에서 꿈틀대는 인영. 그것은 진영인보다 앞서 현정전으로 향했던 백명귀들이었던 것이다. 그 뒤를 이어 진영인이 훌쩍 담을 넘어 바닥에 내려섰다.

진영인은 잠시 그 자리에 선 채 주위를 쓸어 보았다. 수많은 형산 문하들의 시신을 지나 온명 산인과 덕명 산인의 주검을 눈에 담는 그의 얼굴에는 감출 수 없는 아픈 감정이 역력했다.

진영인은 무거운 한숨을 흘렸다.

이윽고 진영인은 감았던 눈을 뜨며 풍검을 향해 다가섰다.

“늦었습니다, 사형.”

“왔느냐.”

흘러내린 피가 흥건히 상의를 적시고 있었으나 풍검은 지혈조차 하지 않은 채 태연히 고개를 끄덕였다. 하지만 그의 얼굴 역시 슬픔이 짙게 배어 있는 것은 진영인과 크게 다르지 않았다.

“사숙!”

곽범태를 비롯한 하운지과 안자명, 안지명이 진영인을 불렀다. 비록 백명귀와 대치를 이룬 상황인지라 자리를 뜰 수는 없었으나 진영인을 반기는 그들의 음성에는 하나같이 진심이 녹아 있었다.

진영인이 천천히 돌아섰다.

순간 곽범태 일행의 얼굴이 딱딱하게 굳어졌다. 더없이 초췌한 진영인의 몰골 때문이었다.

곳곳이 찢어져 맨살이 드러난 의복 사이로는 아직도 채 마르지 않은 핏물이 엉겨 있었고, 제때 치료하지 않아 끔찍하게 입을 벌리고 있는 자상에는 짙은 화농(化膿)이 가득했다. 더구나 장포 아래 드러난 오른 손목은 시커먼 멍과 함께 퉁퉁 부어 있어 뼈가 부러진 것 같았다.

그럼에도 불구하고 진영인은 가볍게 고개를 끄덕여 자신의 사질들을 안심시켰다. 그리고 고개를 돌려 삼대 제자들의 부축을 받으며 간신히 서 있는 운검을 바라봤다.

고통스러운 얼굴로 이를 악문 운검의 이마에서는 비 오듯 식은땀이 흘러내리고 있었다.

어깨를 들썩이며 거친 숨을 토하고 있는 운검을 바라보는 진영인의 두 눈 가득 안타까움이 묻어났다. 피폐해진 운검의 모습이 초백번천심결의 부작용 때문임을 짐작했던 것이다.

싸움이 소강상태에 접어들자 운검은 내력의 운용을 멈추었고, 초백번천심결로 격발시킨 본원진기가 원래대로 돌아오며 급격히 내공을 잃고 있었다. 본래대로 되돌아가는 과정은 본원진기를 격발시킬 때보다 더욱 배가된 고통을 가져왔다. 그 극심한 고통으로 인해 운검은 입술조차 달싹일 수 없었고, 그런 운검의 모습에 진영인은 가슴이 메어지는 것만 같았다.

하지만 진영인은 운검을 향해 애써 미소를 지어 보였다.

운검 역시 그 와중에도 미소를 지었다.

비록 진영인의 모습은 당가로 향했을 때보다 더욱 초췌하게 변해 있었지만 그의 두 눈만큼은 차분하고 유현하게 가라앉아 있었다. 게다가 예전과는 확연히 달라진 부분이 있었으니, 그것은 바로 진영인의 눈빛이었다. 가끔씩 마기를 드러낼 때마다 두 눈에서 언뜻언뜻 흐르던 한 줄기 자광이 보이지 않았다. 지난 며칠 동안 그의 안에서 뭔가 변화가 일어난 것이다.

'드디어 영인이 마기를 극복해 냈구나!'

운검의 미소 안에 담긴 생각을 읽어낸 진영인이 천천히 고개를 끄덕였다.

"사부님!"

자신을 부르며 품속으로 뛰어드는 작은 그림자를 진영인이 끌어안았다.

"오래 기다렸지?"

"아니에요. 전 사부님께서 반드시 돌아오리라 믿고 있었는걸요."

눈물을 그렁그렁 매단 단리정의 머리를 한 차례 쓰다듬은 진영인은 자세를 낮춰 아정과 눈 높이를 맞췄다.

"그래. 잘했다. 기다린 김에 조금만 더 기다리렴. 이 모든 상황을 정리하고 재회의 기쁨을 나누자꾸나."

"네!"

힘차게 대답한 단리정은 재빨리 진영인의 뒤쪽으로 물러섰다.

천천히 신형을 일으킨 진영인은 진자겸이 있는 곳을 향해 걸음을 옮기기 시작했다.

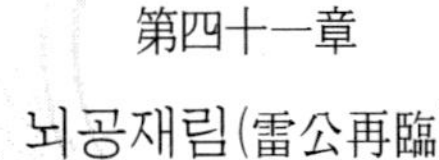

第四十一章

뇌공재림(雷公再臨)

진영인이 다가서자 가장 먼저 반응한 것은 백명귀들이었다.

진영인이 장내에 모습을 나타낸 이후 그가 은연중에 발산하는 존재감에 짓눌려 지금까지 발이 묶여 있었던 것이다.

그 때문이었을까. 흉성이 발작한 듯 그들의 눈에서는 여느 때보다 살벌한 광망이 번뜩이고 있었다. 하지만 진영인은 그들을 거들떠보지도 않은 채 그저 나무나 바위 옆을 스치듯 무심한 얼굴로 지나쳤다.

순간 다섯 명의 백명귀가 일제히 신형을 숏구쳤다.

"키잇!"

의미 모를 고함을 지르며 진영인을 향해 쇄도하는 그들의 검끝에는 한 자가 넘는 검강이 뚜렷이 맺혀 있었다.

"저런!"

멀리서 이를 지켜보던 풍검의 입에서 경악성이 터져 나왔다. 그도 그럴 것이, 백명귀들의 검이 지척에 이르렀음에도 진영인은 검조차 뽑아 들지 않았던 것이다.

아무런 방비도 하지 않은 채 계속해서 걸음을 옮기는 진영인의 모습은 마치 유람 나온 서생을 연상케 했다. 하지만 그를 에워싼 채 백명귀와 그들의 손에 들린 검의 흉험함은 이루 말할 수 없었다.

"물러서라!"

진자겸조차 크게 놀라 백명귀들을 향해 고함을 질렀다. 하지만 이미 흉성이 발작한 백명귀들은 진자겸의 명령조차 따르지 않았다.

츠츠츠츠츳!

검강이 실린 다섯 자루의 검이 일제히 진영인을 향해 떨어졌다.

진영인이 손을 움직인 것도 그때였다. 그리고 이어진 결과에 중인들은 놀라움을 금치 못했다. 진영인의 몸과 불과 한 치의 거리를 남겨두고 백명귀들의 검이 거짓말처럼 멈춰 선 것이다.

그러기를 잠시.

진영인은 다시금 걸음을 옮기기 시작했다. 하지만 이번엔 백명귀 중 어느 누구도 진영인을 막아서는 이가 없었다.

진영인이 다섯 걸음을 옮겼을 때 석상처럼 뻣뻣하게 굳어 있던 백명귀들이 차례대로 바닥에 쓰러지기 시작했다. 그리곤 바닥에 부딪치기 무섭게 모래처럼 신형이 허물어지더니 이내 재가 되어 흩날렸다.

일수에 그들을 재로 만들어 버린 진영인의 신위에 진자겸과 유철악을 제외한 장내의 인물들은 벌린 입을 다물지 못했다.

"의형수검……."

진자겸이 나직이 중얼거렸다. 다른 이들은 보지 못했으나 진자겸은 확실히 보았던 것이다.

진영인의 손끝에서 순간적으로 떠올랐다 사라진 백색 섬광. 검이란 도구에 얽매이지 않는, 의지가 형상으로 구현되는 검의 경지인 의형수검만이 보일 수 있는 신기였다. 그렇지 않고서야 맨손으로 검강을 다루는 다섯 명의 무인을 이처럼 압도적으로 제압할 수 없었다.

이윽고 진자겸과 오 장의 거리를 남겨두고 진영인이 멈춰 섰다.

"이렇게 다시 뵙게 되는군요."

진자겸은 말없이 진영인을 바라봤다.

그런 진자겸을 향해 진영인이 말을 이어갔다.

"꼭 이렇게까지 하셔야 했습니까?"

"죽어 마땅한 자들이다."

"조부님, 당신은 이들의 죽음을 결정할 권리가 없습니다."

"그렇다면 내 아들과 며느리는?"

진자겸의 격앙된 음성이 장내에 처절하게 울려 퍼졌다.

"내 아들과 며느리는 무엇 때문에 죽어야 했지? 누가 그들의 죽음을 결정한 것이냐?

형형한 안광을 뚝뚝 흘리며 진자겸이 진영인을 응시했다.

"무엇 때문에 그 아이들이 죽어야 했단 말인가? 살아 있기 때문에? 단지 행복했다는 이유만으로? 말해보아라. 누가 죄없는 그들의 목숨을 결정한 것이냐?"

진영인이 무거운 한숨을 흘렸다.

"복수를 하고자 하는 마음을 이해하지 못하는 게 아닙니다. 하지만 원한의 당사자에게 했어야 했습니다. 이들이 무슨 죄가 있단 말입니까?"

"모든 빚에는 이자가 있는 법. 혈채(血債) 역시 마찬가지다. 이십 년이 지났으니 이자가 붙는 것은 당연하지 않느냐?"

"그래서 이와 같은 지옥도를 만들어놓고 나니 속이 시원하십니까?"

"지옥? 지옥이라 했느냐?"

가슴을 움켜쥔 진자겸이 피를 토하는 심정으로 입을 열었다.

"아들과 며느리가 시신으로 돌아온 날, 나는 이미 지옥 한가운데 서 있었다. 내가 겪은 이십 년의 고통을 네가 어찌 안단 말이냐? 아직 멀었다. 이 자리에 있는 모든 형산 문하를 죽이고 그들의 뼈를 지전 대신 태워 내 아들과 며느리의 넋을 위로하기 전까진 내 원한은 결코 풀리지 않을 것이다."

"그렇다면 저도 죽어야 하겠군요. 저 또한 형산 문하이니 말입니다."

"……!"

진영인의 대답에 진자겸은 일순 할 말을 잃었다.

그런 진자겸을 향해 진영인이 다시금 입을 열었다.

"조부님과 이들의 다른 점이 무엇입니까? 그들에게 있어 형산 문하는 가족이자 형제입니다. 혈육과도 다름없는 어른들과 사형제들을 잃은 이들의 괴로움 역시 조부님과 다르지 않습니다."

"닥쳐라!"

"여기서 멈추십시오. 저 또한 더 이상 지켜만 보지 않을 것입니다."

진자겸의 새하얀 눈썹이 부르르 떨렸다. 유일한 혈육의 냉담한 반응은 그에게 있어서도 커다란 충격이었던 것이다.

주름이 깊다 해서 어찌 가슴에 눈물이 없겠는가. 그라 해서 몸속에 뜨거운 피가 흐르지 않을 리 없었다.

진영인의 그 한마디는 예리한 비수가 되어 진자겸의 심장을 헤집었고, 이에 진자겸은 결국 넘지 말아야 할 선을 넘고 말았다.

"그것이 이 할아비에게 할 말이란 말이냐? 좋다, 지금 이 시간 이후 나에게는 손자가 없다. 나를 막는다 했느냐? 그래, 막아보아라. 내 원한과 형산을 생각하는 네 마음 중 어느 것이 더 무거운지 내 눈으로 확인하겠다!"

고오오오.

진자겸 주위로 폭풍 같은 경기가 휘몰아치며 돌조각과 흙먼지가 팔방으로 튀어 올랐다.

그런 진자겸을 진영인은 슬픈 눈으로 바라보았다.

살얼음을 내딛는 심정으로 그들 조손의 대화를 지켜보던 풍검 역시 짙은 우려가 담긴 얼굴로 진영인과 진자겸을 번갈아 바라보았다. 비록 진자겸이 사문의 원수라 하나 진영인이 천리에 어긋나는 짓은 그 역시 바라는 바가 아니었던 것이다.

진영인은 눈을 감았다. 그리고 깊게 숨을 들이마셨다.

폐부를 가득 채우는 차가운 공기에 한결 마음이 가라앉는 것을 느낀 진영인은 천천히 눈을 떠 진자겸을 응시했다.

"그전에 조부님께서 아셔야 할 것이 있습니다."

진영인은 진자겸과 멀지 않은 곳에 서 있는 유철악을 노려보았다.

"조부님의 행동으로 인해 이득을 보는 사람은 따로 있다는 것입니다."

진영인은 차분하게 자신이 아는 바를 설명하기 시작했다.

"화산에서 죽은 사황곡주는 가짜였습니다. 진짜 등사격은 신풍마유라는 이름으로 자신을 감춘 저자입니다."

"내가 그것도 모르고 있으리라 생각했느냐?"

한기마저 느껴지는 진자겸의 음성에 진영인은 쓴웃음을 머금고 설명을 이어갔다.

"명도 진인에게 모든 것을 들었습니다. 저자는 조부님의 복수심을 이용하여 다른 흉계를 꾸미고 있습니다."

"그게 무슨 말이냐?"

"단순히 제 발을 묶어두려 하셨던 조부님의 생각과 달리 당가는 저를 죽이려 했습니다. 누군가가 중간에서 고의로 그들에게 보낸 조부님의 서신을 바꿔치기 했기 때문입니다. 뿐만 아니라 저는 당가를 벗어난 직후 명도 진인과 그가 대동한 스무 명의 흑의인으로 인해 죽음의 문턱에 한 발을 딛기까지 했습니다."

"……!"

진자겸이 크게 놀라 유철악을 바라봤다.

이에 유철악은 모호한 표정을 지으며 한숨을 흘렸다.

"허허, 자네 손자는 무공뿐만 아니라 심기도 뛰어나구먼. 자네 같은 이마저 저 아이의 혀에 놀아날 정도라니……."

태연한 유철악의 대꾸에도 진자겸의 얼굴에 떠오른 의심은 사라지지 않았다.

"백명귀와 함께 떠난 명도로부터는 어째서 연락이 없는 것인가? 그리고 나는 아직 그가 무엇 때문에 백명귀를 움직이는지 그 이유를 듣지 못했네."

"구대문파를 흔들기 위해 동분서주했던 사람일세. 내가 그의 행적을 알 리 없지 않은가?"

진자겸과 등사격 사이에 어색한 침묵이 내려앉았다.

그때였다.

“죽엇!”

갑자기 수풀 속에서 한 사람이 튀어나오며 진자겸을 향해 일장을 내갈겼다.

쾌애애액!

바위도 으스러뜨릴 것 같은 한줄기 파괴적인 경력이 진자겸의 가슴을 향해 날아들었다.

진자겸의 눈에 섬뜩한 안광이 번뜩인 것도 동시였다.

쾌앙!

진자겸은 자신을 향해 쇄도하는 장력을 향해 마주 양손을 휘둘렀고, 묵직한 충격음과 함께 처음 장력을 날렸던 인영의 입에서 자욱한 피보라가 뿜어졌다.

“조 형!”

진영인은 진자겸을 공격한 이가 조옥린임을 알아보았다.

진자겸으로 인해 멸문한 산서조가의 후예. 그 원한을 잊지 않은 조옥린이 오랜 시간 이곳 형산에 몸을 숨기고 있었던 것이다.

쿵.

십 장을 날아간 조옥린은 커다란 바위에 부딪쳐 혼절하고 말았다. 삼첩인에 당한 그의 오른팔은 형체를 알아볼 수 없을 만큼 으깨져 있어 그 참담함은 이루 말로 설명할 수 없을 정도였다.

양인장의 위력은 진영인도 이미 견식해 알고 있었다. 하지만 진자겸의 삼첩인의 위력에는 비할 바가 못 되었다.

양인장은 파괴력만큼이나 시전자에게 위협을 가하는 양날의 창. 상대에게 주는 충격을 시전자 역시 고스란히 감내해야만 하며, 성취가 높아지면 높아질수록 그 반탄력 역시 늘어나는 위험한 무공이었다.

그 부작용을 줄이기 위해 조옥린은 이화접목을 이용한 수법으로 충격을 흘려내는 방법을 선택했으나 진자겸은 오히려 반탄력이 되돌아오기 전에 연거푸 양인장을 시전함으로써 본래의 반탄력마저 파괴력으로 바꾸는 삼첩인을 완성시켰던 것이다.

조옥린이 양인장으로 진자겸을 해칠 수 없는 이유도 그 때문이었다. 삼첩인을 완성하기 위해 산서조가에 양인장을 흘린 이도 진자겸이었고, 그들이 무수히 반복한 양인장의 실험 결과를 토대로 삼첩인을 완성한 것도 진자겸이었기 때문이다.

바위 한 켠에 처박힌 채 정신을 잃은 조옥린을 향해 진자겸이 손을 들어올렸다. 그리고 불쾌한 표정으로 입을 열었다.

"스스로 죽음을 재촉하다니……."

그러나 진자겸은 그 말을 끝맺지 못했다. 조옥린을 향해 삼첩인을 뿌리려는 순간 더없이 음험한 경력이 소리없이 진자겸의 지척에 이르러 있었기 때문이다.

"……!"

진자겸은 급히 손을 거둬 조옥린을 향해 뿌리려던 삼첩인의 방향을 틀었다.

팍.

의외로 소음은 크지 않았다. 하지만 진자겸의 의복은 이미 먼지로 화해 있었고, 새하얗던 그의 수염은 그가 토한 핏물로 붉게 물들어 있었다.

"이노옴…… 등사격!"

노호성을 터뜨리는 진자겸을 향해 등사격은 이렇다 할 말도 하지 않고 재차 양손을 휘둘렀다.

그그그그.

땅을 긁어내는 듯한 음향과 함께 거대한 흑색 벽이 진자겸의 전면을 뒤덮었다.

이를 악문 진자겸은 연달아 삼인장을 날렸다.

꽈앙! 꽈앙! 꽈앙!

진자겸의 장력은 등사격의 천강마벽을 사정없이 두들겼고, 지축은 뒤흔드는 세 번의 폭음이 터져 나오고 나서야 진자겸은 간신히 숨을 돌릴 수 있었다.

순간 등사격의 입매에 비릿한 웃음이 걸쳐졌다.

"헛!"

아니나 다를까, 진자겸이 헛바람을 들이키며 황급히 양팔을 교차해 가슴을 방비했다.

퍼엉!

가죽 북을 두드리는 듯한 둔중한 음향과 함께 진자겸의 신형이 허공으로 떠올랐다.

"우웩!"

한 바가지가 넘는 피를 토해낸 진자겸의 얼굴이 밀랍처럼 창백해졌다. 천강마벽 뒤에 도사리고 있던 암경을 눈치채지 못한 것이 화근이었다. 형태도, 흔적도 없는 지독한 암경은 그대로 진자겸의 내부를 뒤흔들었던 것이다.

이처럼 등사격이 암습을 가해오리라 예상치 못했던 진자겸으로서는 통한스러운 일이 아닐 수 없었다. 순간적인 동요와 갑작스런 조옥린의 출현에 잠시나마 등사격으로부터 눈을 뗀 것 역시 돌이킬 수 없는 실수였다.

"역시 대단하군. 지금껏 천강마벽에 이은 암혼수(暗混手)의 이연격(二聯擊)에 당하고 목숨을 건진 이가 전무한데 말이야."

노기를 자극하는 등사격의 조소에 진자겸은 그의 얼굴에 침이라도 뱉고 싶은 심정이었다. 하지만 치명상에 가까운 내상을 입은 그가 할 수 있는 일은 아무것도 없었다.

"왁!"

가슴을 움켜쥔 채 진자겸은 또다시 왈칵 피를 토하고 말았다.

그런 진자겸을 바라보며 등사격이 혀를 찼다.

"쯧쯧, 무리하지 말게. 북망산 가는 길이 더욱 힘들어질 뿐이야. 어쨌든 지금까지 고마웠네. 자네 도움이 무척 컸어."

말을 끝내기 무섭게 등사격은 무거운 물체를 밀어 내듯 양손을 앞으로 뻗었다.

콰콰콰콱!

순식간에 눈앞으로 들이닥치는 거대한 흑색 강벽! 흐릿한 강벽 너머 비웃음을 머금고 있는 등사격의 모습에 진자겸은 미칠 듯한 분노를 느꼈다. 하나 지금의 자신은 너무나 무력하고 한심하기만 했다.

'이렇게 죽는 것인가……'

죽음의 그림자가 목전에 이르자 비로소 진자겸은 지금껏 피로 점철된 길을 걸어온 자신을 되돌아볼 수 있었다.

허탈함이 가슴을 메웠다.

정작 복수에 눈이 멀어 가장 소중한 것을 못 보고 있었던 것이다.

'따듯한 말 한마디라도 건넸다면 이처럼 후회하진 않았을 텐데……'

주름 가득한 진자겸의 눈가에 언뜻 물기가 내비쳤다. 혈육의 정을 느끼지 못하고 살아온 진영인에 대한 미안함 때문이었다.

주름이 깊다 해서 어찌 눈물까지 말랐을까. 그 또한 뜨거운 피가 흐르는 사람이었다. 다만 그를 삼켜 버린 증오와 분노가 둘도 없는 냉혈한으로 바꿔놓았을 뿐이었다.

복수를 위해 혈육마저 외면했던 지난 세월이 이 순간 후회가 되어 그를 괴롭히고 있었다. 또한 지킬 것이 없는 싸움이 얼마나 외롭고 공허한 것인지도 뼈저리게 통감하고 있었다.

'그래, 이것으로 되었다. 무슨 낯으로 유하를 보겠는가. 내가 없어지는 것이 저 아이를 위한 일일 터.'

죽음 앞에 이르러서야 진자겸은 비로소 마음속의 암운이 걷히는 것을 느꼈다.

그때였다.

키이이익!

고막을 긁은 거친 소음과 함께 온몸을 찍어 누르던 압력이 온데간데없이 사라진 것을 느낀 진자겸이 눈을 떠 전면을 바라봤다. 그리고 자신을 막아선 한 사람의 뒷모습을 발견할 수 있었다.

"유하야!"

자신도 모르게 진영인을 부른 진자겸은 또다시 피기침을 토했다. 마음이 격동하자 내상이 더욱 악화된 것이다.

진영인은 고개를 돌려 진자겸을 바라봤다. 그리고 억지로라도 웃으려 했다. 하지만 그 미소는 너무나 어색해 차라리 우는 것보다 못했다.

손을 뻗어 진자겸의 손목을 붙든 진영인은 그의 맥문혈을 통해 진기를 흘려 넣었다. 기맥을 타고 움직이는 진기를 따라 진자겸의 응어리진 마음 또한 천천히 풀어지고 있었다. 가슴 깊이 스미는 부드러운 온기. 처음으로 가까이서 느끼는 혈육의 온기에 얼음장 같던 진자겸의 눈빛 또한 온화하게 바뀌어갔다.

그렇게 두 사람은 말없이 서로의 눈을 바라봤다. 하지만 그 시간은 그리 길지 않았다.

"보기 좋은 광경일세. 그렇게라도 해야 미련이 남지 않을 게야. 암, 그렇고말고. 머잖아 자네 조부는 차디찬 땅속에 누워야 할 테니 지금이라도 석별의 정을 나누는 것이 좋을 거야."

등 뒤에서 들려온 등사격의 조소에 진영인은 말없이 신형을 일으켰다.

"당신만은 결코 용서할 수 없소."

"허허, 무섭구먼. 하나 세상은 그리 호락호락하지 않다네."

진영인은 더 이상 아무런 대꾸도 하지 않았다. 바닥에 진자겸을 조심스럽게 눕힌 진영인은 등사격을 향해 한 걸음씩 다가서기 시작했다.

지이이잉.

진영인의 손끝을 타고 아지랑이처럼 흘러내리던 서기가 점차 검의 형태로 뭉쳐졌다.

이에 진자겸은 하늘을 떠받치듯 양손을 높이 들어올렸다.

드드드드!

등사격이 극성으로 철묵강기를 끌어올리자 주위가 일순 진공이 된 듯 작은 돌조각들이 허공으로 떠올랐다.

"받아봐라!"

짧은 말을 내뱉은 등사격이 진영인은 향해 웅혼한 내력이 담긴 일장을 내갈렸다.

콰르르!

소용돌이처럼 빠르게 회전하는 와선강기(渦旋罡氣)가 거칠게 바닥을 긁으며 진영인을 향해 달려들었다.

순간 진영인은 주위의 경물이 일그러져 보이는 것을 깨달았다. 와선 강기에 의해 대기가 비틀리며 급격히 공기가 빠져나가며 빚어진 현상 이었다.

그만큼 등사격의 장공은 가공할 위력을 담고 있었다. 그러나 진영인 은 일말의 망설임도 없이 강기의 회오리 속으로 뛰어들었다.

번쩍!

몇 줄기 섬광이 가공할 강기의 소용돌이 속에서 폭사되었다.

짜자자작!

동시에 귀청이 찢어질 것만 같은 소음이 터져 나오며 갈가리 찢긴 와선강기가 주변을 삼장에 달하는 공간을 집어삼켰다.

꽈과과과광!

수십 개의 벽력탄이 동시에 터진 것처럼 사방에서 돌조각과 흙먼지 가 솟구쳤다.

츄릿!

그리고 채 가라앉지 않은 흙먼지를 뚫고 한줄기 섬광이 등사격의 목 을 향해 날아들었다.

"······!"

경악으로 두 눈을 부릅뜬 등사격은 경호성을 터뜨릴 여우도 없이 황 급히 뒤로 물러섰다.

간발의 차이로 검을 피한 등사격은 놀란 가슴을 쓸어내렸다. 하지만 흙먼지 사이로 모습을 드러내는 진영인을 발견한 그의 얼굴은 이내 붉 게 달아올랐다.

진영인이 와선강기를 뚫고 자신을 공격한 것도 의외였지만 진영인의 공격에 한순간이나마 가슴이 철렁했던 자신의 모습에 수치심을 느꼈던 것이다.

"이노옴……!"

노호성을 터뜨린 등사격은 곧장 진영인을 향해 신형을 날렸다.

산발한 머리카락을 휘날리는 등사격의 신형이 지금까지와는 비교할 수 없을 만큼 빠르게 움직이기 시작했다.

일단 움직이자 그의 신형은 제대로 보이지도 않았고, 허공에는 온통 희끗한 그림자만이 가득할 뿐이었다.

그에 따라 진영인의 주위에는 미친 파도와 같은 경기가 휘몰아치고 돌가루가 솟구쳤다. 너무나 가공할 장력의 위력을 바위들이 견디지 못한 것이다.

하지만 진영인은 침착하게 뇌운검결의 절초들을 연달아 펼쳐 등사격과 정면으로 격돌했다.

카카카칵!

사방으로 날리는 바위의 파편들과 흙먼지 사이로 장력과 검광이 연이어 충돌했고, 그 충격의 여파는 날카로운 칼날이 되어 주위의 모든 것을 삼켜갔다.

'인간의 싸움이 아니야……'

경천동지할 이들의 대결을 멀리서 지켜보며 형산 문하들은 경악을 금치 못하고 있었다. 하지만 그들이 볼 수 없는 먼지구름 속에서 격돌하고 있는 진영인과 등사격의 접전은 훨씬 더 치열했다.

두 사람은 순식간에 이백여 초를 주고받았으나 누구도 결정적인 우세를 점하지 못하고 있었다. 하지만 시간이 지날수록 진영인의 검은 정교해지고 있었고 등사격의 놀라움은 커져 갔다.

'어떻게 한순간에 이처럼 강해질 수 있단 말인가?'

예상을 훨씬 뛰어넘은 진영인의 무위에 당황하고 있는 등사격과 달리 진영인은 심중의 급격한 변화를 겪고 있었다.

검극이 가리킨 끝에 등사격이 보였다. 처음엔 멀게만 느껴지던 그와의 거리가 시간이 지날수록 점차 가까워지는 것 같더니 어느 순간 자신의 검격 안에 들어서 있는 그를 발견할 수 있었다.

순간 진영인의 손에 들려 있던 검이 형체도 없이 사라졌다.

적수공권이 되어버린 진영인의 모습에 등사격은 비로소 기회가 왔다 여기며 더욱 기세를 높여 공격을 퍼부었다. 하지만 맑은 찻물처럼 깊게 가라앉은 진영인의 눈과 시선을 마주한 순간 찬물을 뒤집어쓴 듯 오한이 엄습하는 것을 느꼈다.

절정에 이른 무인의 직감이 끊임없이 위험을 경고하고 있었다. 하나 등사격으로서는 간신히 잡은 승기를 놓칠 수 없었다.

수십 가닥의 강기가 우박처럼 유성우가 되어 진영인을 향해 쏟아졌다.

진영인 또한 검을 휘두르듯 손을 움직였다.

검을 움직이고자 한 것이 아니었다.

단지 마음을 움직이고자 했을 뿐이었다. 극히 미미한 심경의 차이. 그러나 그 결과는 놀라웠다.

카라라락!

거친 소음과 함께 진영인을 에워싸고 있던 등사격의 강기가 알 수 없는 예리한 기운에 닿기 무섭게 가닥가닥 끊어지며 안개처럼 흩어지기 시작했다.

강기가 와해된 충격은 고스란히 등사격에게 들이닥쳤다.

쿵쿵쿵쿵!

진기가 역류하는 것을 느끼며 연달아 네 걸음이나 물러선 등사격의 얼굴에 믿을 수 없다는 표정이 역력했다.

"시…… 심검(心劍)?!"

짧은 말을 끝으로 등사격은 바닥에 주저앉아 시커먼 피를 토하기 시작했다.

수중무검(手中無劍), 심중유검(心中有劍). 손 안에 검이 없으나 이미 마음 안엔 검이 있으니, 의지가 곧 검이 되는 궁극의 경지.

명도 진인과의 싸움에서 진영인이 얻은 깨달음이었다. 생사를 넘나드는 상황에서 진영인은 마지막 대공(大功)을 완성한 것이다.

등사격의 뇌리에 처음으로 두려움이란 감정이 자리잡았다. 여전히 굳건한 자세로 처음과 같이 오연(傲然)한 눈빛을 뿌리고 있는 진영인의 존재가 무게를 가늠할 수 없는 바위가 되어 가슴을 짓누르고 있었다.

그 눈빛 속에 담긴 가공할 위협.

소매를 들어 턱을 타고 흘러내리는 핏물을 훔쳐 낸 등사격이 자신의 눈을 가리고 있던 면포를 풀었다. 그러자 유리처럼 투명한 눈동자가 드러나며 그 안에서 자욱한 살기가 뭉클거리며 쏟아졌다.

마기를 구속하는 최후의 봉인을 제거한 등사격은 온몸의 내력을 한계까지 끌어올렸다. 그러자 그의 양손에 머물러 있던 묵빛 서기가 점차 희미해지기 시작했다.

조금 전만 해도 먹물에 젖은 듯 시꺼멓던 손의 색깔도 조금씩 원래대로 되돌아오고 있었다. 하나 그것은 그의 공력이 약해진 것이 아니라 오히려 철묵강기가 극(極)에 이르렀기 때문이었다.

그것뿐만이 아니었다.

등사격의 전신에서 머리카락처럼 얇은 흑색 강기가 실타래처럼 흘러내리기 시작했다.

푸스스.

살아 있는 듯 꿈틀거리는 흑색 강기에 닿은 흙바닥이 먼지로 화했다. 그리고 이는 곧 등사격의 손끝과 발끝을 시작으로 그의 전신을 휘감기 시작했다.

강기 덩어리 속에서 눈만을 드러낸 등사격의 모습은 마치 견고한 갑주 속의 무장을 보는 듯했다.

"나에게 철묵갑(鐵墨鉀)까지 쓰게 할 줄이야."

철묵갑 속에서 울려 퍼지는 등사격의 음성은 마치 유부의 호곡성처럼 음침하고 소름 끼쳤다.

하지만 진영인은 고요한 눈으로 그를 응시하며 입을 열었다.

"포기하시오. 당신은 나를 이길 수 없소."

"흐흐흐, 자만하지 마라, 애송이."

사이한 웃음을 흘린 등사격이 진영인을 향해 신형을 날렸다.

진영인은 손을 뻗어 등사격을 가리켰다. 그러자 진영인의 주위의 대기가 급격히 요동치나 싶더니 보이지 않는 진공의 칼날이 생성되어 빛살처럼 허공을 찢었다.

까앙!

철묵갑의 가슴 어림에서 새파란 불꽃이 튀어 올랐다. 그러나 등사격은 달려오던 속도가 주춤했을 뿐 특별한 부상은 입지 않은 것 같았다.

서로의 거리가 일 장 정도 남았을 때였다. 등사격의 전신을 둘러싸고 있던 철묵갑이 변화를 일으켰다.

촤라라락!

일순 철묵갑의 칙칙한 묵빛이 옅어지나 싶더니 수천, 수만 가닥으로 갈라진 미세한 강기들이 진영인의 주변 오 장 안의 공간을 뒤덮어 버린 것이다. 하지만 무슨 생각인지 실낱같은 강기들은 진영인을 둘러싼 채 너울거릴 뿐 직접적인 공격을 가해오지 않았다.

치익.

그중 한 가닥의 강기가 진영인의 뺨을 스치듯 훑고 지나갔다.

주륵.

길게 찢어진 뺨을 타고 흘러내리는 핏물을 훔치며 진영인이 등사격을 바라봤다.

"아직 할 말이 남았소?"

진영인의 질문에 등사격이 웃음을 터뜨렸다.

"흐흐흐, 마지막으로 묻겠다. 그 대답 여하에 따라 네 목숨과 이곳에 있는 모든 이들의 목숨을 결정지어질 테니 신중히 말하는 것이 좋을 것이다."

등사격이 말을 이었다.

"네 조부와 형산 문하를 살려주겠다. 어차피 형산과 나는 원한이 없으니 굳이 그들을 해칠 이유도 없지. 그리고 네 조부도 나에겐 위협이 되지 않으니 살려주겠다."

"좋은 거래로군요."

"단, 조건이 있다. 이 시간 이후 너는 나의 수족이 되어야 한다. 너로 인해 나는 상당한 기반을 잃었고, 그로 인해 처음 세웠던 계획 또한 크나큰 차질을 빚게 되었다. 내가 잃어버린 것들을 대신해 네가 빈자리를 메워줘야겠다."

"그 기간은 얼마나 되오?"

진영인의 대답에 등사격은 기분이 좋아진 듯 들뜬 음성으로 대답했다.

"삼 년? 아니, 네 능력은 이미 공야 늙은이와 필적하고 있으니 일 년이면 충분하다."

진영인의 눈에 이채가 떠올랐다. 등사격의 말대로라면 공야휘 역시 심검의 경지에 올라 있다는 뜻이었기 때문이다. 과거 공야휘와 한번 겨뤄본 적이 있는 진영인은 그가 이기어검 이상의 무공을 사용한 것을 본 적이 없었다. 그래서 자신도 모르게 그가 이기어검의 경지에 이르렀다 속단하고 있었던 것이다.

"공야휘 그가 그토록 대단한 인물이란 말이오?"

진영인의 반문에 등사격이 자조 섞인 웃음을 흘렸다.

"그렇지 않다면 내가 무엇 때문에 지금까지 숨을 죽이고 있었겠느냐?"

진영인이 다시금 질문을 던졌다.

"만약 내가 당신을 따르겠다 하고 지금의 위기를 넘긴 다음 훗날 당신을 암습하면 어떡하려고 하는 것이오?"

"물론 그에 대한 대비책은 세워뒀지."

휙.

말을 마친 등사격은 진영인을 향해 무언가를 던졌다.

진영인이 이를 낚아채자 등사격이 입을 열었다.

"제령단(制靈丹)이라는 물건이다. 그것을 복용해라."

"이건?"

"정기적으로 해약을 복용하지 않으면 폐인이 되는 약이다."

진영인은 자신의 손바닥에 놓인 엄지손톱 크기의 밀랍으로 싸인 환단을 바라봤다.

잠시 후 고개를 들어 등사격을 바라본 진영인이 빙그레 미소를 머금었다. 하지만 등사격은 웃을 수 없었다.

푸스스.

진영인이 손가락을 비비자 그 사이에 있던 제령단이 먼지가 되어 부서졌기 때문이다.

"거절하겠소. 생각해 보니 너무 밑지는 거래로구려."

"이놈이……."

진영인에게 농락당한 등사격은 잠시 동안 말이 없었다.

이윽고 등사격이 입을 열었다.

"진작에 싹을 잘랐어야 했는데…… 네놈의 존재를 간과한 것이 가장 큰 실수였다. 하지만 그것도 여기까지다."

진영인도 뒤질세라 웃으며 입을 열었다.

"당신이 간과한 것은 그것뿐이 아니오."

열어진 철묵갑 너머로 의아한 표정을 짓고 있는 등사격을 향해 진영인이 말을 이어갔다.

"당신은 이미 나의 검격 안에 들어와 있다는 것."

"……!"

쫘라라락!

등사격이 눈을 부릅뜨자 진영인 주위를 너울거리던 수만 가닥의 강기들이 일제히 진영인을 향해 쇄도하기 시작했다.

하지만 그 상황에서도 진영인은 침착하게 입을 열었다.

"그리고 나를 공격하려 했던 순간부터 당신은 나의 검을 막을 수단을 잃었다는 것이오.”

그 말과 동시에 진영인이 손을 들어 등사격을 가리켰다. 그러자 진영인 주위의 기류가 급변하더니 대기가 거칠게 요동쳤다.

펙!

둔탁한 소리와 함께 등사격의 어깨에서 핏물이 솟구쳤다.

“크아악!”

등사격의 입에서 처절한 비명이 터져 나왔다.

등사격은 재빨리 강기를 거두어들였고, 다시금 칙칙한 묵빛 속에 모습을 감추었다.

“으으으……!”

등사격은 믿을 수 없는 눈으로 바닥에 떨어진 자신의 팔을 바라봤다. 대비를 하고 있었음에도 불구하고 일격을 허용한 것이다. 하지만 코앞에서 검이 생성되었기에 그로선 알고 있다 해도 막을 수가 없었다.

“어떻게…….”

“그것이 심검이오.”

불신의 눈빛으로 자신을 바라보는 등사격을 향해 진영인이 걸음을 옮겼다. 진영인이 한 걸음을 옮겼을 뿐인데도 등사격은 황급히 열 걸음이나 물러섰다.

그런 등사격을 향해 진영인이 입을 열었다.

“당신의 주위를 잘 보시오.”

당황하여 주위를 두리번거리던 등사격의 눈에 경악에 가까운 두려움이 떠올랐다.

치리릭.

미세한 소음을 일으키며 철묵갑 주위를 휘도는 예리한 기운. 그것은 철묵갑을 긁어대며 약한 곳을 찾아 쉴새 없이 빠른 속도로 움직이고 있었다.

등사격은 침음성을 흘렸다. 공격을 펼치는 순간 보이지 않는 칼날이 약해진 철묵갑을 파고들 것이 틀림없었기 때문이다.

"포기하시오."

진영인의 말에 등사격은 독기 오른 뱀처럼 진영인을 노려봤다.

"이것을 당장 치워라. 그렇지 않으면 저들은 전부 황천행을 면치 못할 것이다."

"후……."

진영인이 나직이 한숨을 흘렸다. 등사격이 도저히 구제할 수 없는 위인임을 새삼 깨달았기 때문이다.

그런 진영인의 모습에 등사격이 대노하여 소리쳤다.

"이대로라도 나는 충분히 음공을 펼칠 수 있다! 비록 너는 무사할지 모르나 저들은 이를 견뎌낼 리 만무할 터!"

"해보시오."

"……!"

너무나 당당한 진영인의 태도에 등사격은 일순 할 말을 잃었다. 하지만 이내 등사격은 으르렁거리듯 낮게 외쳤다.

"좋다, 평생 후회 속에서 살아보거라!"

말을 마치기 무섭게 등사격은 품속에서 붉은 용이 새겨진 옥소를 꺼내 입으로 가져갔다.

삐이이익!

귓청을 파고드는 날카로운 소성. 등사격의 절기 중 하나인 절명음이 시전되자 반경 오십 장에 이르는 사물이 가루가 되어 흩날리기 시작했다.

그렇게 얼마나 시간이 흘렀을까.

적룡소를 입에서 떼어낸 등사격은 가눌 수 없는 마음의 충격에 신형을 휘청였다.

진영인을 비롯한 형산 문하 전부가 무사했던 것이다. 심지어 심한 부상을 입고 있는 진자겸마저 의아한 눈빛으로 자신을 바라보고 있었다.

"믿을 수 없다…… 믿을 수 없어……."

등사격은 마구 고개를 흔들었다. 하지만 화인처럼 새겨진 패배감은 지워낼 수 없었다.

그때였다.

등사격은 진영인이 자신을 향해 입술을 달싹이는 것을 볼 수 있었다. 하지만 무슨 말을 하는지 알 수가 없었다. 아무런 소리도 들리지 않았기 때문이다.

쿠르릉!

그 수간 우레와 같은 충격음과 함께 거대한 폭풍이 장내를 휩쓸었다.

"……!"

등사격은 벌어진 입을 다물지 못했다. 폭풍이 사라지자 웅성이는 형산 문하들의 음성이 들려오기 시작했고, 비로소 자신의 음공이 위력을 발휘하지 못한 이유를 깨달았기 때문이다.

등사격은 진영인의 머리 위, 십 장쯤 높이의 허공을 응시했다. 아니나 다를까, 그 부분만 유독 공간이 비틀려 보였다. 진영인은 심검을 서로 부딪쳐 등사격과 그들 사이에 진공의 벽을 만들어낸 것이다.

파괴적인 음파로 상대를 격살시키는 것이 음공의 원리. 하나 그것도 소리인 이상 공기라는 매개체가 존재하지 않으면 무용지물이 되어버리는 것이다.

"으아아아아! 으윽!"

비명과도 같은 고함을 지르던 등사격이 짤막한 신음과 함께 돌연 피를 토했다. 그리곤 신형을 돌려 뒤도 돌아보지 않고 무서운 속도로 날아가기 시작했다. 하나 진영인은 그를 쫓지 않았다. 그를 제거하는 것보다 진자겸의 상태가 더욱 위급했기 때문이다.

이윽고 등사격의 모습은 이내 중인들의 시야에서 사라졌다.

그제야 진영인은 진자겸에게 다가섰다.

"할아버지……."

"유… 하……."

힘겹게 숨을 몰아쉬며 간신히 진영인의 이름을 부른 진자겸은 부들부들 떨리는 손을 들어올렸다. 그 손을 움켜쥔 진영인은 처연한 표정으로 진자겸을 바라봤다.

"미안하다. 내가 어리석었어. 이 늙은이의 그릇된 집착이 네게 몹쓸 짓을 하고 말았구나. 그렇게 너를 보내는 것이 아니었어. 인적 드문 곳에서 서로를 위로 삼아 오손도손 살아가면 그만인 것을……."

진영인이 웃으며 대답했다.

"지금도 늦지 않았습니다. 사문에 용서를 구하고, 그들이 허락한다면 기꺼이 조부님을 모시겠습니다."

"무슨 염치가 있어 그들에게 용서를 빌며, 무슨 면목으로 너를 보겠느냐. 내가 지은 죄는 내가 거두어가겠다."

진영인이 고개를 저었다.

"원한은 반드시 원한으로만 갚는 것이 아닙니다. 다른 것으로 은원을 상쇄하면 되지 않겠습니까?"

"……?"

의아한 얼굴로 자신을 주시하는 진자겸을 바라보며 진영인이 부드러운 미소를 지어 보였다.

"조부님은 고절한 의술을 지니고 계십시다. 저 또한 죽음의 문턱에서 살아남을 수 있었던 건 조부님의 천향옥로현단이 있었기 때문입니다."

진영인은 삐쩍 마른 진자겸의 손을 더욱 세게 움켜쥐었다.

"오래오래 사십시오. 조부님께서 지은 죄가 큰 만큼 더욱 많은 사람들에게 오랫동안 의술을 베풀며 속죄하십시오."

한참 동안 진영인을 바라보던 진자겸이 눈을 감았다. 주름 가득한 그의 눈매에 뿌옇게 맺혀 있던 습막이 결국 한줄기 눈물이 되어 그의 뺨을 타고 흘러내렸다.

진영인은 손등에 와 닿는 눈물이 유독 뜨겁다는 것을 알고 있었다.

그들 조손의 모습을 지켜보던 형산 문하는 어느 누구 하나 입을 여는 이가 없었다.

풍검 또한 마찬가지였다.

"휴……."

풍검은 복잡한 심경을 담아 나직이 한숨을 흘렸다.

고개를 돌려 자개봉 쪽을 바라본 풍검은 짙은 안개를 헤치며 쏟아지는 햇살과 구름 너머 기다랗게 드리운 무지개를 눈에 담았다.

끊어질 것처럼 팽팽했던 긴장이 풀리며 안도감이 찾아왔다. 그러나 길고도 지독했던 오늘의 혈사는 오랜 세월이 지나도 잊을 수 없으리란 것을 그 또한 알고 있었다.

第四十二章
사필귀정(事必歸正)

"**헉**헉……."

거대한 철벽 앞에 이른 등사격이 거친 숨을 몰아쉬었다.

물 한 모금 마시지 않고 닷새를 달려 이곳에 이르렀다.

하늘이 도왔던 것일까? 다행이 평소라면 삼엄한 경계가 펼쳐져 있어야 할 이곳엔 수문장 두 명만이 자리를 지키고 있었다. 그리고 그들은 더 이상 자신을 방해할 수 없었다. 이미 질펀한 핏물 위에 몸을 눕히고 있었기 때문이다.

장포에 손을 문질러 피를 닦아낸 등사격은 십 장 높이의 철벽을 바라봤다.

"흐흐흐…… 결코 이대로는 끝나지 않을 것이다."

등사격은 철벽 오른쪽에 위치한 기관을 작동시켰다.

그그그극.

낮은 울림과 함께 기관이 작동되었고, 잠시 후 육중한 철벽이 천천히 갈라지기 시작했다.

이윽고 시커멓게 입을 벌린 거대한 동부가 모습을 드러냈다.

"……!"

등사격의 얼굴이 딱딱하게 굳어졌다.

영뢰옥! 원래대로라면 이지를 상실한 마인들이 우글거리는 이곳은 문을 열기 무섭게 빛을 그리워하던 수십 명의 마인이 우르르 쏟아져 나와야 정상이었다. 하지만 조용해도 너무 조용했다.

등사격은 천천히 동부 안으로 걸음을 옮겼다.

"이게 대체……."

당황한 나머지 등사격은 할 말을 잃고 말았다. 최후의 계획이 수포로 돌아간 것이다.

마인은커녕 동부 안은 텅텅 비어 있었다. 사슬에 의해 피파골이 꿰뚫린 목내이 하나만이 덩그러니 벽에 매달려 있을 뿐이었다.

그가 처음 이곳에 들어섰던 오십 년 전과 달라진 것이 없는 모습이었다. 아니, 달라진 점이 있었다.

주위를 둘러보자 거칠게 쌓은 돌무덤이 눈에 들어왔다. 그 무덤 앞에는 한 자루 검이 꽂혀 있었는데, 이를 보는 순간 등사격은 부르르 몸을 떨었다.

아무런 문양도 없는 투박한 철검. 진현자가 평생을 지녀온 검을 알아보는 것은 그리 어려운 일이 아니었다.

"늦었군."

갑자기 들려온 음성에 등사격이 휙 신형을 돌렸다.

"공야휘……."

침음성을 흘리는 등사격을 향해 공야휘는 자신의 도를 거머쥐며 입을 열었다.

"이미 영뢰옥은 진현자에 의해 열린 지 오래일세. 이 안의 마인들을 풀어 강호가 어지러워진 틈을 타 몸을 숨기려는 자네의 계획은 일찌감치 틀어진 것이지."

"어떻게 알았느냐?"

"처음엔 알 수 없었지. 하지만 하늘이 돕더군. 단리종이 심상치 않은 움직임을 보이기에 나는 그에게 천기수사라는 감시 역을 붙였다. 그런데 진자겸은 천기수사의 뛰어난 머리가 마음에 들었는지 자신의 수하로 삼았고, 이때부터 천기수사는 그대들의 음모를 나에게 알려왔지."

"그렇다면……."

빠드득 이를 갈아붙이는 등사격을 향해 공야휘가 말을 이어갔다.

"자네의 정체를 일찍 파악하지 못한 것이 이처럼 큰 화근이 될 줄이야……. 혈염라(血閻羅) 공손찬(公孫燦)에게 아들이 있었을 줄은 정말이지 예상치 못했네."

혈염라 공손찬. 오랜 세월 사파 무인들 사이에서 회자되던 이름이었다. 마도 삼대 극품기공인 혈라강기의 창시자이며 마도 무학의 전설적인 천재. 하지만 의문의 실종 이후 그의 이름은 서서히 세인들 사이에서 잊혀져 가고 있었다.

등사격이 돌연 웃음을 터뜨렸다.

"크흐흐, 아버님이 네놈에 의해 저곳에 매달릴 때 나는 비록 겉으론 아무렇지 않게 생각했으나 속에서 피눈물을 흘려야만 했다. 이 배신자. 그가 앉아야 할 자리를 꿰어차니 기분이 어떻던가?"

공야휘의 눈에서 섬전 같은 안광이 번쩍였다.

"그는 나에게 있어서도 형제와도 다름없는 사람이었다. 하나 욕심이 너무 과했어. 내가 흑무련이라는 이름 하에 흑도 세력을 규합한 것은 더 이상 흑도인이 무시받지 않길 원해서였다. 하지만 그는 이를 이용해 강호를 재패하려 했지. 그 결과가 어찌 되든 흑도인들은 고통에 시달릴 터. 나는 그것을 두고 볼 수 없었던 것이다."

"닥쳐라!"

쾌애애애액!

등사격이 뿌린 권풍이 대기를 찢었다.

카앙!

공야휘의 도에 부딪친 등사격의 권풍은 궤도를 바꾸어 바위 벽을 으스러뜨렸다.

"……!"

반격의 틈을 주지 않고 공야휘를 향해 신형을 날리던 등사격은 경악에 물든 눈으로 공야휘를 바라봤다. 부친을 이곳에 가둔 배신자의 도가 자신의 이마를 가리키는 것이 보였다.

그것으로 끝이었다. 잠시 눈앞이 환해지나 싶더니 아무것도 볼 수 없게 되었다.

"크아아악!"

처절한 등사격의 비명이 동부를 가득 메웠다.

얼굴을 감싼 등사격의 손을 타고 핏물이 흘러나왔다. 공야휘의 일격에 눈을 잃은 것이다.

"결국 자네 부친과 같은 길을 걷게 되는군."

탄식과 같은 말을 흘린 공야휘는 그대로 영뢰옥의 기관을 작동시

컸다.

그그그극.

"기다려!"

등사격의 외침이 동부 벽에 부딪혀 메아리치나 싶더니.

쿠웅!

육중하게 철문이 닫히자 이마저도 들리지 않았다.

잠시 영뢰옥의 철문을 바라보던 공야휘가 천천히 신형을 돌렸다. 두 번 다시 영뢰옥의 문이 열리는 일은 없으리라. 그리고 등사격은 죽을 때까지 그곳에서 벗어날 수 없을 것이다.

오랜 세월 수많은 음모 위에 군림하던 등사격의 대가치고는 너무나 허무한 최후였다.

*　　　*　　　*

유난히 날씨가 더운 아침이었다. 안개가 채 걷히지 않았음에도 불구하고 연무장의 청석판은 후끈한 열기를 뿜어내고 있었다. 하지만 이른 아침부터 분주히 움직이는 형산 문하들은 각자에게 맡겨진 일을 서두르느라 더위마저 느끼지 못하는 듯했다.

"나 참, 사형도 좀 적당히 하시지. 사형 때문에 내가 정말 못살아."

"내 말이. 어디 사형만 그래? 사저도 만만치 않아. 두 사람이 박살낸 청석판하고 담벼락이 손이 제일 많이 간다고."

툴툴대는 와중에도 안자명과 안지명은 바쁜 손을 쉬지 않았고 시간이 흐를수록 연무장은 점차 제 모습을 찾아갔다.

움푹 파인 연무장을 돌과 흙으로 메우고 새로운 청석판을 까는 작업

은 결코 쉬운 것이 아니었다. 청석판의 높이를 일정하게 유지하는 것
은 상당한 눈썰미와 균형 감각을 요하는 것이기 때문이다.

비록 행동은 가벼워도 두 사람은 제법 뛰어난 눈썰미를 지니고 있었
고, 따라서 이번 일에 적임자로 지목되었다.

"이럴 때 아정이라도 있으면 덜 심심할 텐데……."

안지명이 고개를 끄덕였다.

"하지만 어쩌겠어? 파문당한 아정이 돌아올 리도 없잖아."

"하긴 지금은 우리와 신분부터가 다르지. 흑무련을 지탱하는 삼대
세가 중 한 곳인 단리세가의 어엿한 가주니 말이야."

"하지만 사숙이 아정을 파문한 것은 정말 뜻밖이었어."

"누가 아니래?"

당시의 일을 떠올린 안자명과 안지명은 아직도 황당함을 금할 수 없
었다.

형산에서의 혈사가 있고 나서 열흘이 지나서였다.

천마성에서 왔다는 한 사내가 진영인 앞으로 서신을 보내왔다. 한데
놀랍게도 그 서한은 천마성주 본인이 직접 쓴 것이었다.

거기엔 이번 일에 대한 보상 내역이 정중한 사과와 함께 적혀 있었
다. 그리고 한 가지 부탁도 딸려 있었다.

그 서신을 읽은 진영인은 며칠 동안 고민하더니 어느 날 아정을 불
러 이처럼 말했다.

"아정, 너를 파문시킨다."

곽범태를 비롯한 대부분의 형산 문하는 황당함을 금치 못했다. 특히
나 유독 단리정을 귀여워했던 하운지는 난생처음 진영인에게 따지듯
대들기까지 했다.

단리정 또한 마찬가지였다. 진영인이 자신을 내치려는 이유를 알 수 없어 단리정은 말없이 눈물만 뚝뚝 떨굴 뿐이었다.

진영인은 그런 단리정의 머리를 쓰다듬으며 입을 열었다.

"너를 거둔 것도 나의 변덕, 그리고 너를 내치려는 것 또한 나의 변덕 때문이다. 더 이상 네가 이곳에 있어야 할 이유는 없다. 그러니 내일 당장 짐을 싸거라."

훗날 공야휘가 보낸 서신의 내용이 밝혀지며 진영인이 단리정을 파문한 이유를 알게 된 형산 문하는 그제야 이를 납득할 수 있었다.

우두머리를 잃은 단리세가는 나머지 두 세가에 의해 합쳐질 위험에 처해 있었고, 자칫 흑무련 내부의 균형이 무너져 또 다른 혈사로 이어질 가능성이 존재했던 것이다.

이에 공야휘는 단리정을 단리세가의 가주 자리에 앉히는 것으로 다시금 흑무련의 안정을 꾀하고자 했다. 물론 여기에는 조건이 따랐다. 지금까지 단리정을 외면했던 태도를 달리해 공야휘는 단리정을 자신의 혈육으로 인정했던 것이다.

단리정이 형산을 떠난 지 한참의 시간이 흘렀음에도 유독 정이 많은 안자명과 안지명은 지금도 가끔씩 단리정이 보고 싶어지곤 했다.

잠시 침울하던 분위기를 달리해 안자명이 입을 열었다.

"근데 우리 사형은 어디 간 거야?"

"기둥으로 쓸 나무 베러 간다고 했는데?"

"완전 나무꾼 다 됐네. 어? 그리고 보니 사형은 무인보다는 나무꾼이 더 잘 어울리는 것 같지 않아?"

"확실히 그렇네. 사형 정도면 돈도 상당히 벌 수 있을걸? 매일 밥 먹고 나무만 베는 다른 나무꾼들보다 열 배 몫을 해내잖아."

"이 기회에 사형더러 아예 나무꾼으로 전직을 하라고 권해볼까?"

"직업을 주선해 줬으니 사형의 수입 중 이 할은 우리가 받고."

"그럼 하루에 들어오는 공돈이 얼마야?"

안자명과 안지명은 서로의 얼굴을 바라보며 키득거리기 시작했다.

백명귀들로 인한 화재로 소실된 전각들을 복구하기 위해 곽범태는 매일같이 산에 오르고 있었고, 자신들조차 좀처럼 얼굴을 보기 힘들었다. 그런 아쉬움을 이와 같은 농담으로 달래는 것이 그들의 일과가 되어 있었다.

"아서라. 그 어리숙한 녀석이 나무꾼이 되었다간 하루가 멀다 하고 장사치들에게 휘둘릴 것이다."

"사, 사부님!"

갑작스런 풍검의 음성에 화들짝 놀란 안자명과 안지명은 더욱 바쁜 척 손을 놀리기 시작했다.

'이놈들이?'

풍검은 괘씸한 생각이 들었다. 그래도 요즘엔 제법 부드럽게 대하려 노력하고 있었는데, 제자란 것들이 사부를 저승사자 대하듯 하니 그간의 노력이 수포로 돌아간 것 같았기 때문이다.

이때 월동문을 넘어 하운지가 들어섰다. 그녀를 보자마자 안자명과 안지명의 얼굴이 환해졌다.

"사저!"

"어서 오세요!"

자신은 안중에도 두지 않고 그녀에게 쪼르르 달려가는 그들의 모습에 풍검의 눈썹이 역팔자를 그렸다.

안자명과 안지명이 다가서자 하운지는 들고 있던 쟁반을 재빨리 뒤로 감췄다.

“오늘은 일 얼마나 했어?”

하운지의 질문에 안자명이 허리를 두드리며 다 죽어가는 음성으로 입을 열었다.

“아이고, 사저 말도 마세요. 허리가 다 부러지는 줄 알았어요.”

안지명도 거들고 나섰다.

“내 말이. 거기다 뱃가죽이 등에 달라붙어 하루종일 뱃속에서 천둥이 그치질 않아요.”

그들의 익살스런 행동에 하운지는 실소를 금치 못했다.

“오옷! 개수백채다!”

“충초압설까지! 오늘 대박이네!”

하운지가 내민 쟁반 위에 담긴 음식들을 보며 안자명과 안지명은 벌써부터 침을 삼켰다.

“안 돼. 일단 사부님이 먼저 맛을 보셔야지.”

하운지의 말에 안자명과 안지명은 아쉬운 듯 쩝쩝 입맛을 다셨다.

‘이놈들 봐라?

자신을 향해 아예 노골적으로 재촉하는 눈빛을 던지는 두 제자의 모습에 풍검은 갑자기 장난기가 동했다.

“나는 되었으니 먼저 먹거라. 나를 범태에게나 가보런다.”

“헤헤, 그러시겠어요? 살펴 가십시오, 사부님.”

“멀리 안 나갑니다.”

말이 끝나기 무섭게 안자명과 안지명은 우걱우걱 음식을 먹어치우기 시작했다.

이때 막 걸음을 옮기던 풍검이 쌍둥이 형제를 향해 지나가는 어조로 입을 열었다. 하나 하운지보고 들으라는 소리였다.

"그래도 사저인데 뒤에서 험담은 하지 말거라. 사부인 내가 듣기에
도 조금 그렇더구나."

"푸학!"

열심히 씹던 음식이 폭발이라도 한 것일까. 안자명과 안지명의 입에
서 동시에 음식의 파편이 뿜어졌다.

자명과 안지명은 전신에 소름이 돋는 것을 느꼈다. 냉담하게 돌변한
하운지의 얼굴에 맺혀 있는 싸늘한 미소를 발견했기 때문이다.

"흐음…… 그랬단 말이지?"

"사, 사저 그게 아니라……."

"사저, 오해예요."

하운지는 다짜고자 쟁반을 빼앗아 바닥에 내려놓았다. 그리고 소매
를 천천히 걷어붙이며 안자명과 안지명을 향해 다가섰다.

"아이고, 사부님, 살려주세요."

바짓가랑이를 붙들고 늘어지는 안자명을 향해 풍검이 껄껄 웃음을
터뜨렸다.

"여전히 사이가 좋구나. 이 사부는 마음이 흐뭇하다."

'대체 어디가!'

목까지 치민 말을 간신히 삼키며 안지명도 애원하기 시작했다.

"사부님, 사저 눈빛이 변했다구요. 정말 오늘이 사부님을 뵙는 마지
막 날이 될지도 몰라요."

"그래도 사형제인데 설마 죽이기야 하겠느냐? 어서 놔라. 난 범태에
게 할 말이 있으니……."

안자명과 안지명의 눈이 마주쳤다.

"설마?"

동시에 입을 연 쌍둥이 형제를 향해 풍검이 웃으며 고개를 끄덕였다.

"너희가 꽤 좋은 생각을 해낸 것 같은데 범태에게도 이를 알려줘야 하지 않겠느냐?"

털썩.

"사부님, 아니 되옵니다!"

"저희가 대체 무슨 잘못을 했기에 이러시는 것입니까?"

그러나 풍검은 바닥에 넙죽 엎드린 그들을 거들떠보지도 않고 휙 장내를 떠나 버렸다. 하지만 마지막 순간에 하운지를 향해 눈을 찡긋해 보이는 것을 잊지 않았다.

"없는 곳에서 이 사람 저 사람 다 씹어댔단 말이지?"

"아이고, 사저……!"

하운지가 씨익 미소를 배어 물었다. 더없이 아름다운 미소. 그러나 안자명과 안지명에게 있어서는 저승사자보다 두려운 미소였다.

아니나 다를까,

퍽퍽퍽퍽!

"아이고, 나 죽네!"

비명과 함께 드잡이질이 시작되었다. 근 일각 동안 이어진 구타에 녹초가 되어서야 안자명과 안지명은 간신히 하운지의 매운 손아래에서 벗어날 수 있었다.

그렇게 한참 동안 두 사람을 흠씬나게 두들기던 하운지가 안자명을 향해 질문을 던졌다.

"그런데 사숙은 어디 계셔?"

“글쎄요. 아까 보니 자개봉 쪽으로 향하신 것 같던데.”

안지명도 고개를 끄덕였다.

“그러고 보니 요 근래 얼굴이 어두워 보이셨어요. 무슨 고민이 있으신 것 같기도 하고. 해가 뜨기 무섭게 자개봉에 올라 해가 저물어서야 돌아오니 뭘 물어볼 수도 없고…….”

“확실히 요 며칠간 참 이상하지?”

안자명과 안지명의 대화에 하운지는 금세 얼굴이 어두워졌다.

“휴…….”

한숨을 흘린 하운지는 걸음을 옮겨 연무장을 벗어나기 시작했다.

그런 그녀를 향해 안자명이 소리쳤다.

“사저! 냉차(冷茶) 마셔도 돼요?”

*　　　　*　　　　*

“이처럼 자개봉에 오른 것이 얼마만인지 모르겠구나.”

“사부님!”

갑작스럽게 들려온 송현자의 음성에 진영인은 물고 있던 이파리를 뱉으며 황급히 일어섰다.

그런 진영인을 향해 송현자가 부드러운 웃음을 지어 보였다.

“조부님으로부터는 달리 연락이 없으셨느냐?”

“예, 조만간 천축에 한번 다녀올 생각입니다.”

“그래…….”

화색이 감도는 송현자의 얼굴은 예전과 비교할 수 없을 만큼 건강을 회복하고 있었다. 진자겸의 손을 써 중독을 완벽히 치료한 것이다.

"오늘은 운검 사형과의 대국이 없으신 것 같군요."

진영인의 질문에 송현자는 쓴웃음을 머금었다.

"최근 들어 좀처럼 상대해 주질 않는구나. 오죽 심심했으면 이 험한 자개봉까지 산책을 나왔을까."

진영인은 빙그레 웃으며 고개를 끄덕였다.

신의라 불리기 충분한 진자겸의 의술은 이십 년 동안 병마에 시달리던 운검에게 다시금 검을 들 수 있는 기회를 얻게 해준 것이다. 비록 내공을 잃어 처음부터 다시 수련을 해야 했으나 하루하루 높은 성취를 향해 나아가는 운검의 모습은 형산 문하 모두에게 더없는 기쁨으로 다가왔다.

이때 송현자가 진영인을 향해 입을 열었다.

"고민이 있으면 말해보려무나. 비록 해결책은 내놓지 못하더라도 마음은 한결 가벼워지지 않겠느냐?"

근심 가득한 송현자의 말에 진영인은 무거운 한숨을 터뜨렸다.

이윽고 한참을 망설인 끝에 진영인이 송현자를 바라봤다.

"해도 후회가 남고, 하지 않아도 후회가 남는 일이 있다면 어떻게 하는 것이 좋겠습니까?"

"해도 후회가 남고 하지 않아도 후회가 남는 일이라?"

수염을 쓰다듬으며 되뇌던 송현자가 조용히 웃으며 고개를 끄덕였다.

"하는 게 좋을 것 같구나."

"어째서입니까? 어차피 후회하긴 마찬가지일 텐데."

송현자는 반문하는 진영인의 어깨에 손을 올렸다. 그리고 예의 차분한 어조로 입을 열었다.

"하고 나서 하는 후회는 반성이 되어 앞을 보게 하지만, 하지 않고 나서 하는 후회는 미련이 되어 뒤를 돌아보게 하기 때문이다. 너는 아직 뒤를 돌아보기엔 너무 젊은 나이다.”

송현자의 말에 진영인은 지금까지 가슴속을 막고 있던 답답함이 풀
어지는 것을 느꼈다.

“가거라. 가서 고민을 해결하거라.”

등을 떠미는 송현자의 손길에 진영인은 고개를 끄덕였다. 그리고 곧
장 자개봉을 내려갔다.

멀어지는 진영인의 뒷모습을 바라보며 흐뭇한 표정을 짓기도 잠시,
송현자는 또 다른 걱정에 휩싸였다.

“그 녀석은 어찌 위로해야 좋을까…….”

조사전의 정원 한 켠에 놓인 바위에 기대어 깊은 생각에 잠겨 있던 하
운지는 누군가가 지척에 다가서는 것도 느끼지 못하고 있었다. 그러다 문
득 발밑에 드리워진 그림자를 보고 나서야 화들짝 놀라 고개를 들었다.

“사숙!”

“여기 있었구나.”

진영인은 막상 하운지 앞에 서자 선뜻 입을 열기가 어려웠다. 그리
고 여인 특유의 눈썰미는 이를 놓치지 않았다.

한참을 주저하던 끝에 진영인이 말문을 열었다.

“운지야, 사실…….”

“사숙, 이제 저에 대한 마음을 접어주세요.”

진영인의 말을 자르며 하운지가 먼저 선수를 쳤다.

얼떨떨한 표정으로 서 있는 진영인을 향해 하운지가 쉬지 않고 말을
쏟아내기 시작했다.

“이번 일을 통해 저는 깨달은 것이 있어요. 힘이 있어야 한다는 것.

약자에겐 그 어떤 변명도 위로가 될 수 없다는 것을요. 그래서 저는 오뢰정인을 극성으로 연마하여 그 끝을 보고 싶어요. 그러기 위해서는 순음의 기운을 지켜야 해요. 오뢰정인과 같은 극양의 무공을 대성하려면 그만큼 음기의 기운이 균형을 받쳐 줘야 하기 때문이죠. 오뢰정인을 남기셨던 미령이라는 분은 결혼으로 인해 순음의 기운을 지키지 못했어요. 그래서 결국 오뢰정인을 완성하지 못했고, 평생을 후회하며 지냈죠. 난 그러고 싶지 않아요. 누군가의 여인이 아닌 제 이름 석자를 걸고 당당히 강호에 서고 싶어요."

"운지야……."

"그리고 생각해 보니 사숙을 생각하는 제 마음은 연인들이 지닌 그것과는 상당히 달라요. 아마 제게 오라버니가 있었다면 분명 사숙에게서 느꼈던 것 같은 유사한 감정을 알 수 있었겠죠. 미안해요, 그리고 부탁이니 이젠 저를 잊어주세요."

진영인은 한참 동안 그 자리에 서서 하운지의 눈을 응시했다. 그러나 얼음을 깎아 만든 동상처럼 싸늘하게 얼어붙은 그녀의 표정에선 예전처럼 자신을 바라보던 눈빛을 찾아볼 수 없었다.

"그래."

진영인은 고개를 끄덕였다. 막상 상황이 이리되자 알 수 없는 아쉬움이 밀려왔던 것이다.

"얼마간 여행을 떠나려고 한다. 다시 볼 때까지 건강하렴."

그 말을 끝으로 진영인이 돌아섰다.

정원을 가로질러 진영인의 모습이 사라지자 한참 동안 멍하니 서 있던 하운지의 신형이 쓰러지듯 바닥에 주저앉았다.

"밤마다 하늘을 바라보며 한숨짓는 사숙의 모습은 더 이상 지켜볼 수 없었어요. 당신의 외로움 뒤에 드리워진 그리움을 보았고, 그 그리움의 끝에 누가 있는지를 알기에 저는 사숙을 붙들 수가 없네요. 지금보다 더 좋아지기 전에…… 그 마음을 더 이상 돌이킬 수 없게 되기 전에…… 그래서 사숙을 보내는 거예요.”

진영인이 사라진 방향을 응시하는 그녀의 눈가에는 뿌연 습막이 차오르고 있었다.

*　　　　*　　　　*

“그래, 마음을 굳혔느냐?”

“예.”

“사부님의 허락은 얻었고?”

고개를 끄덕이는 진영인을 향해 운검이 말을 이었다.

“얼마를 예상하고 있느냐?”

“일단 천마성을 들른 후 소뢰음사로 향할까 합니다.”

“그래…….”

운검의 표정에는 차마 지울 수 없는 아쉬움이 묻어나고 있었다.

진영인이 웃으며 입을 열었다.

“아무리 늦어도 원단은 넘기지 않겠습니다.”

“그 두 사람과의 비무 때문이겠지?”

“알고 계셨습니까?”

운검은 대답 대신 걱정스러운 표정으로 진영인을 바라봤다.

이에 진영인은 호기롭게 가슴을 두드렸다.

“염려하지 않으셔도 됩니다. 그들은 이미 영뢰옥 안에서 극마의 경지를 이룬 지 오래입니다."

"그래서 걱정하는 것이다. 더구나 너는 그들과 악연으로 얽혀 있지 않느냐?"

마풍람과 단리혁. 호적수라 할 수 있는 두 사람의 이름을 떠올린 진영인이 웃으며 고개를 저었다.

"그 악연을 끝내기 위한 비무입니다. 그들과의 비무는 서로의 실력을 가늠하기 위한 것일 뿐, 서로 간의 생사를 결정짓는 싸움이 아닙니다. 그리고 그들은 제가 인정한 사내들입니다. 저 역시 그들과의 비무를 기다려 왔습니다."

"음……."

운검도 더 이상 만류할 수 없어 마지못해 고개를 끄덕였다.

"사숙!"

이때 소란스럽게 방문을 열어젖히며 들어서는 두 인영이 있었다. 안자명과 안지명이었다.

시끄러울까 봐 일부러 알리지 않고 떠나려 했던 진영인은 난처한 표정으로 그들을 바라봤다. 하지만 이는 기우에 그쳤다.

안자명은 대뜸 품속에서 한 장의 서신을 꺼내 진영인에게 내밀었던 것이다.

"천마성에서 또 서신이 왔어요! 이번에도 천마성주가 보낸 거예요."

의아한 표정으로 서신을 받아 든 진영인은 서신을 펼쳐 그 안의 내용을 차분히 읽기 시작했다.

형산파 이대제자 진영인 전(前).

자네 조부께서 그 아이를 치료하여 건강은 되찾았으나 하루하루 점차

시들어가는 손녀 아이를 더 이상 지켜볼 수 없네. 죽은 이도 살린다는 자네 조부님이지만 그의 의술로도 유일하게 치료할 수 없는 병이 있으니, 그것은 다름 아닌 상사(相思)라는 열병이라 하셨네.

나는 내 손으로 손녀딸의 장례를 치를 생각이 없으니 불문곡직(不問曲直) 그 아이를 데려가게.

자네에게 선택의 권리는 없네. 당장 그 아이와 혼례를 치르게. 이미 이는 자네 조부님과도 상의가 된 일이니, 만약 이를 거절하면 형산은 흑무련을 비롯한 구대문파 전부를 적으로 돌리게 될 걸세. 자네로 인해 흑무련과 구대문파는 유례없는 전란에 휩싸일 테니 말일세.

서신을 읽고 난 진영인은 마른 웃음이 터져 나오는 것을 간신히 참았다. 서신의 적힌 문장 하나하나에는 도저히 강호를 떨어 울리는 인물이 썼다 믿어지지 않는 해학이 담겨 있었기 때문이다.

"뭐가 그리 재밌어요?"

"별것 아니다."

안자명의 질문에 진영인은 가볍게 고개를 젓더니 서신을 접어 품속에 갈무리했다.

이때 안지명도 품속에서 서신을 꺼내 진영인에게 내밀었다.

"이건?"

진영인의 질문에 안지명이 과장스런 표정을 지으며 입을 열었다.

"속가 표국을 통해 사형에게 전해진 서신이에요. 그런데 이걸 누가 보낸 건지 아세요? 최근 강호를 휩쓰는 절대 검수! 검존(劍尊)이 보낸 거예요!"

"……!"

운검과 진영인의 얼굴에 이채가 떠올랐다.

이름도, 신상 내력도 알려지지 않은 그가 강호에 모습을 드러낸 것은 불과 두 달도 되지 않은 짧은 기간에 불과했다. 하나 그가 연이어 치른 비무의 내용은 강호를 뒤흔들기 충분하고도 남았다. 화산과 무당을 거쳐 강호 곳곳의 내로라하는 절정고수들이 그의 검 아래 십초를 넘기지 못하고 패배했고, 그중엔 당금 십대고수라 불리우는 고수들이 일곱이나 포함되어 있었던 것이다.

서신을 펼쳐 내용을 읽어가던 진영인의 표정이 딱딱하게 굳어졌다.

"무슨 일이냐?"

운검의 질문에 진영인은 대답 대신 서신을 내밀었다.

"……!"

운검의 손에 들린 서신이 파르르 떨리기 시작했다.

'사형……'

정월, 자시. 녹야평(綠埜平).

시간과 장소가 적인 것이 전부였다. 하지만 서신 말미에 적힌 현검(賢劍)이란 두 글자만큼은 유독 아프게 운검의 눈에 새겨졌다.

"어찌하려느냐?"

"그를 만나보려 합니다."

일말의 망설임 없이 대답하는 진영인의 모습에 운검이 무거운 한숨을 흘렸다.

"그가 누구인지 모르는 건 아니겠지?"

진영인은 말없이 고개를 끄덕였다.

　운검은 달리 할 말이 없었다. 자신이 따라나서 봐야 짐이 되리란 것을 알기에, 또한 자신보다 버거운 짐을 짊어진 사제의 은원 또한 알기에 진영인을 만류할 수 없었던 것이다.

“무사히 돌아오거라.”

“사형도 부디 보중하십시오.”

　그 말을 끝으로 진영인이 돌아섰다.

　무거운 분위기에 눈치만 살피던 안자명과 안지명이 조심스레 물어왔다.

“사숙, 어디 가시나요?”

　진영인은 빙그레 웃으며 고개를 끄덕였다.

　이에 안자명과 안지명은 진영인을 향해 환하게 웃으며 포권을 취했다.

“데려가라고 조르지 않을게요.”

“대신 반드시 돌아오셔야 해요.”

“물론, 건강하게.”

“선물도 사양하지 않을게요.”

　진영인은 말없이 그들의 어깨를 한 번씩 두드려 주었다.

　그리곤 신형을 돌려 강호를 향한 걸음을 내디뎠다.

　훗날 수백 년 강호 역사를 통틀어 남악신룡이라는 명호를 남긴 절대검객의 전설. 그 전설의 시작을 위한 첫 걸음이었다.

〈終〉

작가 후기

어기충소를 완결하고 나니 뿌듯함보다는 후회와 부끄러움만이 남습니다. 5권이란 한정된 분량 안에 하고자 했던 모든 이야기를 담아내지 못한 이유가 제 부족한 필력 때문임을 저 스스로 아는 까닭입니다.

하지만 어기충소를 완결함으로서 얻은 것도 적지 않습니다.

어기충소는 네 번째로 출판한 글입니다. 하지만 책으로 완결한 첫 번째 글이기도 합니다.

유독 출판 운이 없는 저는 처녀작부터 시작해 화룡질주와 점창사일까지 제대로 완결을 짓지 못했습니다. 책이 나오던 와중에 출판사가 문을 닫았기 때문이지요. 그래서 전작들의 후속권을 기다리는 독자님들에게는 죄송한 마음을 금할 수 없었습니다. 그리고 이는 늘 마음의 빚이 되어 저를 괴롭혔습니다.

하지만 어기충소를 완결함으로서 긴 악운의 터널을 빠져나올 수 있었습니다.

앞으로 더 나은 글로 이 빚을 갚아가겠습니다.

어쩌다 보니 푸념이 되어버렸습니다만, 제가 하고 싶은 말은 단 한 가지입니다.

부족한 글 읽느라 그동안 수고하셨습니다.

조만간 눈이 번쩍 뜨일 만큼 재미있는 글로 다시 찾아뵙겠습니다.

　좀 더 그럴듯한 작가 후기를 쓰고 싶지만 저라는 사람이 원래 멍석을 깔아 주면 제대로 놀지 못하는 성격이라 그동안 제게 힘이 되어주신 분들께 감사의 말씀을 올리는 것으로 작가 후기를 마칠까 합니다.

　험한 길 자처하는 큰아들을 믿음으로 지켜봐 주신 부모님.

　가까운 곳에서 조언과 충고를 아끼지 않은 박현 형님.

　연재 지면을 마련해 준 고무판(www.gomufan.com)과 금강 선생님.

　성훈 형님과 지현 형을 비롯한 대구 패밀리.

　권태용, 백연, 사우를 포함한 문우들과 청어람의 유리 형, 그리고 한지윤 기자님께 감사드립니다.